牟崇光散文集

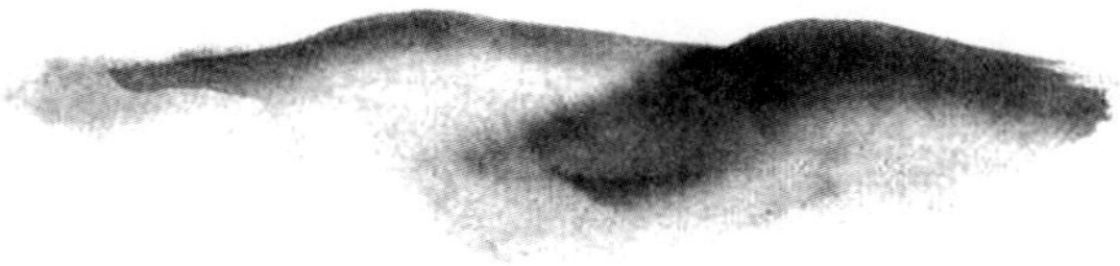

牟崇光／著

山东人民出版社·济南
国家一级出版社 全国百佳图书出版单位

图书在版编目（CIP）数据

牟崇光散文集/牟崇光著. -- 济南：山东人民出版社，2020. 4
ISBN 978 - 7 - 209 - 12522 - 2

Ⅰ. ①牟… Ⅱ. ①牟… Ⅲ. ①散文集—中国—当代
Ⅳ. ①I267

中国版本图书馆 CIP 数据核字(2019)第 268177 号

牟崇光散文集
MOUCHONGGUANG SANWENJI

牟崇光 著

主管单位 山东出版传媒股份有限公司
出版发行 山东人民出版社
出 版 人 胡长青
社 址 济南市英雄山路 165 号
邮 编 250002
电 话 总编室（0531）82098914
市场部（0531）82098027
网 址 http：//www. sd - book. com. cn
印 装 山东华立印务有限公司
经 销 新华书店

规 格 16 开（169mm ×239mm）
印 张 17. 5
字 数 290 千字
版 次 2020 年 4 月第 1 版
印 次 2020 年 4 月第 1 次
印 数 1—1000
ISBN 978 - 7 - 209 - 12522 - 2
定 价 39. 00 元

牟崇光
散文集

目录
CONTENTS

山河探珠

四湖行 / 3
采菱曲 / 6
乡情 / 9
半岛明珠 / 12
泰山赋 / 14
仰望牙山 / 17
谒英灵山烈士陵园 / 22
牟氏庄园考略 / 25
观栖霞市奇石博物馆 / 30
石破天地惊 / 34
歌漫青岛 / 37
阳光下的人们 / 39
一个平淡无奇的人 / 43
心中的歌 / 45
王老汉的大灰驴 / 49
没有过门的媳妇 / 51

都是一家人 / 54
栖霞寄语 / 56
不是亲人胜似亲人 / 60
萝卜里的高粱种 / 69
春潮急 / 72
农家乐 / 75

亲情·历程

蛇窝泊记忆 / 81
奶奶、母亲和我 / 89
大海啊，我将怎样对你诉说？ / 101
我的第一篇小说 / 108
走进文艺界 / 112
那段时光 / 116
漫忆文学路 / 120
土地与森林 / 127

岁月印痕

书画贵立品　诗情为心声 / 133
胸怀山川情　心谱天地魂 / 136
情系“中南海” / 139
峰回路转又一春 / 141
《许小峰画展》前言 / 144
长篇小说《炎黄结》序 / 145
散文集《我是这样长大的》序 / 148
诗集《喜欢上咖啡的味道》序 / 151
散文集《五月的牙山》序 / 154
诗集《紫月涂海》序 / 158

诗集《兰香集》序 / 161
文稿《岁月印记》序 / 164
法国影片《勇士的奇遇》（影评） / 167
令人神往的幻想（影评） / 169
钢铁的人，钢铁的意志（影评） / 171
《生活的一课》影评 / 173
一支革命的颂歌 / 176

文道艺途

巴金老的激励 / 181
茅盾谈短篇小说创作 / 183
叶圣陶老谈创作 / 187
吴组缃畅谈古今文学 / 190
周立波谈创作要素 / 194
也谈怎样写作 / 198
创作断想 / 204
生活是创作的母体 / 210
作协山东分会第一期青年作者读书会总结 / 212
对选材的一点体会 / 220
为《作家报》编辑寄语 / 223
《作家报》寄语 / 224
《当代企业家》停刊致读者 / 225

亦师亦友

来自人民　溶于人民 / 229
演员—作家—总经理 / 233
沂蒙山的艺术骄子 / 238
信任与自信 / 241

陈显荣印象 / 244
为了未来的春天 / 246
文奇者，秀也 / 251

星灿影陨

青松永驻 / 259
洒泪送英灵 / 262
慢走，先生 / 267
秋雨春风思一强 / 270

后 记 / 273

山河探珠

SHAN HE TAN ZHU

四湖行
采菱曲
乡情
半岛明珠
泰山赋
仰望牙山
谒英灵山烈士陵园
牟氏庄园考略
观栖霞市奇石博物馆
石破天地惊
歌漫青岛
阳光下的人们
一个平淡无奇的人
心中的歌
王老汉的大灰驴
没有过门的媳妇
都是一家人
栖霞寄语
不是亲人胜似亲人
萝卜里的高粱种
春潮急
农家乐

四湖行

早些时候，当我所尊敬的作家知侠同志的长篇小说《铁道游击队》问世后，我对于书中反映的那广阔的背景——微山湖的印象，就已经很深了。我知道了那是一个英勇无畏的革命摇篮，还有那么多富于传奇色彩的英雄人民。前年，在京城的一次重要宴会采访中，听说为了表达对国际友人的敬意，特地以四个鼻孔的大鲤鱼招待贵宾。事后得知，这种珍馐，乃我省微山湖所独有。另一次，在接触对外出口的珍贵物资中，我看到那么多加工精致的鸭绒，一了解，又是微山湖的产品。从那以后，对微山湖的印象更加深了。去年，一个在微山县工作的朋友来玩，闲谈中，我对他讲起了北京宴会上的那件事，他笑着道："还有比那更幸运的鲤鱼呢！坐上飞机，越过高山，穿过重洋，被送到国外去，下了飞机还一蹦老高哩！"我一听，更觉有趣。神话中的鲤鱼，只能跳过龙门，而如今呢，却从蓝蓝的晴空飞走了。由此，我的心也像插上翅膀似的，恨不能马上飞到微山湖去。那位朋友临走时，带着骄傲的口气向我强调说，上面所说的那些东西，只是微山湖的珍贵产品之一，吸引人的东西，多着哩。

机会终于来了。时值初春，我乘上小巧的汽艇，披着满天星斗，呼吸着春日湿润的空气，听着欢笑的水声，沿着新辟的京杭大运河，由济宁顺河而下。那时天还不亮，东方只展现出丝丝鱼肚白色，鲁西大平原还在梦中，而徐徐的春风，却送来那么强烈的泥土味，多香啊！近中午时，汽艇驶进了广阔平静的湖面，哈，美极了！堤岸垂柳相掩，白帆点点，鱼鹰翻翔，鸭群片片，远远看去，真是“一湖春水，一湖绿”啊！我的心也像被浸到浓郁的酒里一样，完完全全醉了。没料到这个以“日进斗金”著称的名湖，以那么质朴的美姿在迎接着我。

由微山、昭阳、南阳、独山组成的这片水域统称为南四湖，位于我省东南部，北枕济宁，南依江苏，呈现为一个二百八十里的狭长地带，它是我省境内最大的淡水湖。四湖由于水位深浅不一，物产不一，以至在生活习惯、风俗人情等各方面形成了各自的风貌。微山湖水深莫测，适于大网船作业，所以重型渔具很多；昭阳、南阳水浅见底，湖产植物丰富，湖民不但捕鱼，还收荻藕、菱、苇等物。为了适应生产，湖民常年浮游水上，以船组成许多水上村庄；独山湖依山傍水，不但物产丰富，风景亦佳，秀色可餐，岛上并有名胜可赏，招来不少游人。当我来到微山岛时，登上高处，四目极望，见到了许多散于湖心的白帆，像是绿色大地盛开着朵朵白花。公社党委徐书记告诉我：过去渔民无风即返岸，自从贯彻了中央分配政策后，情绪激奋，无风也就地抛锚，有的连帆都不落了。这天下午，我参加了他们的包工包产落实大会。说来也有趣，当选好一片平静的湖面作为集合点时，便向湖内发出信号，顿时，风帆像翩飞的蝴蝶，从四面八方集拢来，刹那间，水上村庄壮观至极。虽然我在这个“村庄”待的时间不长，但那么多新奇的景象吸住了我。船上有男有女，有老有少，许多小孩带着银质项圈，在一尘不染的光滑船面上，奔跑着，争玩自动滑翔的飞机玩具。船很大，有寝室，有厨房，有鱼仓，还有客厅！室内陈设应有尽有。有的养花，有的喂雀，有的还喂着鸡鸭鹅等家禽；它们并不怕人，俨然以家庭一员自居，在船面上走来逛去，竟成了顽皮孩子的好友。根据人口的多寡及劳力的安排，有的一船一家，有的三家四家不等。这天晚上，生产队长坚留我在他家吃饭，当我面对着那么多各式各样做法的湖鱼时，又想起了北京的那次采访，便对主人道：“听说独有咱们这里出产四鼻孔鲤鱼，有机会得看看。”主人哈哈大笑，指着近前的一大碗鱼道：“这就是呀！”我惊讶得连连伸头，边看边道：“咳，这叫有眼不识泰山呀！”

昭阳、南阳两湖，湖产极盛，每到夏秋两季，荷花遍开，菱角掩水，芦苇盖湖，水草丛生，竞相争艳。可惜我去的还不是时候，但也享了不少眼福。就说这放鱼鹰吧，看现场那些奇异动人的场景，简直像看精彩的杂技一样，连心都被它控制住了。一只搭着席篷的小船上，数只似鸭类鹰的家伙，趾高气扬地蹲在那里。嘴像山鹰，但头有些扁；脚如鸭子，却又小点。有黑色，有灰色，也有白色。放时，用草将鱼鹰的脖子扎住，扔入湖中。这时，放鹰人精神大作，呼喊叫啸，敲击声音，驱船猛进，颇有一番古战场上击鼓助战的肃穆紧张气氛。鱼鹰在主人战鼓的助威下，纷纷扎入水中，犹如羽箭穿梭，在湖底飞行。顷刻，一条鲤鱼被叼上来了，鱼鹰自豪地在等待主人去取。有时，鲤鱼太大，一只鱼鹰无法制服，便飞出水面，大叫几声，其他鱼鹰闻讯赶来助战，纷纷将大鱼围住，一会，数只鱼鹰从水底将大个的鲤鱼擒上来了。但大鱼仍想挣扎逃脱，拼命甩尾，弄得水面翻滚。这时，放鹰人撑船前来，用网套将鹰捞起，将鱼取下，再放鱼鹰于水中，于是，又开始了第二个回合……

凡到过南四湖的人，总难忘却那满湖的鸭群，好似湖上开满了大片莲花，又如天上飘下来白云朵朵，迷人极了！放鸭人一年四季，夜以继日，与鸭群生活在一起，连鸭子的习性喜好都摸熟了。我去的时候，正是鸭群产蛋的开始。清晨，迎着晨曦，鸭群离开鸭圈的时候，留下了数不尽的青皮大蛋，远近驰名的“龙缸”牌松花蛋，就是用这里的鸭蛋加工的。听说，微山县今年仅孵小鸭即达三十万只。我想，到那时，全湖又将漂起绒绒般的黄色动物，人们将认不出是绒球，还是小鸭。

短短几天，沿湖所见，诗情画意，美不胜数。无怪一位同志在漫游之后感慨地对我道：“诗人到这里，准能写出诗来！”我说：“来到这里的，都会成为诗人！”

当我离开南四湖时，猛抬头，呀，柳叶那么长了，而湖中的苇子，已钻得老高了，鲤鱼跃出水面，噼噼啪啪弄响……这一切，都预示着一个美好的收成，等待人们双手的收获！

发表于《山东文学》1961 年 5—6 期合刊
《人民日报》1961 年 6 月 4 日转载

采菱曲

追寻着初秋的足迹，我又来到了南阳湖上。这一次，我是专为采访收摘菱角而来的。

数月前，当我在南阳人民公社与马主任乘船漫游时，他就曾指着那平静而又广阔的湖面用迷人的口吻说：“几个月后，你再来看吧，满湖就全被菱角盖满了！”当时，我疑惑地想：“莫非湖水，也能像庄田一样，罩上层绿纱？”临走时，他又特别嘱咐我：“采菱时一定来呀，热闹极了！”对于我这个生长在海边的人来说，菱角，还是个谜。记得童年时候，街坊上一个外出的老爷爷回来，带回几个菱角，分送给了我一个。我高兴得又蹦又跳，叫姑姑给拴上根红线，挂在脖子上，整天在小伙伴面前夸耀，如获至宝。前年，在与一位管水产的负责同志交谈时，他特别告诉我菱角是一种大有可为的淡水植物，不但栽培、管理简便，在一般坑塘、湖泊、河道里都可培植，同时产量可观，营养价值也很高。所以当马主任提起这事时，我的兴趣更浓了，便欣然答应了。

由济宁乘上晚班汽船，顺河而下，到达南阳时，太阳即将沉入湖底。踏进公社办公室的大门，便感到一阵繁忙紧张的气氛：电话叮铃铃地响，各生产队在不断地汇报出动的船只、人数及采菱准备情况，马主任一见到我，便兴奋地说：“你来得正好，明天一早在北湖采摘第一茬菱角；今晚我们就赶去那里，你也去吧!”

我们又乘采菱指挥船离开公社北行。汽船拨开初秋的夜色，向前挺进，马达声震破了湖面的平静，惊飞了熟睡的野鸭，推进器弄得船尾波浪滚滚，水声哗哗……我睡不着，暗暗庆幸来得正是时候。没有月亮，夜色挺浓，拉开小窗向外瞅瞅，湖面模模糊糊，什么也看不出来，还是马主任看透了我的心思，爬出卧舱小门，俯身向湖水捞了一把，回身往我眼前一塞：“这就是你急于想看的东西。”我仔细一瞧，在一条长长的茎上端，许多条小茎向外辐射出去，每个茎上有一个椭圆形的叶子，在接近小茎的根部，挂着四五个菱角。马主任告诉我：菱角是靠茎上的一个松软的囊而浮在水面上的，植根于湖底泥中，每年清明后十天左右发芽，麦黄时开花，八月间开摘头茬，一直反复采摘三五次，每棵每年能结菱十五个左右。菱角又分家菱（又名苏菱）、野生菱两种。由于形状及大小的差异，家菱又分四角菱（又名大风菱）、二角菱（又名大聪菱），个比野菱大，繁殖力强，是人工培植的。野菱又分风菱、爬子、扁子、秃头、担子等不同品种，因为每年有些熟菱自然落水，次年即自行发芽生长，只要中间加强看管保护即可。马主任剥开一个嫩菱填到我嘴里，我一尝，脆嫩极了，有一股说不出的甘美味儿。至于干菱米，我早就知道，食用范围很广，不但可以直接食用，还能加工成淀粉，做成各种高等糕点。

天蒙蒙亮，汽船就驶进了要到达的湖面。稍一停，东方渗出了大片朝霞。我出船舱一看，啊哟，湖色全变了！满湖一片微带殷红色的碧绿！菱角把南阳湖全淹没了。要不是站在船上，我还以为进入了一望无际的园圃呢！我们的汽船，这时像是耕耘在绿色的原野上。

大小船只在我们附近聚拢。有的船后拖着许多小船，颇像一根线穿了许多小鱼；有的三五小船成行，两个妇女左右弄桨拨水。太阳刚刚露脸，船只来齐了，采摘菱角开始了。嗬，真有气势！千军万马，千家万户，像是所有渔村的男女老少，全倾倒到湖面上了。看吧，千百只小船，排成一字长蛇，压着菱叶徐徐前进。每只船上有两三人、三五人不等，有的一家一船，有的一家数船，船中舱打着凉棚，小孩在里面玩耍。大人们有的撑船，有的盘坐船头，两手翻飞，从湖里拉起菱秧，摘下熟菱，再置菱秧于水中。我们的船穿行在浓密的船隙间，不断地了解着什么，指导着什么；医疗船也巡回湖面，加强救护工作。

整个湖面上的人们，和谐而有机地行动起来了。突然，那边唱起了歌儿，歌声粗犷有力，富有浓郁的湖区色彩。那边的女声也和上了，音调轻柔动听，于是满湖都唱起来了，收获的喜悦，激荡在湖区上空。真是一湖劳动一湖歌呀！日落时分，只只小船，满载着绿色的鲜菱，披着湖上的晚霞，鱼贯而归……又是一幅多么动人的油画！

这天夜里，我们就栖息在这铺盖菱叶的湖面上，马主任为了让我这远道而来的人饱尝一下湖区的特产，特地煮了一大锅嫩菱。饭后，我们坐在舵楼顶上，面对着醉人的湖色，品着香喷喷的菱角，漫话着今年可喜的收获，更别有一番风味。

发表于《大众日报》1961年9月20日

乡情

我的童年，是在高山重叠、四山环抱的山村度过的。想起来，那真是一幅写不完描不尽的诗画。潺潺的山泉，蓬勃的野草，层层的梯田，滚动的牛羊……故乡的一草一木，都能使我充满美好的回忆和无限的情感。不过，故乡给我感受最深的，还是春天的桃杏花儿。每到阳春三月，清明前后，看吧，坡上坡下，沟里沟外，场园地沿，院落街道，层层叠叠，全被红艳艳的花色染红了。远看，这哪是一座村庄，分明是一片花海！

故乡的春天真美！然而那时，在这花海的上空，却笼罩着铅似的云块，压得人喘不过气来。自然界的艳丽，倒显得有些凄然了。那时，最能够领略春天盛意的，还是我们这群赤脚光腚的孩子。每到这时，一个个跟泥鳅似的从憋了一冬的阴暗屋里钻了出来，成群地游动在花丛里，按照童年的喜爱，将飘落的花瓣收起，用纸包成团子，互相击打，谁中了，即撒满一身花瓣；有时，我们伸手摘下大片花瓣，用唾液沾到脸上，扮成奇形怪状的模样，蹑手蹑脚躲到做针线活的姑姑婶婶背后，头一伸，出其不意，“啊”一声，吓人一跳，常常惹得她们在我们嫩嫩的小屁股上轻轻拧一下。到了花海隐退、绿杏满枝的时候，我们就更有劲了。爬上爬下，从树上摘下大个绿杏，用小刀切成片状、棱状等样式，放到小壶里，加水一搅，用小勺分吃，嘴里还念念有词：“嗳，吃吧，开口味！”嘿，那股酸劲，别提了，没到嘴，先流了一口酸水！进入初夏，当麦子刚刚登场的时候，“麦黄杏”也匆匆跟着成熟了。瞧吧，在绿叶的遮掩下，树上挂了那么多玛瑙！这时，村庄颜色变了：绿中衬黄，黄里映绿。在场上，说不定什么时候，“砰”的一声，一个大杏落到头上，打得人真痛！如果到了收摘的时候，那就更忙坏了我们这群孩子了。妈妈总是把成堆的杏子，分盛到小篮小筐里，瓢里罐里，叫我们挨门串户送杏儿。每到一家，都抢着说：“尝尝俺的吧！”我们这些小肉蛋，像针线似的，把农家之间纯真朴实的友情穿了起来。

想起童年，有甜的，也有苦涩味儿的。那时，生活的苦处我们还领略不到，但昏暗的时代阴影也不放过我们这些幼小的心灵。当时，与我最要好的要算南街的一个小姑娘杏儿。她爹是逃荒落户的，听说她是在刚进村时生下的，所以妈妈给她取了个名字叫“杏儿”。杏儿比我大两岁，圆脸蛋，尖嘴巴，挺精灵，一起玩时，总是她出主意。一次，她把我们张罗到一起，说是玩娶新娘的游戏。说着，把我拉到跟前，找了一朵大瓣杏花，沾到我的脑门上，顺手又找了两片沾到自己腮上，又把孩子们分成抬轿的、吹喇叭的、送客的……前前后后，拥拥簇簇，有声有色地娶起媳妇来了……正玩得热闹，杏儿的爹妈奔来了，满面热泪，抱起杏儿就亲，接着，后面跟来一个凶汉子，把杏儿从亲人怀里抢走了。起初杏儿不知所措，一停，知道坏了，放声大哭！原来她被迫卖给了东家地主。杏儿挣扎着，却被揪小鸡似的提走了。我吓得跌在地上，傻乎乎地，什么也不知道了！仰头一看，一切顿然失色，连可爱的杏儿也变得那么惨白！妈妈把我抱回家去，我整整躺了两天，耳朵里老是杏儿那凄惨的哭声。后来听说，杏儿在被拖走的哭嚎声中，不时叫着我的名字。

时光飞逝，随着革命的步伐，我奔波于山南海北，从少年一跃而成青年了。家乡的消息不断知道一些，但总没能亲眼见过，杏儿的下落呢，也无从得知。今春，因公外出拐路回家，几年的期望得以实现了。这又是一个桃杏花开的季节！踏上故乡的小南沟一看，呀，一片红海！桃杏树增多了，长得十分茂盛、鲜艳。近处的一棵杏树，花开得更多，蜂闹蝶舞，香气袭人，在红绿相掩的空隙，透出崭新的排排瓦房，在一座宽阔的大院里，小学生在做体操……我正看得着迷，突然有人喊道：“喝口水吧！”回头一看，一中年女人，身背行军壶，手拿大剪刀，穿一件蓝士林布褂，脸上透着雅静机灵的神色。呀，这不是杏儿吗？我奔过去，道：“没想到还……”话没说出来，两滴热泪倒流了下来。她也万分激动，还保留着童年时的矜持劲，说：“没想到你能来家。”我说：“时间这么长了。”她瞅瞅我，深沉地道：“是啊。”晚上，我被围在童年时代的友伴中间，吃着杏仁小菜，喝着温热的白酒，慢慢地听到了有关杏儿的变化——像所有的苦女一样，她被迫卖给地主后，历尽了痛苦，尝绝了屈辱。新中国成立后，她被党从火坑救了出来，与家人团圆了。她工作积极，带头成立互助组、合作社，人民公社成立后，又被选为副社长，还兼任公社园艺研究所的所长。听着听着，记忆又飞回二十多年前的情景中去了，想起了那可怕的时代和杏儿被拖走的惨象……突然，眼前豁然一亮，一抬头，原来是山村的水力发电站送电来了，我顿时猛醒：噢，酸杏般的过去，永远过去了。这时，杏儿捧一碗杏仁茶，送到我面前，说道：“喝吧，甜的……”

从杏儿的脸上，我看到了新的农村和农村中新一代的主人……

发表于《大众日报》1961 年 8 月 20 日

半岛明珠

从烟台乘汽车，沿着弯曲的渤海滩岸，径往东去，直到三面临水的顶尖儿，这就是大鱼岛了。

大鱼岛，这座不大的渔村，像颗晶莹明亮的珠子，嵌在胶东半岛的尖上。她偎依在翠绿苍郁的高山怀抱里，捧在蓝色大海的手里，依山傍水，有时水光潋滟，有时山色空蒙，奇伟而秀丽！村前，由国家专为渔民修建的又宽又高的挡浪坝，像巨人的手臂，将一湾海水拥抱，圈成一面天然的镜子，朝夕映照着这座渔村的新貌；村西，有座小巧玲珑的海潮发电站，渔民们巧妙地利用大海日夜的呼吸，发电、磨面、纺绳；村中，新辟的宽大街道两旁，排列着合线厂、结网厂、水产加工厂、船具修配厂、澡堂等崭新建筑物，红瓦高楼，与原来的渔村小舍相映衬，更显示了这里日新月异的急剧变化！

生长在海边而又上了年纪的人，总忘却不了那狂风巨浪曾带来多么残酷深重的灾难！它把多少壮汉抛进鱼腹！它使多少女人的心终生绞痛！然而，如今人们不再为那些风风雨雨担忧了。渔业队有自己的气象预报站。高大的信号杆，傲然矗立在海边。收报员按时发送着各种信号，预告着风力、海浪和气候的动向。万一暴风突然袭来，有专备的机帆船开出去，把散在渔场上的舢板，一个个连起来，拖回港湾，远远看去就像拖着一串小鱼似的。

在大海市高潮的日日夜夜，全生产队的男女老幼，都卷入了令人激奋的生产热潮里。清晨，当太阳还在大海里酣睡的时候，数百面风帆，迎着湿润的海风出海了。在浩瀚无边的湛蓝的海面上，在淡蓝色的天际下，像无数的白蝶，被浪花拥簇着，轻俏地在水上翻飞，追寻着鱼群。这时，沸腾的渔村暂时平静下来了，喧闹的渔港安息了。微浪舔着滩岸的细沙，发出丝丝细语，像是说：等着吧，好消息就要来啦……

傍晚，忙碌、激动的时刻来了！晚风把超载的渔船送回港湾，船上那些酱紫色的脸膛，咧开大嘴，笑得多么爽朗！那欢乐的情绪与岸上等待的人群交融在一起。船靠岸了，舱揭开了，湿漉漉的大筐，把那些鲜美的鱼抬了上来：黄花、加吉鱼、带鱼、鲐鱼、偏口、镜鱼、梭蟹、大虾……一堆堆，一座座，像是金山银岭！男人们忙着过称、分类，妇女们赶着撒盐、加工……大海在勤劳的人民手下，献出了多少财富啊！

大鱼岛是以盛产鱼虾而闻名的，每年向国家提供大批鲜美海味。这里出产的大海米，个大肉肥，誉满各地，是菜肴中的佳品。自成立人民公社后，海带养殖业更有了空前发展，不但丰富了人民物质生活的资源，而且大大提高了社员的收入。这里的海带养殖场真如陆上的良田。那平静的港湾，不就是一马平川的原野？那行行棕绳上挂着的海带，不就是垅垅畦畦的禾苗？当风和日暖之时，舢板拨开碧蓝的海水，激溅起朵朵浪花，成长的海带，在水下影影绰绰，伸手提起来一看，嘿，宽大的叶子，浓褐的颜色，足有三米多长！看到这座喜人的“海底森林”，自然会想到栽培它的人了。这些人，大部分是小姑娘。她们秉承父兄们英勇无畏的性格，战胜了狂风巨浪，克服了晕船、呕吐折磨，闯过了技术上的重重难关，终于成了这方面的小专家。看到这些坚毅的小姑娘，人们会联想到大鱼岛西山高峰上盛开着的那丛火焰似的野花！她迎着疾厉的北风蓬勃开放，闪耀着夺目的光彩。这里的人们，也像那山花一样，不以娇嫩献媚，而以强悍取胜！

大鱼岛海产丰富，风景美，人更美。人民爱劳动，也会生活。初来这里的人，谁不愿领略下那渔村剧团的优美的舞姿和嘹亮的歌声？甚至连这里的人们说话的音色、语调，也像唱歌！是啊，获得了新生活权利的人们，怎能不时时在心内歌唱呢！

发表于《大众日报》1962年6月13日

泰山赋

巍峨泰山，以拔地通天之势、擎天捧日之姿，崛起于祖国东海之滨、黄河下游。山峻壁峭，峰高谷深。浑厚，豁达，挺拔，庄重，深沉。其主峰——天柱峰，海拔 1545 米，在五岳兄弟中，虽排行为三，却公推为首，被誉为“五岳之长”。

泰山是一座活的历史博物馆。它披风餐雨，历尽沧桑，目睹了悠悠中华的交替变革。历史上有不少君主登临过泰山。秦始皇、汉文帝、汉武帝、唐玄宗、宋徽宗以至清代的康熙、乾隆等都曾到泰山举行隆重的封禅大典。相传为汉武帝刘彻所植的五株“汉柏”，距今已两千一百余年，依然苍劲刚毅，老干虬枝，俯瞰人间。清乾隆皇帝还特意刻制了汉碑图石碑。“五松亭”旁的几株古松，巍然挺立，翠影横空，据《史记》记载：“始皇之上泰山，中阪遇暴风雨，休于大树下。”因遮风挡雨有功，被封“五大夫”爵位。林立的碑石，历历的史迹，生动地记录了历史的风貌。

泰山是一座丰富的文物宝库。中国历代繁星灿烂的文人学士，如孔子、司马相如、司马迁、陆机、李白、杜甫、苏东坡等人都曾登过泰山，留下了脍炙人口的名篇和艺术珍品。岱庙内现存的碑石，堪称一部中国古代史和一座书法展览馆。其中有中外著称的秦刻石，是秦二世于公元前209年下诏书，命丞相李斯篆书的，虽几经浩劫，几阅沧桑，仅存残迹九个半字，却成了千古奇迹。还有汉《张迁碑》《衡方碑》和汉代大科学家张衡在一千八百多年前作的《四愁诗》中的《泰山》刻石、魏曹植刻石《飞龙篇》……这些碑刻几乎集我国历代书法艺术之大成。从书圣王羲之、王献之父子至宋朝的苏、黄、米、蔡四大书法家，真草隶篆，颜柳欧赵，体例俱全，风格争妍。石碑的镌刻技术也非常精细，点、撇、横、捺，都表现得遒劲刚健，甚至连笔之破锋，也清晰可见。“经石峪”又是泰山一处天然书法的神奇杰作。古代书法家在流水淙淙的大逾数亩的石坪上，刻下了隶书《金刚经》，尚存一千零四十三个字，字大如斗，刚舒宕逸，纵横波澜，被称为“大字鼻祖，榜书之宗”。天贶殿内的壁画《启跸回銮图》，传为宋代作品，高3.3米，长6.2米，以龙凤之笔描绘了东岳大帝浩荡出巡的宏伟场景。结构严谨，疏密有致，画中人物数以千计，神情姿态各不相同，栩栩如生，是研究中国古代绘画艺术的宝贵资料。

泰山是古建筑的荟萃。岱庙是中国三大宫殿式建筑之一，它仿照古代帝王皇宫式样建造，工程浩繁，规模宏大，富丽堂皇，体现了典雅雍容、华贵大方的建筑艺术和我们的民族风格。主体建筑，宏伟高大，雕梁画栋，彩绘斗拱，黄瓦盖顶，飞檐翼然，俨然是一座金銮殿。南天门，海拔1460米，古称“天门关”。门上建筑有摩天阁，直摩蓝天，远远望去，如镶嵌在蓝天顶上的一颗红宝石。正殿铜瓦盖顶，左右配殿覆盖铁瓦。山门外，配置钟鼓楼、歌舞楼，东、西神门等，高低错落，布局周密，铜铁兼备，是一组难得的金属铸件与土木砖石融合在一起的特殊建筑。山下云海翻滚、洪涛汹涌，碧霞祠时隐时现，如沉浮在天地之间，如天宫一般，颇具巧夺天工之妙。

泰山是神话故事的摇篮。一草一木、一花一石都附丽着天上人间、帝王将相、文人雅士、平民百姓的诸多美谈和传说。它是这样绚丽多彩，充满了奇异的想象和浓郁的地方特色。这是漫漫历史的结晶，是人民群众的杰作。有名的如赤鳞鱼王的故事、龙潭仙草的传说、泰山石敢当等，流传极广，令人神往。

泰山是一幅雄伟奇丽的立体画，以岱庙为起点，在近十公里的中轴线上，布满了大自然的奇观。翠松，古柏，洞天，幽壑，一层比一层深，一层比一层秀，一层比一层奇。王母池，泉水甘洌，四周古木交柯，浓荫深处，宛若仙境。中天门，坐落在空山深处，东依中溪山，西傍凤凰岭，亭台楼阁，红绿相映。云步桥，横跨山洞，桥下水花四溅，如珠似玉。迎客松在向游人招手。对松山上，双峰对峙，苍松林立，下临千仞之渊，上蔽百仞之松，云游其间，松涛如巨浪拍岸。仙人桥，在深涧之上，两岸相隔数米，有三石相抵，拱悬似桥。扇子崖，一峰削壁，独立如扇。黑龙潭，潭上悬崖“百丈”，拱桥高悬如虹，瀑布飞烟直泻，潭水清澈碧绿，令人进入“龙跃九霄，云腾致雨，潭深千尺，水不扬波”的意境……

泰山更是“崇高”“伟大”的象征。“重于泰山”，言其稳重庄严；“泰山压顶”，寓其力大无边……古往今来，登泰山已成为人们向往“高大”的理想化身，只有躬攀身历才能体会到杜甫的“一览众山小”的博大气宇。然而要攀登泰山也的确是要付出一番力气。漫漫九公里、六千余石阶、三个十八盘像挂在天上的梯子，不吃一些苦，不流一身汗，是到不了南天门的。在这里，懦弱者回头，犹豫者却步，勇敢者奋进。“回马岭”的掌故即由此而来。传说一帝王骑马登山，畏于山高路险，便拨马而回，后人藐其神，贬其形，留下了这么个不雅观的名字。天梯般的十八盘下，有一立石，赫然刻有“问心朝山”四个大字。这是激励，也是提醒：不要畏难，不要止步，登之愈高，其进愈难，其见亦愈奇伟；越是接近胜利，道路越是艰险，越需要人们拿出勇气和毅力。登上去就是胜利，怠而退下就会前功尽弃。

刊于上海《文学报》1981 年 10 月 8 日第 28 期

仰望牙山

牙山，需要虔诚地面对，需要怀着敬重的心情去看、去思、去想。

牙山，被赋予了太多的历史内涵和今日的辉煌。

牙山，绵亘于三面环海的胶东腹地，在栖霞境内。方圆百公里内，山山相携，峰峰依偎，跌宕起伏，重峦叠嶂。山势高处，群山奋力托起三座奇峰，像巨牙一般，列于众山之首，直插云天，这便是牙山，亦称锯齿牙山，海拔八百米以上，素有“胶东屋脊”之称。

三峰屹立，像孪生兄弟，被誉为大牙、二牙、三牙。三兄弟相貌不同，性格亦异，各有神韵。大牙居于三峰之中，怪石如鲸，嶙峋交错，相互支撑，构成了许多洞、壁、崖、刃，更有“门块石”，个大如屋，独踞于通往山尖的去路，大有“一夫当关，万夫莫开”之势，加重了大牙的豪放与粗犷；三牙灵秀，山上有山，拔地而起，吞绿吐芳，其俊美至极，使人以为误入黄山；最数二牙个大身粗，顶端呈馒头形，后坡陡峭，向阳处，似被鬼斧神工一劈而下，险要异常，令人望而生畏。二牙腰间有一深洞，传说深洞里藏有巨鹰，一次，巨鹰掠过天空，带来呼风唤雨之声，将一羊群惊散，巨鹰叼起一只肥羊，飘然而去，牧羊大汉急忙扯住羊腿，拼命挣脱，却被连人带羊衔往洞中……站立二牙之顶，顿觉高天开阔，众岭矮小，低头环顾，川野村落，尽收眼底，岭上人家，烟腾雾绕，如栖息在云霞之中，好一个“云间烟火”！极目远眺，山岭莽莽，大地苍苍，白洋河、大姑河、清水河……如一条条银蛇，蜿蜒曲折，隐约闪亮，各自奔入黄海、渤海。更远处，粼粼碧波，便是茫茫大海了……

牙山是个天然植物园、动物园。整个牙山国家森林公园共有植物118科、910种，松、柏、槐、杨、楸、椴、桐等几十种树木，参差错落，吐绿流青，密不透风，另有中药材230种，野生无脊椎动物750种，脊椎动物230种，其中鸟类200余种。林林总总，组成了一个和谐大家庭。

牙山的春天是嫩绿色的。起伏的山峦上的树木，密密匝匝地挤在一起，宛如一块遮天蔽日的翠绿大地毯。夏天，青山如黛，阳光透过林木，闪出波光粼粼，宛如一幅镶嵌在天地间的浓墨重彩山水画。到了秋天，林木在大自然的引领下，变幻出各种颜色，红的、黄的、紫的，一些叫不上名字的荆类植物，顽强地伸开叶子，叶片上缀满了珍珠般的水滴，晶莹剔透，闪闪发光。如果到了冬天，那景色更加令人震撼了。粗壮高大的伞形树冠上，镶着厚厚的白雪，树木手牵手，肩并肩，擎起一把白色的大伞，依偎在湿地上的花草，悄悄地叮嘱说：躲了吧，明年咱再来。

最使人流连、最值得一看的，当推美丽的牙山“天鹅”。这里说的“天鹅”是牙山独有、名曰“天鹅花”的名贵花卉，此花生长在牙山主峰后背海拔600米处的山坡上，共有两区片，面积仅百余平方米，总计百余棵。此花为蔓生植物，春天发芽，秋后枯黄。春日随着气温的增高，主体分蘖出五六个枝条四处蔓延，长势茂盛。到了八月，枝蔓上便会长出一串串花蕾，从蔓条的中部到顶尖依次绽放。花呈乳白色，花朵不大，近乎山杏花，花冠分四瓣，花蕊朝下，上面一瓣最为怪异，花冠半扣，背部细而带钩，状如一只只展翅欲飞的天鹅。下面的一只生出两脚，极像天鹅腿。一朵朵酷似仙鹤，亭亭玉立，楚楚动人。金黄色的花蕊散发出扑鼻的清香，沁人心脾。天鹅花开放时大多成双成对，宛如热恋中的情侣，相互对视，含情脉脉。有的则十几对凑在一起嬉耍，显现出在世人面前的是一幅“群鹅起舞”的油画作品，此情此景栩栩如生，妙趣横生。

牙山天鹅花的花期较长，从八月一直开到九月底，此花是近三年刚发现的一种山花。莱阳农学院花卉系的专家曾两度到牙山考察，多次网上检索，得出的结论是，此种花卉十分罕见，为牙山独有。陕西西北农林科技大学和福建农林大学也先后派专业技术人员前来考察洽谈引种，但因植株稀少被牙山国家森林公园婉拒。据植物学家考证，牙山还应该出产人参，理由是在这里发现了一种专吃人参花卉的鸟。只是山高林密，难于探索，只能“锁在深闺不露芳”了。

牙山山高、林密、沟深，空气清新，环境幽静，是修身养性的好地方，自古以来道观、寺庙众多，香火极盛。据《栖霞县志》记载，牙山地区的庙宇寺院大大小小有几十座，而有名的就有牙后的草庵寺、牙东的天宫院、牙东北的永昌院、牙前的虎陀庵，还有牙顶的玉皇庙，这些都曾香火盛极一时。这些道观和寺院中，尤以永昌院最为有名，当地民间曾流传“先有永昌院，后有栖霞县”之说，这说明它的历史至少应追溯到约700年前的元朝。我们不可想象，千百年来，这些遍布每个角落的宗教文化遗存曾给牙山地区带来过怎样的名望与繁华，以至于让道教全真派创始人之一的栖霞人丘处机也对其另眼相看。相传，当年丘处机自昆嵛山烟霞洞修炼，回栖霞路过牙山时，曾隐居牙山的隐仙洞修行道法。这个洞位于二牙西南隅，由一块突兀的岩石自然造化而成，那里僻静清幽，背山朝阳，藏风聚气，洞室内呈椭圆形，能容纳十人居住。如今，数百年过去，当年的丘祖已羽化仙去，可他那巨大的“道士帽”却至今还留在牙山草庙洼东顶的山脊上。

“山不在高，有仙则名。”牙山虽无仙人，却溢满着仙气。仙气是什么？是对人类生存健康至关重要的负氧离子。牙山由于树多林丛，是一座盛产负氧离子的巨大工厂。负氧离子对人类生存健康的重要性在哪里？科学数据显示，城市房间里的负氧离子浓度是每立方厘米100个，有的甚至低于每立方厘米40—50个。而根据世界卫生组织划定的标准，清新空气中负氧离子含量应为每立方厘米空气1000—1500个。而人每天需要130亿个负氧离子，含量少了，就会损坏人体的健康，轻者诱发疲劳、头痛、失眠症等，重则容易导致肺炎、气管炎等呼吸道疾病。

看来负氧离子对人体健康至关重要。身为国家森林公园的牙山，每立方厘米空气中富含负氧离子2万个以上。生活在这里，岂不就是生活在仙境里？

牙山又是一座英雄的山、倔强的山。自古以来，牙山与英杰齐名、与胜利共存。这里的一草一木，都会向你诉说一个个扣人心弦的故事，这里的每块石头，也能对你倾吐一段感人的事迹……那如火如霞的野杜鹃、映山红，莫不是壮士们的殷殷鲜血染红的？那漫山遍野的松、柏、杉、杨，莫不是勇士们的剑、戟、刀、枪？让我们把历史的时针倒拨一下，回到三百多年以前的清朝顺治年间，重温震惊清廷的于七造反那段历史吧。于七，名乐吾，字孟熹，兄弟十人，“七”是他的排行。牙山脚下的唐家泊村，至今，还保留着他家族中的一对石枕。当时，在历代封建王朝的统治压榨下，人民被逼得九死一生。县志记载了那时一些可怕情景：明“崇祯十三年，大饥，人相食”“崇祯十四年，黄雾四塞，日无光……死者大半，人相食……”清兵入关，更不顾人民死活，劫掠财物，屠杀人民，强征暴敛，穷凶极恶，制造了一幅“室内青磷光似火，郊荒白骨乱如麻”的惨象。走投无路的人民，在于七率领下，电击雷鸣般地揭竿而起了。

于七十兄弟，个个骁勇善战，精通百般武艺。于七更是力大无敌。他使用的大刀，传说重一百二十斤。单手要弄，犹如玩竹；飞刀劈敌，势如斩麻。于七后来出家于崂山华严寺，临终前，说出他的大刀的藏处。死后，弟子们掀开石阶，找见大刀，两个和尚都抬不动。于七以牙山为立足地，发动人民群众起来抗清，力量遍及栖霞、莱阳、牟平、海阳、福山、文登、即墨、平度等地，并在胶东半岛建立了牙山、昆嵛山、招虎山、崂山四个重要据点，前后持续十五年，曾一度攻下宁海州（今牟平），杀死清朝派遣的知州刘文淇，砸开牢门，开仓济贫，进而直逼文登、福山城。这一壮举，使清朝统治者惊慌失措，调动了九省兵、三大帅，前来镇压。于七率领众兄弟，依仗牙山天险，合力扼守，誓死不降。最危急时刻，清兵攻到山顶，于七只身避在“门块石”后，挥动大刀，一刀一个，如削烂泥，只杀得清兵尸骨成堆，血流成河，距牙山脚下十里的“血灌亭”，便是由此而得名。清兵无奈，只得层层包围、严密封锁，起义军终因寡不敌众，在坚持了两月之久后，于一天深夜突围了。下山时，于七密令众兄弟倒穿靴鞋，次日清兵看到这么多上山的脚印，吓得退兵十里，起义军趁敌混乱之际，从容远去。

于七牙山起义，震动了清朝统治者的宝座，也唤醒了人民群众。清初的大文学家蒲松龄在他的著名小说集《聊斋志异》中，以“野狗”“公孙九娘”为题，写过与于七起义有关的两段故事。他用悲恻曲折的感情和文字，描写了统治者骇人的残酷暴行，颂扬了于七的抗清精神。蒲松龄假托死鬼公孙九娘之口，写出“忽启缕金箱里看，血腥犹染旧罗裙”的诗句，道出了广大人民对封建统治者的仇恨。人民的反抗情绪是压抑不下去的，并且埋藏得很深。

于七代表人民利益，来自人民，深受人民爱戴。牙山父老，为他的起义慷慨地献出一切，也寄托了极大的哀思。直到如今，当地还流传着颂扬于七的一首民歌：“二月里来百草发，于七起义锯齿牙。清廷派兵来镇压，杀得清兵叫爹妈。”于七出走后，到崂山华严寺当了和尚，清兵闻讯赶来，主持僧慈沾法师为了拯救他，用沸水将他的面部烫伤，他卧床不起。清兵追踪到庵，遍索不见，问床上躺的何人，慈沾答是徒弟有病，揭被看时，面目已溃烂不可认，方可脱险。于七在这里活到一百一十三岁才离开人世。他在华严寺留下的一幅画像，至今还保存在青岛博物馆………

牙山，凝集了爱国志士的精髓，浸透着民族之魂的情操。牙山陶冶英雄，牙山遍洒英雄血。1941 年，骁将许世友率领八路军三旅独立团，在胶东进行了有名的牙山战役，歼灭了不抗日、专搞反共的国民党顽固部队，建立了牙山抗日根据地。八路军的兵工厂，开设在主峰后的草庵庙。抗日军政大学分校，也掩藏在牙山群峰众峦中。抗日烽火，在牙山、在胶东，如火如荼地燃烧起来了……

据统计，革命战争期间，共和国先后有 26 名将军曾在牙山地区浴血奋战。牙山脚下的上阁子村，被称作是“将军村”，盛传着“李家父子三将军”的佳话：即父黎明，少将军衔；子李振敏，少将军衔；子李振军，少将军衔。

20 世纪 40 年代后期，牙山脚下还建有一座胶东国际和平医院（又名康复医院），这是当年宋庆龄通过周恩来总理资助创办的。医院大楼 3366 平方米，座坡向阳，床位 400 余张，医护人员 100 多名。

历史上的牙山，曾为人民的正义事业而做出贡献；抗战时期的牙山，像一位伟大的母亲，哺育了我三军将士。那送郎参军、送子上战场、舍子救战士、冒死抢伤员、将仅有的一瓢瓜干献给部队的动人事迹，至今仍为人们传颂……

牙山，是一座雄伟奇秀的山；

牙山，是一座藏史纳典的山；

牙山，是一座英雄的山。

这里是修身养性的好地方。

2013 年夏季写于栖霞

谒英灵山烈士陵园

胶东，像一枚玲珑剔透的牙雕，镶嵌在渤海黄海之间；牙山，似重峦叠嶂的翡翠，点缀在天工巧匠的工艺品中心；英灵山，如一颗吐绿流清的宝石，偎依在牙山前怀。这里，长眠着胶东抗日烈士的忠骨，铭刻着流芳百世的英名，凝聚着人民大众的哀思——这便是有名的胶东抗日烈士陵园。

英灵山，原名灵山。1945 年春，在中国人民抗日战争即将取得全面胜利的前夕，胶东人民为了安葬和悼念在抗日战争中光荣殉国的烈士，成立了胶东建塔委员会，选定了栖霞境内这座山，修筑了烈士陵园。此后，人们便把"灵山"称作"英灵山"，使之含义更加妥切、寓意更为深沉。此山景色秀灵，如黛如染。百花艳艳，绿草茸茸，清流绕脚，白云托身，廊腰缦回，怪石奇出。而那山势，尤其庄重——形似伟人高坐，双手环抱，昂然肃穆，远视高天阔地、崇山峻岭。伟人之首，有高耸入云的烈士纪念塔，塔身由汉白玉砌成，高二十一米，成六面形，正面镌刻着"胶东抗日烈士纪念塔"九个镏金大字，雄伟磅礴。由塔基一泻而下直通纪念堂的台阶，用坚硬美观的花岗岩组成，计七百七十六磴，恰似一轴洁白的挽帐，垂悬于烈士塔下。伟人右肩立任常伦像，左肩负曰观亭，肘擎王文、三英墓，手托烈士碑、芳名录，胜利、群英二亭分运臂上，怀抱名人词，理琪墓托于胸间，合膝处便是宽大敞亮的纪念堂。堂前有广场，碧树参天，花坛密布，令人游目骋怀。

纪念堂里，挽联低垂，花圈肃立，岩桂吐芳，金橘展绿。正面，高挂张连珠、理琪、王文等烈士遗像；两侧，陈列着烈士遗物、事迹。这是一部中国人民抗日战争史的缩影，也是一首保卫中华民族的壮烈史诗。那从敌人手中夺过来带着斑斑痕痕的枪弹，付出了多少生命代价？那逼迫敌人双手放下的满溢着血渍的鬼头刀，经过了几番拼杀？那缀满补丁的单薄衣衫，伴随战士度过了多少凄风苦雨的日日夜夜？那用子弹壳制成的钢笔，吐露过多少战士的豪迈激情？那写在树皮纸上的日记，印下了多少赤子之心对未来的展望、憧憬？烈士们的铮铮忠骨，维系了祖国河山统一，捍卫了民族尊严，奠定了革命胜利的基础。往昔的浴血奋战，换来了今日的国泰民安。抚今追昔，能不崇敬？能不感动？

理琪墓园，居于纪念堂与烈士塔之中。这位河南爱国之士，安息在山东之东，不禁使人想到“青山处处埋忠骨”的名句。洁白的石碑，卷轴式地上下展开，记载了烈士的生卒年月，也凝聚了巧工能匠对烈士的深情。齐整的花木，守护在周围：迎春、月季、芍药、木槿……一年四季，把娇丽素净的花朵，奉献给烈士。理琪是中共胶东特委书记，1937 年 12 月 24 日，其联络各阶层人民，在文登天福山举行了起义，成立了山东人民抗日救国军第三军，建立了第一支胶东抗日救国队伍，旗开得胜，威震半岛。1938 年 2 月 13 日，在雷神庙打响了胶东人民抗日救国第一枪。战斗中，理琪同志英勇顽强，沉着指挥。他三处负伤，仍坚持战斗，鼓励战士们：“同志们！坚持下去，坚持就是胜利！”雷神庙战斗，激励了十二万平方公里胶东人民的抗日热忱……

在一个巨大的石硼背后，在拔地而起陡峭峰尖上，一尊铜像挺然而立——炯炯有神，持枪屹立。瞻仰的人们，心头不由回响起一曲抗日战争时期流行的歌曲：

战斗英雄任常伦，
他是黄县孙胡庄的人，
十九岁参加了八路军。

打仗像猛虎，冲锋在头阵，
完成任务坚决又认真，
为人民牺牲也甘心。
……

任常伦，胶东著名的战斗英雄。年仅二十三岁便血洒疆场，谱写了一曲壮丽的凯歌。他参军四年的时间里，参加大小战斗一百二十多次，九处负伤，伤痕十一处。1944 年 11 月 17 日，在牙山前首的长沙堡，打了一场严酷的阻击战。任常伦带领十二名战士，冲入敌群，与日寇展开了白刃战。杀声震天，刀光闪闪，他一口气捅死了七个鬼子，杀得敌人血肉横飞，屁滚尿流。这一仗将一百三十五个日本侵略者和一百三十二个伪军赶进了坟墓……

英灵山，景色瑰丽，气势雄壮。坐进红色的群英亭，既能鸟瞰，又能仰视，一览无余。亭内有光泽耀眼的圆石桌和石登，四周奇石交错，翠柏掩映。置身亭中，好似坐在绿波湖中的船上。近处，英雄墓边沿，环绕着光滑细润的炮弹形石柱，使人想到那火与血的年代；远方，排排公墓，队形严整，石碑端正，仍似当年奔赴前方的勇士。那漫山遍岭的野杜鹃、映山红，莫不是壮士们的殷殷鲜血？那林林而立的树木，莫不是壮士们的刀枪？这些使人情不自禁地吟起郭沫若同志的诗句：

多少人民血，
换来此矜荣。
思之泪欲坠，
欢笑不成声。

让我们承前继后，化痛为力，为祖国四化奋进吧！

写于 1982 年，收入山东人民出版社出版《蓬莱仙阁》一书

牟氏庄园考略

牟氏庄园，庄主牟墨林，字松野，绰号牟二黑子，是中国北方最大的地主。地主大到什么程度，有多少资产，民间流传的一些版本大致有：

牟家有个亲戚是黄县一个很有实力的生意人，有些瞧不起牟家。一天亲戚到牟家做客，牟家就陪同亲戚家看了一下他的粮仓，亲戚家随手摸了一下盛粮食的囤子，大吃一惊说：“我只见过这么多的粮食，从来没见过这么多的芝麻。”牟家不急不躁地说：“这些只是我家地边地脚种的。”

又有一说：牟墨林与亲家“丁百万”对酌，酒过三巡，都有些醉意，“丁百万”是个商贾富户，没把牟墨林放在眼里。牟墨林觉察到了亲家的心境，便随口问道：“亲家，听说你这些年财运亨通，赚了大钱，确有其事?”“丁百万”得意地说：“算不了什么。家里这几年也没积攒多少财宝，只不过在大连、天津开了些商号，挣了一点小钱。如果把这些小钱从黄县一枚一枚摆到栖霞，估计能摆两个来回吧。”牟墨林听后回敬说：“亲家不必过谦，我有个想法，咱亲家俩打个赌，我除了有几亩薄田，再就是有几片山岚。山岚里稀稀拉拉长着几棵松树，你在我的每一棵松树上挂一个小钱，如能把山岚挂遍了，我情愿把全部山岚都送给你。如挂不遍，那挂上的钱则全归我，你看如何?”“丁百万”一听，吓得连连摆手说：“亲家见笑了，你的财富，哪是我能比的。”从此，“丁百万”在牟二黑子面前，再也不夸财亮富了。

还有一说：一个外地乞丐，来到牟家大门口要饭，看大门的不肯施舍，地主老爷随口说：“打发点吧，反正吃了也得屙到我的地里。”乞丐心想：“好大口气！我偏不听你的!”走啊走啊，走得精疲力乏，实在憋不住了。方便过后，一打听，才知道还是在牟二黑子的地里。

这些流传都出自牟二黑子之口，似乎有夸张和得意的成分。没有典证，真假难分，是野史。但是他的的确确是大地主。在他的财富鼎盛时期，拥有土地六万多亩，山岚十二万亩，房屋5500间，外加26个工商字号。

当时他的土地占全县的20%，占全县近万分之一的人竟占有全县五分之一的土地，可谓大而又大了。

牟墨林的农业有一个循序渐进的积累过程。清乾隆年间，其父牟綍，在兄弟分家时实得90亩土地。他深感仅靠土地发家太慢，便开始做粮食生意，俗称粮贩子。开始只奔波于蓬莱、黄县、莱州等地，后干脆把土地出租出去，又筹措部分资金，开始租船渡海贩粮，收入颇丰。他在丰年低价买进粮食，再等灾年时卖出，所得利润再去购置土地，久而久之，其家业便有一定规模了。牟綍过世后，26岁的牟墨林开始接手家业。他读书不多，但天资聪慧，对经营农业又有兴趣，便纳资捐了个“太学生”，而后远离功名，踏踏实实经营土地。

如此多的土地、山岚，牟墨林如何经营管理？他便在土地集中的村庄设有“庄头”，即保庄的，专为牟家催租、收租和看管山岚并通风报信。牟氏庄园对田庄的房舍、土地、粮仓、山岚和佃农的常规管理都是通过庄头来实施的。庄头本身也是牟家的佃户，他享受的待遇是拥有土地优先租种权，并减免三到五成的地租，也可以在牟家的山岚里打柴。

逢上灾年时，牟墨林秉承其父牟綍的家传，也开设粥厂向灾民赈济。但这种方式有很大的局限性。一是受益的对象基本上是能到粥厂来的灾民，而那些老弱病残和小孩连家门都出不了的，只能挨饿等死。二是大部分人是粥厂附近的灾民，那些远离粥厂的灾民根本走不了那么远的路，所以这种粥场只能是杯水车薪。

牟墨林抓住天灾赐予的良机，面对饥寒交迫的灾民，便开仓换地。他拥有大量土地，从而聚集存有大量粮食。饥民想借粮，他不借，只能用土地换粮。饥民为了活命，只好把命根子（土地）换给他以求生。

囤积的粮食日渐减少，眼瞅着土地的数量不断递增，牟墨林不肯失掉这一天赐良机，他毅然违背了父亲的遗言："勤俭持家，安安稳稳过日子就足够了，过海贩粮很危险，一定不要再去冒这个险。"牟墨林见地眼红，置危险而不顾，贸然去东北贩运粮食，顶风破浪，竟将两船高粱运回了栖霞。这时栖霞广大人民群众已到了山穷水尽的地步，纷纷拿着地契涌向牟家。起初是一斗高粱换一亩地，到后来是两亩甚至四亩，到最后竟到了二升（一斗等于八升）高粱换一亩。灾民被逼以地换粮，到最后时，当地主关起家中大门，有的穷人还将地契从门缝塞进地主家。据传灾荒年月，牟墨林家中书写契约，一天要用上几刀纸。灾民们明知"剜却心头肉，医得眼前疮"，也得忍痛朝这条死胡同里走。

牟墨林的人生格言是："人，不患无财，患不善用财。"这道出了他的发财天机。他是用尽心机发灾年之难财。粮即财，他善于以粮换地，也算是他善用的发财绝招了。

由于牟墨林对土地的巧取豪夺，再加上他"生品黑"，又排行老二，故称"二黑"。牟字是他风起云涌之后加上去的，"子"又是助语词，便诞生了"牟二黑子"了。

牟墨林一方面设粥场施善举，一方面以粮换地，甚至强占豪夺，形成了一种特殊的双重人格。这可能是特殊的历史时期造就的一种畸形。

牟墨林似乎天生有两大嗜好：一是圈积土地，二是建造房屋。经他手完成建造的牟氏庄园始建于清雍正年间，前后经 100 多年不断修建，方成规模。庄园占地 2 万平方米，房屋 480 余间，成 3 个单元，6 个居住单位，由牟二黑子的 6 个孙子分别居住。6 个居住单位各自立有堂号，坐北朝南，均沿南北中轴线建门厅、客厅、寝室及厢房等，构成多进院落，以南北通道连贯诸院。每单元又以群厢或围墙相密封，结为整体四合院。

牟氏庄园的建筑文化博大精深，别具风貌，被誉为"中国北方民居建筑的经典之作"。其三组六院结构，各院四至六进不等，皆以中门相贯，侧有甬道相连，整个庄园四合院重重叠叠，井然有序，房屋疏密有致，浑然一体。

建筑工艺精湛，雕刻砌凿各见其景，尤其石砌墙堪称中国一绝。大门两侧置一对雕琢精巧的石鼓，上有"福禄寿禧""麒麟送子""刘海戏金蟾""姜太公钓鱼”等图案，匠心独运，栩栩如生，煞是美观！这是劳动人民的聪明才智和文化艺术结晶。

牟氏庄园建筑在具有典型性的同时，又不乏奇特之作。耐人寻味的是有“三大怪”：一怪“穿堂门儿一线开”，二怪“炕洞设在寝室外”，三怪“烟囱立在山墙外”。这座庞大的建筑宅院，是牟氏家族历经几代人修葺而成，它是牟家荣华富贵的象征。

牟氏庄园在建筑方面有许多独到之处。如庄园西忠来的大门，乍一看，大院地面好似一堆不上讲究的杂乱石头铺的，然而，俯首细睹，却是一幅寓意深刻的大“石毯”。它完全是精心雕琢的“蝙蝠”“制钱”等图案拼凑而成，雅致、美观。行人驻足，意为走福、有钱，延年益寿。这样一座庞大的建筑物所需费用是惊人的。按照清代建筑费用支出计算，约需白银43万两。然而这些白银从何而来？主要来自巨额地租收入和153个佃户村佃农的以工代账，建设不停，劳役不止。建筑所需的大小材料来自佃户为其管理的12万亩山岚；砖瓦石来自佃户为其开办的窑场、石场。从搬运材料到建筑落成，无不渗透着劳动人民的大量血汗。

牟氏庄园的民俗文化源远流长，它生动地反映了中国北方地区的生产、节气、衣食住行和人生礼仪等风俗。其厅堂的设计摆布、寝楼住室的格局、家具的风格类型、器物上的图案寓意和建筑上的风水意识等，都是民俗文化的反映。

牟墨林对庄园的建造风格体现了封建时代封闭式的理念。他在两万多平方米的地面上，建造了480间房屋，密密麻麻，除了人行道，没有空间，没有绿地，也没有绿化带。他不像江南大盐商、大茶商那样，建造豪华的别墅式住所，占地辽阔，筑有亭台楼阁，水榭鱼池。照牟墨林的土地规模，他可以轻而易举地选择一块平整的风水宝地，建造一处园林式的别墅。但他没做这样的选择。是文化使然，还是见识不及？但值得庆幸的是他给历史留下了一座完整的大庄园，成为国家级文物保护单位。

牟氏庄园里还蕴藏着许多玄机和奥秘。土改复查期间，在庄园内挖出一个瓷坛子，内存25件大银元宝；也是在土改复查期间，又在庄园院内发现了4件大元宝；1958年，在维修庄园烟囱时，在烟囱内发现了两件大元宝。1979年8月，工作人员在整理庄园日新堂大院北群房东间原火炕地面时，在10厘米的深处，发现了一个用方砖盖的瓷坛子。坛里盛满了银元宝，共计 50 件 2962.4 两。这又使人产生诸多联想：在牟氏庄园占地数平方公里的地下地上究竟还蕴藏着多少宝贝呢？这有待历史老人去验证了。

从历次的发掘发现中，我们从牟氏庄园的院落里看到了象征财富的银元宝，没有领略到富贵人家通常所聚存的文物古董，在他家族的遗存中，也少有名画墨宝，足见其文化视野不开阔，封闭在一个小小的文化圈子里，其他资本家视其为“土”地主也就不足为奇了。

1985 年 6 月 10 日，诗人、新歌剧《白毛女》编剧、中共中央宣传部原副部长、文化部原代部长贺敬之同志参观牟氏庄园后题词：“中国封建地主阶级生活实物的百科全书，对人民和青年一代进行历史唯物主义教育的永久性教材。”

1988 年 9 月 7 日，时任中共中央总书记胡耀邦同志为牟氏庄园题词：“庄园修葺已一新，应记当年费经营。清官身与名俱灭，只留三载十万银。”

牟氏庄园，是清末民初、中国近代以经营土地为主的最大的地主庄园，也是中国当今保存最完整、规模最宏大、容貌最气派的地主庄园。它是中国封建社会地主生活的百科全书，是民俗文化瑰宝，是研究中国近代史的活化石，也是中外企业家探索经营管理的好教材。

2013 年夏季写于栖霞

观栖霞市奇石博物馆

30亿年前的远古，不甘于平淡无奇的地球，凭借自身的神奇力量，发动了一场威武壮观、声势浩大的造山运动。这堪称地球的一次自身艺术大革命。原本漫漫平平的地壳表面，突然显现出色彩纷呈、大小各异、软硬有别的形形色色石头，小的如卵如粒，大的“欲与天公试比高”，从而构成了巍峨雄壮的群山峻岭、奇顶异峰……

在神奇的造山运动中，大自然还用神奇的双手，创造出千姿百态、千奇万变独具美学形式的奇石。这些奇石是天然的艺术品，独立成章，自然成画，可谓一景一首诗，一石一天地。这不是哪位雕塑大家精雕细琢的艺术品，它是采天地之灵气，聚日月之华光的人间灵物，这些妙手天成之无价之宝，寻选了一方理想归宿之地——栖霞市奇石博物馆。

进入栖霞市奇石博物馆，你会误以为闯进了一个奇妙的世界。在这座五千余平方米的展厅里，陈列着来自全国乃至世界各地的两千多件奇石。宝玉石、化石、矿物晶体、钟乳石……琳琅满目，仪态万千。大自然的鬼斧神工令人折服，令人惊叹。在这里，似乎超越了时空嚣尘，你会完全置身于美与奇的境界中。这里的每一块奇石都是独立成章的大自然的载体和亿万年漫漫历史的浓缩。有的雄健，有的粗犷，有的像须眉男儿，有棱有角，刚毅坚强；有的像大家闺秀，高贵典雅，柔情似水；有的仙身道骨，在异形奇态中显出超凡脱俗；还有的似小家碧玉，在楚楚动人的神态中，分明看到了美人的迷人风韵……有的浪漫，有的潇洒，有的动，有的静，千奇百怪，各露峥嵘。它似乎是有灵性的，会叮咚叮咚诉说它们经历千年万年的故事和心事，诉说它的千年万年的苦闷和沉寂。

欣赏奇石要靠一个人的文化内涵、审美水准、艺术修养和心灵感情来完成对石头的审美过程。

你看那方硕大的青绿石上，在丛林密布的石阶上，坐着一位若隐若现的长者，正与另一位老人煮茶浅饮，谈禅论道；你看那块似虎似豹的灵璧石，粗犷凶猛，张牙露齿，吼声阵阵；那块云南产的大化彩玉，高丈余，宽约八尺，沟壑林立，层次分明，酷似布达拉宫，一尊笑佛端坐顶端，在为人们施善祈福；这个鱼奇石，就像一头鲸鱼从波涛汹涌的海浪中探出头来，张着大嘴直冲云霄。鱼的眼、腮、牙齿、舌头，惟妙惟肖，头顶上一层已经出现玉化，可谓浑然天成；那只白色的灵璧神龟，高高地昂起了头，迈着轻快的步伐向我们走来，润白近乎透明的身体上镶嵌着褐色的花纹；那块来自湖南的水冲石，洞穴通透，质感温润，颜色庄重，令人浮想联翩；那尊三江鸡血石，含蓄饱满，朴拙地静立着，成熟的红，在宁静中彰显着深沉与凝重；那方“飞来石”，它的周围云雾缥缈，配以幻化万千的山色，呈现给世界的是铿锵有力的生命形态。看似冰冷的面容，凝重的身躯，有时也会在大自然的变迁和侵蚀中偶尔呈现出柔弱，却不失刚毅，使人感到它是有血有脉的，有个性懂感情的。还有，飞鸟含翠，游鱼吐珠，回眸灵动的艳花嫩草。两千多块奇石，块块有奇闻，块块有故事，块块是一部天书。

古人云：“山无石不奇，水无石不清，园无石不秀，室无石不雅。”古往今来，你赢得了多少人的热爱与钟情。文人雅士，高官达贵，也包括凡夫俗子，谁见到你，都想同你对话，也都想同你交融在一起。赏石爱石，最早可追溯到战国时期。史载的“宋人愚人”可算是最早的“石痴”。隋唐以后，赏石藏石渐成潮流。大诗人杜甫、刘禹锡、白居易等，都爱石有加，留下了赏石赞石的绝妙诗篇。白居易在任上时，有人将一块奇石馈赠于他，这位诗人激动万分，像见到久别重逢的老友，欣然命笔，感叹曰：“忽疑天上落，不似人间有。”并又婉转地问："回头问双石，能伴老夫否？石虽不能言，许我为三友。"被誉为古代四大书法家之首的宋朝书法大家米芾，在他到安徽无为上任为知州时，刚入后署衙门，见庭院立有一丈多高的奇石，激动万分，立命部下取出官服和笏板，郑重地道："此石我当拜谒。"并称该石为石丈和石兄。至于大文豪苏东坡，更是爱石如命。斋无石不雅，园无石不秀。奇石伴酒，构成东坡居士的诗魂，碰撞出脍炙人口的篇章。他在知登州虽只五日，却发现并采藏了弹子窝石，还留下了称颂弹子窝石的诗篇。还有大书画家米芾，更是对奇石如痴如醉。他见石便拜，无比虔诚，达到了"待之如亲友，亲之如哲贤，重之如宝玉，爱之如儿孙"的境界，并从理论上概括出"皱、瘦、漏、透"为赏石品石的四大原则。自清自今，赏石爱石藏石蔚然成风，当今更出现了"赏石热"。

人在石外，石在人中。如果近距离与馆内的奇石接触，将会发现它们块块都是灵魂钟秀的载体，都渴望与你对话，探讨天体与美学的"联姻"过程。你看那些庄严傲立的奇石，总是这般沉默，含而不露。你在想什么？你想说什么？

人们特别欣赏你那深沉、自信而又略显含蓄的表情。任凭世人对你褒奖和夸赞，任凭热衷你的人将你在媒体和展览中"热炒"，任凭对你含有特殊情愫的人将你请来送去，你都不动声色，始终操守着那份冷峻和沉默。沉默是金。也许你笃信这一千古不变的信条。

"石不能言最可人。"奇石，你也该开口说话了，讲讲你那漫长的历史，讲讲你那奇特的经历，讲讲你那独有的变迁故事，讲讲你如何用超人的魅力竟然能调动起全人类中最聪颖最优秀的科学家，诸如天文学家、物理学家、生物学家、数学家、化学家、生理学家以及与物种起源有关的各门类学科的研究人员，都在终生地夜以继日地为你呕心沥血，寻求一个明确的地球生物起源的答案。

奇石，说话了："我的真实面目原本就是朴实无华的石头。是世人在不同的历史时期——通过各自的领悟、想象和审美情趣，才赋予什么奇、丑、怪、妙等形形色色的意境。说真的，我就是我，大自然中一块石头。"

奇石，你又过谦了。自古至今，有这么多不同层面的人寻觅你、迷恋你、爱慕你，想必你有令人陶醉的内蕴和渊源。你的温润，你的细腻，你的粗放，你的多姿，你那绚丽多彩的色泽，你那鬼斧神工的造型，凝聚了世间独特的美。但这并不是你美的全部体现，也不是你美的全部骄傲。你最壮丽最引以豪迈的是你那不平凡的诞生。那才是一场惊天地泣鬼神的雷电与火的洗礼。时光倒流数十亿年，那时混沌漠然深不可测的大宇宙，莫名的因素突然发生了大爆炸，数千度的火焰挟裹着难以估量的泥沙在偌大的天体里抛来抛去，无意中造就了你。你或被裸露在山脊上，或被深藏在山涧中。日久天长，风骤雨狂，你又被山水冲刷出来，冲到河流中，又被变得流光溢彩。你露出了庐山真面目！美在于发现。你被有识之士发现了，于是，不同的人，对你产生了不同的美的臆想。有人把你奉成一尊佛，有人视你为神仙，有人把你看成是某位超级艺术大师的杰作，有人把你说成是世间从未出现过的新物种……你呢，仍然是默默无语，你只是尽力扩展钟情于你的人的艺术想象力，多方面构筑你那美的化身。

但这仍然不是你绝美的全部，你的惊人之处，是你那宇宙大家族中成员，在很早很早谁也计算不出是什么年代的时候突发奇想，从太空前来造访地球，带来了创造生命的重要元素，使不毛的地球孕育了生命。

原来你是地球生命的根。真难想象，石头竟然成了我们生命的源头。难道这不值得人类赞赏你吗?

物贵于奇，奇潜藏着美。奇石贵就贵在它的独特的美上。它既有天然质朴，千奇百怪的变化，也具有心灵的感知。火的洗礼，水的锤炼，泥土的执着，造就了这些不可再生的艺术品。我们庆幸大自然的恩赐，也感谢这些美好的伴侣。

2013 年夏写于栖霞

石破天地惊

美，取自天然之气，寓于变化之中。

远古，30亿年前，不甘于平淡无奇的地球利用自身的神奇力量，发动了一场威武壮观、声势浩大的造山运动。这堪称地球的一次自身艺术大革命。原本漫漫平平的地壳表面，突然出现了大小各异、色彩纷呈、软硬有别的形形色色石头，小则如卵如粒，大则欲与天公试比高，从而构成了巍峨雄壮的群山峻岭、奇顶异峰……

石头无私地装点和丰富了地球。地球自从有了人类以来，人类也同石头结下了不解之缘。人类最早显示智慧的标志便是开发和利用石头，曾在悠悠远古期间，以石头制作出赖以生存和抗争的主要工具，如石斧、石箭等，并且最早发现并采用燧石取火，从而促进了人类的进化……原来，是石头引导人类一步步通向更高的文明。

石头是大自然赐给人类的珍贵财富，于是便有了“点石成金”之说；石头又能将人引入不同凡响、不可名状的奇境，于是又有了“石破天惊”之语。

当你走进山东省莒南县外贸石刻厂时，你会感到似乎进入了另一个世界，一个石头王国，一座别具一格的艺术殿堂，一个宏大的珍品宝库。那一座座、一排排琳琅满目、形态各异、流光溢彩的石刻制品，会使你目不暇接。那汉白玉雕刻的“嫦娥奔月”，冰肌玉骨，妩媚动情，真不忍心让她从人间离去；那“唐僧取经”，肃穆虔诚，温文尔雅，神鬼见了也为之感动；那清高自赏俯卧在清池边上的维纳斯，似乎是飘逸在天上的一朵白云；那憨态可掬的顽童，谁能想到他的此举竟能维系着一座城市的生死存亡？那荷池岸边上的青蛙，鼓眼蹬腿，栩栩如生；那偷油吃的老鼠，那般地机灵敏捷；那奔马，那雄狮，那北极熊……还有，那造型典雅的石灯、石塔……

在这里，石头活了。石头会谈话了。石头为人类做贡献了。

莒南县外贸石刻厂是在1968年创办起来的。当时，一切都很简陋，只是从当地农民中选拔出了12个人，凿上十几把锤钻，在两间草屋子里干了起来。莒南县环抱在沂蒙山系中，遍地是山，遍山石头，“山高石头多，出门就爬坡”，构成了一幅穷山恶水的恼人形象。深谙群众疾苦的各级干部，不甘于贫困的肆虐，不忍于捧着金碗讨饭，在“靠山吃山、靠海吃海”的启示下，决心在漫山遍野取之不尽的石头上做文章。他们不畏艰苦，走山访水，足迹踏遍了全县的角角落落，在一一查看了全县的山石后，首先筛选出了王家坊前黄山上出产的一种玉石，经送往省城找有关部门鉴定后，认为这是一种搞石刻的好材料，并命名为“莒翠玉”。这便导致了石刻厂的诞生。

只有人类智慧之泉融进了石头，石头才会有生命、有灵气、有价值，不是吗？现今担任莒南县外贸公司副经理兼石刻厂厂长的王家范，便是一位视石头如生命、视石头为朋友、视石头为伴侣的石刻专家。他出生于一个石匠世家。曾祖父、祖父、父亲都是依山为伍，当了一辈子石匠。坚石之音、锤钻之声，是他童年的催眠曲，也成了他的启蒙之师。尽管长辈们不愿让他再在石板顶上摔汗珠子，因为那太苦了，但他还是爱上了石匠工艺，常常趁大人们休息，偷偷摸起锤钻，叮咚一番，那滋味比吃了蜜还甜。功夫不负有心人，村里成立石刻厂，村支书便选定他为一棵石工好苗子，吸收进来。他如鱼得水，如痴如醉，一往情深地拥抱起石头来了。20多年来，他把自己的人生意志写在石头上，把自己的感情化进一件件石雕品里。刚入厂时，刚刚初中毕业的他，数九寒天，独自一个人在冷屋子里一干就是深夜12点，早上4点钟爬起来再干。他继承家世的传统，但不沿袭和拘泥长辈的手艺。他要创新。他认为，只有创新，才能满足人们不断提高的需求变化，才能用石头创造价值。不到三个月，他便创出了葡萄书档、蟹子烟灰缸、镇纸条等多种样品，在1969年的广交会上，首次展出，受到了港商的欣赏，签订了第一批供货合同。

沉睡了千万年的荒石苏醒了。农民种田的那双大手，把荒石雕琢成了各种形态的物品，登上了大雅之堂。原来石头也能漂洋过海闯世界。这是历史对沂蒙人民的肯定，也是历史对沂蒙人民的推动。他们的信心足了，胆子大了，决心向高的目标攀登。

敢于钻研、勇于探索的王家范，很快便成了厂里的技术骨干。但他视成绩为开端，更加勤恳地向前发展。他们在探索中悟出了一个道理：不能因循守旧、墨守成规，要广泛吸收、充实、升华，要使石头走出去，必先走出人去……于是，王家范与同伴们一起，分期分批上北京、下浙江、去福建、访莱州……哪里的石刻工艺水平高，他们就到哪里去，拜人家为师，虚心向人家讨教、学习。他们还不惜花费从江苏省请来老师傅，讲解、传授技艺。这些切磋活动，使得他们的视野不断拓宽，艺术素养不断提高，工艺技术更加成熟。到如今，他们已研制出了石刻品种2000多个，产品销往日本、加拿大、新加坡、欧洲等40多个国家和地区，年创汇200多万美元。

20年心血化硕果，20年辛苦不寻常。如今的外贸石刻厂已拥有40个加工厂点、近2000名生产人员，固定资产300万元，1985—1988年间，年产值连续四年翻番，1991年产值将超过千万元。在全省同行业中，该厂的品种、数量、市场潜力均名列第一。在全国同行业中也名列前茅，先后获得了省“出口石刻品质量”一等奖、“开发创造技术革新”一等奖、“出口创汇先进单位奖”和“科学技术培训奖”等。目前，该厂已与外商签订了五年贸易供货协议，又在信任、诚实、友谊和互惠互利的基础上，同日本、美国外商签订了两个合资项目，被山东省外贸局列为重点石刻出口基地。

这是一曲人与石头的赞歌。

1991年12月于济南

歌漫青岛

青岛美，夏天的青岛更美。青青的天，绿绿的树，红红的瓦，蓝蓝的海——这一切，构成了一幅特有的画；优美的诗，抒情的曲——青岛似乎是一个天赋的音乐之城。你看，平素假日，在海边，在街心公园，在林荫道上，一早一晚，都经常有人在习奏乐曲，在练歌。你瞧，飘着五星红旗的万吨巨轮正鸣笛起航，依托于大海的胸脯，奔向五洲四海，昂首阔步，乘风破浪，堪称与大海共高歌、齐引吭。你听，海水在涌动，潮水在猛涨，那涛声，交织着工厂里机器的轰响，不正是一曲雄伟的大合唱？动人呀，青岛！你胸膛里孕育有生命之火的音符，你本身就是一首优美的乐章！

今年的青岛，由于举办了首届“青岛之夏”音乐会，全城更加沉浸于音乐境界之中。“青岛之夏歌满城，满城笑语伴歌声。”粉碎“四人帮”后，人们扬眉吐气，心情舒畅。埋藏在内心的火焰要喷吐出来，积蓄在深处的感情要抒发出来。人民需要音乐，音乐离不开人民。青岛市的专业和业余文艺工作者五百余人参加了这次演出。这中间，有炼钢能手，有纺织女工，有职员，有学生，更有特邀的著名歌唱家、钢琴家、指挥等。中央乐团的刘淑芳，中央歌剧舞剧团的楼乾贵，中央音乐学院的周广仁、叶佩英、黎信昌，北京部队歌舞团的俞敬东等专家参加了演出，为引人入胜的“青岛之夏”增色生辉。

帷幕拉开，全场宁静。集聚在舞台上的有年轻的、陌生的歌手，有久负盛名的歌唱家、演奏家。久违了，亲爱的同志！抒发对毛主席、周总理、朱德委员长的深切怀念，赞颂华主席的英明领导，反映广大工农兵决心早日实现四个现代化的英雄气概。

刘淑芳，我国著名的女高音歌唱家，在“四害”横行的日子，她深遭摧残，被迫十年没有登台演出。如今她又回到人民中来了。她的歌声深深感染着人们，大家一次又一次地对她鼓掌表示欢迎。男高音歌唱家楼乾贵，是1958年世界青年联欢节银质奖章获得者，“四害”横行时，就连他到医院为病员演唱了几首歌曲也被指责为“复辟”，真是欲加之罪何患无辞。现在他可以纵放歌喉了。女高音歌唱家叶佩英的歌声，时而把听众带到热火朝天的大庆油田，时而把听众引进奥秘的星宇之间。凡是听过男中音歌唱家黎信昌和优秀女中音青年独唱演员俞敬东演唱的人，无不为那圆润、深沉的歌声所感动，留下深刻印象——

“青岛之夏”音乐会是一个良好的开端，愿来年再逢。愿我们为美好的生活歌唱！为新的长征歌唱！为四个现代化的实现歌唱！

刊于《山东画报》1978年第6期

阳光下的人们

我是省报的一个摄影记者。照相机是我的武器，我同它，跑遍了全省的工矿农村，也不知拍下了多少激动人心的镜头，登在报纸上，教育和鼓舞人们前进！这一次，我的任务是特地到省城北边一个偏僻农村公社去，专门拍一组颂扬那个公社社长、全国农业劳动模范曾福广的照片，刊登到报纸上的《阳光下的人们》一栏的。

下了火车，还得坐一百多里路的汽车，才能到达这个公社。车次不多，每天只有两趟。怕误了车，我一直坐在一间售票、候车两用的小红屋内。屋子不大，人可不少，熙熙攘攘，有农民，有工人，有干部，有军人，还有些戴着硬盖帽子的铁路职工……我坐在一个角落里的条椅上，低着头，构思着未来照片的画面和意境。

正想着，我听到一阵脚步声由远而近，接着，是一个男人的声音：

“同志，你就在这儿等等，我去给你买票。”

我抬头一看，见是三个人，两女一男。男的和那个年轻姑娘，头上都带有白卫生帽，身穿白色罩兜，上面印有“大众旅馆”四个红字，一眼看去，就知是两位服务员。那个中年妇女，约有三十四五岁，手提一个包袱，头上还留着刘海发，着一身蓝褂，穿一双农家特有的割花青鞋，大手脚，红脸庞，不用看就知道是一位勤劳的农家妇女。当她听到那位男服务员要去买票时，脸上涌现了不安、焦虑和感激的神色，慌忙说道：

“同志，已经麻烦您不少了，我真从心里过意不去。”她低下了头，有点孩子气地用手搓揉着袄襟。

那位姑娘倒很大方，十分自然地捅了她一把，使人觉得就像她俩从小是一起长大的似的，一面道：

“看你又说哪去了，不是都说过了，咱都是一家人，你有困难，大伙理该帮助！”

中年女人长长地叹了口气，道：

“只怪我太疏忽，要不，就不用麻烦您了！”

姑娘显然是不大愿意听她这些话，作了个“不要说了”的表情，把她推到一张凳子上坐下。

中年妇女心神不定地坐到那里。

这时，一个戴蓝制服帽的青年走过来（看得出来他是由于好奇），问那姑娘道：

“她怎么啦？”

“把钱丢啦！”那姑娘答道，“她来买东西。买好了东西之后，到我们旅馆里吃饭，一伸手，发现剩下的钱全丢了。”

“没找找去？”

“找啦，”姑娘接着说，“一听说过没了钱，旅馆就派人帮她出去找，可一时又找不到。”

小青年有点着急了，忙冲着中年人问：

“那你还没吃饭吧？”

“早吃啦，吃得可饱呢哪！”中年妇女满意地说道，“旅馆的同志们听说我丢了钱，都争着给我买饭；不但买饭，还凑钱给我买车票，喏，这位大妹妹和那位大哥哥还亲自把我送到车站上，嗳，真叫我说什么好呀！”

小青年微微一笑，放心了。突然我看到他跳到了凳子上，像是开大会讲话一样的高声道：

“同志们，这位妇女把钱丢了，‘大众旅馆’的同志们帮她吃上了饭，又亲自送她到车站上，咱们大伙应不应该帮她买买车票?”

人们被这突如其来的举动愣住了。及至回味了这番话的意思之后，都纷纷向小青年凑去。

“一角。”

“五分。”

“两角五。”

……

我也赶忙从衣袋往外掏钱。

我一回头，见那位中年妇女直直地站在那里，什么话也说不出来，脸上更为激动，眼里有点湿润……

这个小小的站房骚动了一下之后，马上平静了下来。随着这种平静的到来，是小青年手里的一把票子。他握着钱，朝售票员那奔去。

我也跟了过去，因为，我知道这里还有一场纠纷。两个人买票，一个人坐车，到底哪个人被说服而不买呢？看来这是个不好解决的问题。果然，我还没走到，就听那边争执起来了。

“同志，我已经买好啦，何必你再买呢?”

“不，你们旅馆的同志已经帮助不少了，这是应该感谢的，票还是我们买吧。”小青年把那位服务员要去取票的手拉了回来。

“这不行。钱已经凑好了，大伙叫我把这位女同志平安送走，那怎么成?”

“可我这也是大伙的一片心意呀!”小青年双手伸进售票口，抢了先。

我们上了车。中年妇女把那两位服务员同志送走了。他们彼此都充满了留恋的表情。然后，她又用感激的眼光向所有的人致了谢意，坐到座位上。我看得出来，她脸上充满了掩饰不住的幸福的微笑。现在，丢钱后给她带来的紧张心理完全没有了，而是沉浸在一股温热的暖流里。她看看这个，看看那个，就像看自己家里的成员一样地自然和兴奋。

车就要开了……

发动机刚隆隆地响起来，一位年约四十岁的庄稼汉朝车跑了来。他招呼着，连跑带喊，问这里是否有一位丢了钱的女同志。

中年妇女跳下车去，与那人碰了个满怀。

"就是你吧？可找到了！"那人喘了口气，欣喜地道："我拾到它以后，就往镇委会送，到了那里，听说在'大众旅馆'有个女人丢了钱，我就慌忙赶了去。一问，说你到车站来了，快上车走了，我气也没喘，就赶了来。这可好了，你点点钱数吧，看对不对？"

中年妇女接过钱包来，两手有点颤抖，握住那庄稼汉子的两手道：

"真是比亲兄弟姊妹还亲呀！"

车开了。汽车在原野上带子似的公路上奔跑。我与那女人一前一后地坐着。我不知那女人在想什么，只看到她对着辽阔的原野出神。而我呢？心里翻腾着，想了很多很多。在这不到半个小时的时间里，发生了多少令人深思的事？可惜我一张照片也没留下来。这时我才后悔，哪怕给这些人来一个合照也好呀！

刊于《群众艺术》1959年18期

一个平淡无奇的人

形势在不断发展。人员在不断变化。机关里逐渐充实了一些新的血液。这样，相互之间的称呼也由单一而多样化了。除去“同志”“老张老李”之外，又增添了“老师”和“师傅”，甚至还有“叔叔”和“阿姨”。不言而喻，年轻人多了。但不管年老的还是年青的，不管使用什么称呼，大家对杜秋的评价却极为一致。每到年终评选先进工作者，大家都会异口同声说：

“我提议杜秋同志。”

“我同意杜秋老师！”

“杜大姐理所当然是先进！”

“就应该是杜师傅！”

杜秋总是挥挥手：“我不行。我没做什么。不要提我。”

“俺就看杜阿姨好！”一个女孩子叫开了。

但在每次总结杜秋的先进材料时，却会难坏宣教处的同志。他们通过调查、座谈、采访，总感到她的事迹平淡无奇。既无轰轰烈烈的惊人壮举，又缺乏掷地有声的闪光语言。从材料角度上看，没有什么特色。

但同志们仍然坚持：“还是杜秋同志合适。”

她住在四楼。头两次分房，她都推辞了。照说，这一次，不论实际情况或是资历、身体状况，她本应得到二三楼。然而，“当仁不让”的人太多了——会上表态比谁都好听，会后则拉关系、走门子，进而不择手段。杜秋主动找到管理科说：“给我四楼吧。爬爬楼，也是一个强迫自己锻炼的好机会。”杜秋的要求不费吹灰之力获得批准。她起得早，每天一大早外出打豆浆。一边下楼，一边将层层楼梯口亮着的灯关掉。“叭、叭”，天天日日这样。

逢年过节，机关为大家搞福利，集体经办些菜、鱼、水果之类的东西。不少人闻风而动，捷足先登，挑肥拣瘦。杜秋总是落在后面。大家剩下的，她拾掇拾掇拿走了。习惯了，当这份东西没人要的时候，她也自然而然地说：“给我吧。”

她做组织工作，经常到下属公司了解情况。全系统这么多干部，每个干部都牵动着一个家庭，而哪个家庭也有那么一支难唱的曲。杜秋都一一记在心上。谁家的老人卧床不起，她去看看，说几句暖心的话；谁家的孩子缺乏照料，她去瞧瞧，还帮着说说笑笑；谁家夫妻不和睦，她选择能受到启迪的电影，请他们看……她在外面经常碰到一些迷路的孩子，像亲生母亲般给孩子买糖果、点心，逗孩子哭中转笑，再设法把孩子送回到他的家里。时常有人到机关找着领导道谢，杜秋只说：“嗨，谁还没有孩子。”

宿舍大院一溜几幢大楼，住户多，本单位外单位又交叉在一起。常有生人来打听住处。一般人都是一努嘴：“那边。”或者一愣：“往左往右再往左。”而杜秋，不但把人送到楼梯下，还仔细告诉某层楼的某一个门。有一次，住在这院里的外单位的一位女同志的母亲从乡下来，见了闺女第一句话是：“你机关上真有好人。那位老大姐，一直把我送上五楼家门口哩。人生面不熟的，可亲哩。”

虽然机关里排有卫生值日，她也自动扫洗厕所。虽然年岁大了，有些体力劳动不需她参加，她也坚持去，能做多少就做多少。她对待什么事都是兢兢业业，一丝不苟。她的分工是明确的。但她工作起来似乎没有界限，没有范围。

她像一滴水珠那般平淡无奇。

她的事迹怎么也不动人，就连机关里整理材料的高手也爱莫能助。

她不外露，只求本分；她不闪光，只求散热。她受到了各方人士的认可。

1985 年 5 月于济南

心中的歌

早晨，我醒过来，红艳艳的太阳已爬上窗旁。我坐起来，刚要下炕，只觉头重脚轻，眼前直冒火星。我这才感到，身上冷一阵热一阵，嗓子眼里火烧火燎的，头也像针扎的那样痛。这是怎么啦？妈妈见我弯着头坐在炕沿上，过来摸摸我的头，说：

“病了。头烫人哩。是不是昨晚又去钻水塘啦？”

我不敢抬头看妈妈，只是低着头不吱声。我说什么？妈妈的判断一点也不错呀。昨儿晚上，我约了小三、狗子、水孩……去西北洼水塘玩了个痛快！我们扎猛子、打扑通、狗刨……还进行了一场地地道道的海战！直闹到星星不断地瞅我们，弯弯的月牙儿也跌到山坳坳里去了，这才回了家。因为我跟着爷爷睡觉，又加上从电影和画书上学了点侦察员的本领，所以妈妈没发觉。但谁知又闹腾病了，这就露了大馅。妈妈说：

“夜里水凉，冰身子，以后要记着。”

我“嗯”了一声，望着妈妈那和蔼多于责备的脸，说不出话来。妈妈的话是对的。学校徐老师也叮嘱我们，不要夜里在凉水里泡，可是我们没听话。妈妈看到我已经知道错了，只是说：“今日不要去上学了，在家好好养养。我让玲子给你上学校请假。等我中间休息的时候给你拿药来。”妈妈赶忙吃了饭，就去上工了。她是大队面粉加工厂的厂长，得早些去安排活儿。

我不想一个人躺在家里，孤孤单单当病号，何况还是不听话闹起来的哩，多不好意思！我想去上学，便下来炕去穿鞋，一弯腰，头发晕，还恶心，只好再回到炕上躺下……

我迷迷糊糊的，睡不着，透过玻璃窗看看太阳，已是大半头晌了。我心里急得很。想着学校，想着班上的同学，想着今天的语文要讲授新课，自然也想着徐老师……我仿佛看到，徐老师正站在讲台上，在向同学们讲解。她的表情是那么安详、那么庄重，声音是那么清晰、那么明朗，那股认真耐心劲儿，给我的印象再深也没有了……不知怎么闹的，我常常把徐老师和妈妈的脸混在一起，有时简直分也分不清。她们对我的亲热、关切、爱护，可以说一模一样。我觉得精神好多了，心身全沉湎于对徐老师的回忆中……街门响了，妈妈回来给我送药了，我更加高兴，心想早早吃上药，好了病，快上学去，我转过脸夹，大声喊：

“妈妈!”

等我仔细一瞧，原来不是妈妈，是徐老师！我急忙爬起身来，说：

“徐老师，是您来了，您快坐吧!”

徐老师笑眯眯的，走过来，俯下身子，把我轻轻按下，亲切地问：

“方方，好些啦?”

我看着老师那张深情的脸，细声说：

“老师，我没听您的话，夜里去泡水了，受凉了。”

徐老师望着我，和蔼地说：

“以后可要注意呀。生了病，影响了身体，还耽搁了学习，多不好。”

我点点头，望着老师那张可亲可敬的脸，眼圈红了。徐老师一见我的样子，赶快转换话题，用手从布袋里掏出两个小纸袋来，问：

“方方，你看这是什么?”

我看了看，便答：

“药。”

徐老师笑了，一边从纸袋里往外倒药，一边说：

“是呀，我从你妈妈那里来，把药给你捎来了。来，快吃了吧。”她顺手从桌子上的暖瓶里倒了一杯水，扶起我来，把药吃下了。

我躺下来，徐老师用单子盖盖我的身子，拿着药袋告诉我：午饭后吃一次，晚饭后吃一次，每次吃一大片两小片，记住啦？我点点头。她转而又问我：

“方方，你说药有什么作用？”

我心里想：老师是在对我进行知识测验哩，便答：

“能治病呀。”

徐老师点点头，满意地说：

“不错。人生了病，是因为受了外界的侵袭，这就需要赶快治疗。服药，就是向侵袭物作斗争的武器。你知道药分哪些类吗？”

我想了想，说：

“有中药、西药。”

徐老师用鼓励的眼光看着我，道：

“你的知识面还挺广哩。我再问你，有一篇小说的名字叫《药》，你知道吗？”

我摇摇头。徐老师又问：

“你知道有位鲁迅先生吗？”

我睁大了眼睛，道：

“知道。我在画书上看过介绍。”

徐老师坐到炕沿上，跟讲故事似的对我讲：

“鲁迅先生是解放前半封建半殖民地旧中国难得的一位文学家、思想家和革命家。毛主席称赞他的‘骨头是最硬的，他没有丝毫的奴颜和媚骨’，他只活了短短的五十五岁，却给我们留下了大量的小说、杂文、论文、诗、书信、译作……成为我们中华民族璀璨辉煌的思想文化财富之一……”

我正听得入神，老师却停下了。我这才发觉，她的前额上渗出一滴一滴的汗珠，嗓子也有些沙哑。徐老师掏出手绢来，抹抹头上的汗。我爬起身来，要给老师倒水，老师按住我，说：

“你好好躺着，我自己来。”

她倒了杯水，缓缓地喝了，看着我那期待的眼神，又继续说了下去：

“鲁迅先生写《药》这篇小说时，是在一九一九年，距今整整五十年了。那时候，中国正处在最黑暗的时代，也是革命的火种刚刚撒下的时刻。反动派疯狂地镇压人民，屠杀革命者。而人民群众中也有些人处在麻木状态，缺乏勇气，丧失信心，看不到光明，甚至用革命者的血，来医治自己的病……鲁迅先生以他对人民大众充满信心、高度负责的精神，用婉转的、细微感人的手法，用他的心血，滋润着人们的心田，唤起人们的觉醒……好了，今天的语文课就是《我的伯父鲁迅先生》，这里我给你概括地介绍了鲁迅先生的一生，等你病好了后，我再给你详细讲解课文……”

我望着徐老师那张渗出汗珠的脸，感动得说不出话来。徐老师用手摸摸我的头，悄声问：

“好些了吧?”

我猛然感到，徐老师的手烫人，比我这个发烧的人还烫哩！我再也抑制不住自己，爬起身来道：

“老师，您也病了！您刚上完课，又来……”我的眼圈一阵发热，急忙用手去擦眼。老师轻轻抚摸我的头，慢慢让我躺下，说：

“你好好养着，病好了，就去上学。你今年五年级了，就要毕业了，暑假过后，就要升入中学了。国家实现四个现代化极需要人才，咱们可不要辜负祖国对我们的期望，要抓紧呀!”

徐老师亲切地朝我点点头，走了。

我望着老师的背影，大滴泪珠夺眶而出。我心里想：尊敬的老师，不是正像她刚才赞誉的鲁迅先生那样，用自己的心血，滋润着我们的心田吗?

1986 年 8 月于济南

王老汉的大灰驴

王老汉拾满了一筐粪，天才蒙蒙亮。他回到家里，见老伴正往磨上套驴，准备推磨。大灰驴像有意欺负王奶奶：头直摇晃，后蹄乱蹬，鼻子不住喷气。惹得王奶奶嘴里大声吆喝，正想掴它两个巴掌。王老汉一看，急忙撂下粪筐，上前抓住了缰绳，大声朝王奶奶道："你要干什么?"

王奶奶受了屈，老汉不但不帮忙，反责问起自己来，便没好声气地说："这不是嘛！推磨，这些日子就没面吃喽，你还不知道!"

王老汉把绳子往下一甩，拉着大灰驴就往外走，气得直打哆嗦："你不知道这些日子它太累了吗？还让它推磨，我看你的心就没长正处!"

王奶奶气得往靠墙的三角凳上一坐，赌气道："不推就不推，你就扎起脖子来，不用吃，看看谁焦急。"

王老汉一声不响，把大灰驴拴到栏里，筛上草，多加上一把料，拍打着驴的腚巴说："谁说也不行，你得歇歇。"

王奶奶越看越不顺眼："驴亲戚就是你的命。"说完便生气地绑上磨辊"呜呀呜呀"自己推起磨来。

这些日子，王家庄连人带牲口确也累得够呛。大伙自从听了国家过渡时期总路线的宣传教育后，全庄大家小户都争相把粮食卖给国家。送粮这几天，全村都自动互助起来了。

王老汉把自己卖的粮送到了粮库以后，还让大灰驴帮别人一连送了三天粮。

王老汉安排好了牲口，回头看见老伴独个在“呜呀呜呀”地推磨，心里又有点那个，便抢上去接过磨辊来说：“你也得歇歇啊。”接着便半解释半埋怨地说道：“你呀，也不想想，人累了还能说说，牲口可会说话？累坏了可咋办？这是咱全家的命根子啊，打从翻身以后，才分了这么头大驴。过去，你祖辈可养起过驴？我看这些年日子过好了，把你也烧坏了。”

王奶奶半天没吭气，最后才嘟囔了一句：“你就能给你驴亲戚找理。”

正说着，吱的一声，街门开了。进来一个人，王奶奶一看是刚过门不久的闺女，慌忙迎上来给她拍打身上的土，扯着袖子就往屋拉；王老汉也迎上前去问道：“妮子，这么早来有啥事呀？”

闺女喘了口气说：“俺村今天往粮库送卖给国家的粮食，全村不到四十户人家，卖的三万多斤粮要一起去送，劳力不够不说，牲口也忙不过来，所以一清早就跑家来看看……”

“噢，原来为这事呀！”王老汉眉开眼笑地道：“咱庄昨日就送完啦，数目也不少啊，八十多户，眼看就够了六万斤。上级说咱这是基点乡，处处就得走头里嘛！正好咱的大灰驴在家闲着，你等一等，我去把车套上，帮你送粮去。”

闺女喜坏了，直跺脚叫“好爹”。

王老汉走到栏里，解下缰绳，摸摸大灰驴的脊背，朝大灰驴说：“大灰，再干一天吧，还是去送爱国粮，这是件好事啊！”

刊于《新观察》1954年第三期

没有过门的媳妇

晌午，秀琴吃饱了饭，把碗筷一推，说了声：“娘，我走啦！”就急匆匆跨出了门槛。

这是个初冬的日子，已经是地了场光的时候。秀琴穿戴得漂漂亮亮的，沿着空荡荡的坡地飞一样地向大勇家奔去。她是去叫大勇一起到区里登记结婚的。

到了大勇家，见婆婆正忙着喂猪，亲热地叫了声“娘”后，问道：“娘，大勇哪儿去啦？”

“还不是上社里去啦！刚要吃饭，西头老王来说社里的什么机器坏了，让他去修理修理，他放下碗就跑了。”王大娘眯着眼，喜滋滋地回答。

这时，圈里的大肥猪正“呼哧”“呼哧”地吃食。秀琴不经意地走过去一看，是一盆泡好的花生饼水，还腾腾冒着热气。

“娘，怎么能用这喂猪？”秀琴奇怪地问。

王大娘白了媳妇一眼，自信地说：“傻孩子，看你把娘贬得一钱不值啦，我喂了一辈子猪，还不比你明白？”

“那干吗还用这东西喂呢？上面正号召节约，你用花生饼喂，不是太浪费了？”

王大娘有点不大满意，她觉得秀琴是个挺机灵的孩子，偏偏现在这么傻气，瞅了她一眼说：

“娘不是糊涂人，哪能光给它花生饼吃呢？你看，”王大娘指着身后满满的地瓜叶缸说，“这不是？”

秀琴眼一忽闪，生了怀疑，问道：

“那你为什么这回又光给它吃花生饼呢？”

“鸡蛋都给你问出骨头来啦！快进屋暖和暖和吧，看你手冻得……”王大娘搭讪着，把秀琴推进屋里。

秀琴进了屋，心里正纳闷今儿个婆婆神色有点不对劲，一溜眼看到桌上放了个字条，上面写着：

大勇同志：

我社向你订购的肥猪，今天下午去赶。

敬礼！

五区供销合作社

十一月十日

“啊？……”秀琴看了字条，明白婆婆给猪吃花生饼，是为了引猪多喝些水坠秤，不禁失声叫了起来，心里又气愤，又感到羞耻，那红泛泛的脸，顿时变白了。她只愣愣地望着婆婆，好久好久，才问了句：

“娘，合作社今天过午来赶猪吗？”

“嗯。”王大娘知道事情不妙。

“娘，你做这事，大勇可知道？”

一问起大勇，可把王大娘吓了一跳，赶忙说：

“啊呀，可千万别让他知道。那火暴性子，一触就着，他要知道了，又不知得问我个什么罪啦！”

秀琴没吱声，她一步跨出门，看见猪还在那里拼命地吃，肚子已鼓得溜圆。

秀琴是个要强的人，要是自己的娘做出这种丢脸的事，准会刺儿她，但这是婆婆呀，而且自己还没过门，今天要去登记，只好压住火气好声好气地说：

“娘，咱怎能在这上面打主意，这是卖给国家的啊！”

王大娘不安地解释道：

“这我也知道。可是咱这只是让猪多喝点水，涨涨秤，也不算什么。再说，咱多卖一个是一个……”

“你的钱是多了，可是国家呢？娘！”

要说嘛，王大娘还不是一个很落后的人。政府有个啥号召，她总响应。可就是爱占点小便宜。今儿个上午，他听儿子说供销社要来赶猪，脑门子一热，就背着儿子做了这蠢事，不巧叫秀琴碰上了。这会秀琴一盘问，不知怎么说好。秀琴见王大娘低着头不言语，进一步说：

“娘，咱千万不能做这样的事，你忘啦，供销社是咱大伙入股办的，要是大伙都像你这样，还能办得好？再说去年你去供销社买东西，钱给多了，后来社里的同志还特意给你送回来。咱还能昧着良心坑国家不成？”

王大娘知自己理亏，可想到自己那么大年纪，要在没过门的媳妇面前认错，一时拉不下脸，还是一声不吭。正在这时，门外有人问：“大勇在家吗？”

“谁呀？”婆媳俩同时问。

“嘿，连俺供销社老崔的声音都听不出来啦！我赶猪来了。”

秀琴一听供销社来赶猪，正想叫婆婆把实话对老崔说，忽然见婆婆一扭身走出屋去，她便立刻一个箭步追上来，只听见婆婆对老崔说：“老崔，对不起你了，今天不赶啦！”

秀琴没有想到婆婆说得那么痛快，心里一高兴，也跟着大声说：“老崔，今天不赶啦！”

刊于《新观察》1956 年第四期

都是一家人

一连几个毒热天，把麦子烤得金黄，微风一吹，漫坡就像黄水一样翻滚着，黄家庄的人们，都磨镰备车，准备麦收。

这天晚上，天空就像一块蓝布绷得紧紧的，星星在眨着眼。不到半夜，忽然有一个人骑着一辆自行车向村里飞驰而来，停了一会，村中大槐树上的广播筒就响起来了。

“全村老少注意啦！刚才接到区上的紧急通知，说明天下午，台风将侵袭到我们这一带，要全村互助组、各家各户赶快动员起来，抢收小麦。”反复喊了三四遍，瞬时，家家灯明人喊，户户驴叫镰响，一伙伙的人，向地里涌去。

王大爷今年六十三岁了，儿子是个海军战士。他躺在床上朦朦胧胧地听到这个消息，立刻不安起来，心想：“到嘴边的馍馍了，可不能让它糟蹋了！”本来，王大爷的地是由互助组代耕的，可是现在他一合计：“全组七家，种了二十多亩小麦，时间这么急促，互助组人又不多，怎么来得及抢收呢？”他对老伴说：“我看互助组几个人，光自己组里的麦子还收割不及，咱们那二亩麦子还是自己去收吧，如今多一人收割，就能多得一份粮。”王大娘也连连说好，王大爷赶忙找出了镰刀，老两口拄着拐棍急急忙忙向麦地走去。

走近自己地边，就听得“嚓嚓”的割麦声，王大爷用手揉了揉老花眼，见地里影影绰绰晃动着一群人影，他还没来得及想这是怎么回事，组长李文祥跑过来扶着老大爷的胳膊道：“大爷，我怕惊动您老人家睡觉，没去告诉您。放心吧，您的麦子已快收完了。”说着，又回头张罗了一声：“小强，你快把大爷和大娘扶回家去，这黑灯瞎火的天，要是老人有个失手闪脚的，可怎么办?”小强把镰刀一扔，跑上去对二老说：“您老别挂心啦，麦子我们会替您收的，先军属后自己，这是我们全组的爱国公约，我们保证不让您的麦子受糟蹋，快回家吧。”说完，拉着两个老人就要走，王大爷急忙挣脱开手，说：“不是，你想差啦，这块地有我和你大娘就行，你们快到别处去收割。”小强一听，急了，说：“大爷这说哪去啦，照顾军属是俺们的责任，怎能叫您两位老人来动手呢?”组长也接上说：“是哪，要那样，怎么对得起俺志刚弟呢?”老大爷忙道：“你们对我太好啦，可是现在地多人手少，不帮着一道收割点，怕来不及收，糟蹋大伙的麦子，我怎能安心……”

争吵间，只听有人嚷：“麦子已经收割完了。”组长对两个老人道：“这回可以回去了吧，麦子也割完了。”王大爷摇摇头说：“不，我得跟你们一块到别处去，抢收麦子大家都有责任。”组长刚说了声：“那怎么行?”便被王大爷接过去了：“哎哟，咱不都是一家人？俺俩不能割多少，就多捡些麦穗来，也给国家多添一点粮，这也是俺俩的爱国心意嘛!”王大娘把手里的棍一捅道：“对，对，就是这么着!”大伙没有话说了，只好笑着把两个老人拥上空着的一辆胶轮大车，朝另外的麦田奔去。

刊于《新观察》1953 年第 13 期

栖霞寄语

久在农村滚磨，对农村产生了一种特殊感情。我钦佩农民的朴实、敦厚，更欣赏他们的诙谐和幽默。同样的一件事，甚至一些很严肃的话题，经他们一说，顿时活活脱脱，增光添色。这次到栖霞访问，当听到寺口公社南山大队实行了大包干，一年翻了个大番后，有人笑呵呵地插话说：

“嚯嚯！以前‘法海’没治得了的，当今被‘十八罗汉’整治好了！”

在座的人都哈哈大笑。

原来，“法海”指的是林华海。他原来在县里做青年工作，积极、肯干，有血气。县里在南山创建知青农场时，调兵遣将，让他挑起了帅旗，委之以场长重任。南山大队原是土改时扔下的一片荒山，兔子不屙屎，四面不着边，被称作“二关东”。一九七二年，公社不忍心让这块土地白白躺在那里，便发出告示，让人们自愿来垦荒。有家有口的不沾边，七个村的十几条光棍汉却报名入了选，于是这里又多了个美名，叫作“光棍窝”。有老话讲：“光棍窝，光棍窝，光棍窝里缺老婆。有钱赶集买张画，怀里抱着纸人过。”林华海带领一批知青来到这里，使这块荒山野岭喧闹一时，大有云翻雾腾之势。因“华海”与“法海”谐音，大家便含蓄地称他“法海”，扬其力大无穷之意，期望能把这块天地改好。谁知三年间，除了花掉国家二十四万元之外，一无所得。幸而知青农场解散，林华海才“借梯下楼”，到寺口公社党委任副书记。当我请他谈谈这段感想时，他拍拍我的肩膀，笑着说：

“嗳，这还用说！神不灵，仙不灵，政策灵啊！”

“那么，”我又问，“这‘十八罗汉’指的什么？”

“嗨！大聪明人倒糊涂了。南山大队那些光棍，现时立下了十八户，家家添了‘长头发’，只愁计划生育跟不上了。”

“走，领你去看看，”党委书记陈述先说，“那里的新鲜事可多了。一筐两篓三网包。”

照时令，已是初冬。寒霜早已降临，莹莹雪花，也伴随尖利的海风，飘洒世间。一进到南山大队边界，只感到暖融融的，一股生气扑面而来——近处，牛群在朝阳处啃草，远处，雪白的羊群在山坡滚动，谷底还有一群猪。公社书记告诉我，这牛群，是养牛专业户葛福山的，一家三口人，第一年纯收入五千多元。那羊群、猪群，都是“于三万”的。一九八二年，他现金、粮食、花生三项收入都过了万，大家便这么称呼他。从前，他的外号叫“于光蛋”哩。

“于三万”本名于长久，前些年，日子艰辛，妻子病重，撇下两个孩子辞世了，欠下了一屁股饥荒。后有人介绍，想把他与一个死了男人的女人成全在一起。于长久叹气说：我是个滴溜溜的穷光蛋，跟上我还不得受罪！女人流泪说：穷就穷吧，俺男人在世时，也拖下了一千多元的债。两穷并一穷。合在一起那天，祝贺他们一家的是三千元的债务。这些年，他们含辛茹苦，艰难度日。孩子们讨过饭，一家人六年没割一两肉……尽管如此，仍是直不起腰，喘不上气来。一九八二年实行大包干，全家人农、牧、商一齐上，一年甩掉了“贫”字，还想买拖拉机哩。于长久喜滋滋地说：“过去不是俺不干，是把俺的手脚捆住了。如今还是这块地，这块天，这些人，怎么一下子变灵了呢？党的政策贴人心，顺民意，谁不急着朝前奔，吃奶的劲也得使上！”

“讲得实在！”林华海接上说，“以往都说老于的嘴笨得像棉裤腰，时下舒畅了，说话也在理了。”

于长久更兴奋了，有些磕磕巴巴地说：

“过去，别说我，就是你‘法海’………不不！华海场长也干着急，天老爷也干瞪眼！”

大家正笑着，一位同志一转身，欢悦地说：

“哎！果真‘天老爷’来了！来而不往非礼也，咱去见见‘天老爷’吧。”

我好生奇怪，便跟着走。不一会，进到一座整洁、宽敞的屋里。原来“天老爷”叫闫新庆，本没有学历，因头脑灵通些，缺者为贵，成了“二关东”独一无二的“秀才”，担任了大队会计。传统观念加上陈旧意识，驱使夫妻二人迷迷糊糊一连生了七个闺女，大部分又是在“文革”期间生的。传说天上的王母娘娘有七个女儿，就被誉为“七仙女”。于是人们联想印证，讥讽地喊闫新庆为“天老爷”了。但闫新庆这个“天老爷”毕竟不是飘在仙境，而是踏在地上。他拖着七个闺女，衣不成衣，食不成食，逢年过节闻不见肉腥味，年年吃国家救济。一九八二年一年却冒了尖，一跃成为万元户。我正赞赏地听他讲的时候，有位同志捅了他一下，挖苦说：

“你呀！‘天老爷’心眼子多！这一回算计错了，差一点没戴上大红花。”

“天老爷”那张黑乎乎的脸，一下子变得紫红，忙开脱说：

“嗨！头一年干，前怕龙后怕虎，怕惯了………”

仔细一问，才知道，秋收以后，统计产量、收入的时候，他留了一手，没实报。“天老爷”心想，“枪打出头鸟”，冒了尖，别把脑袋瓜削去。公社要召开表彰万元户大会的前夕，他急了，不但掏出了他的准确清单，还要拉干部去他家里核实……在场的陈述先同志说：“也难怪你。过去咱们吃‘左’的苦太深了。今后放开胆子，迈开步子走吧。党的十二大给咱指出了明确方向，再不用怕烧怕烫了。”

“是啊，群众是一面走，一面看，眼下是放心了。”“天老爷”越讲越热乎，“党中央的政策不但治穷致富，还能救人的命……俺这十八户中，有一户男的叫刘学田，年纪三十左右，原是刘家沟村人，长得很出挑，个头挺高，算个‘高个罗汉’吧。哪知日子越过越紧，越没滋味，便灰心丧气，不想在世了。他把家里的东西变卖了，离开村子，原想写一封告别人间的信，分寄给各报社、电台，以倾诉内心的郁积和愤懑。后来听说南山大队收人，便试探着来了。不料他赶上了好时机，日子一年比一年好，媳妇娶上了，孩子也添了，小两口一九八二年纯收入三千多元，一九八三年要稳拿六千元。眼下俺这十八尊‘罗汉’，十八般武艺，谁也不让谁，没命地往前赶……”

我请担任会计的“天老爷”算了一笔简单账。一九八二年，他们全大队人均占有（包含家庭副业）一千三百八十元，比一九八一年“专业承包联产到户”提高了八百八十元；比一九八〇年“专业承包几定一奖”提高了一千零五十元；比一九七九年“四小制度”提高了一千一百七十九元；至于一九五八年，实行的“大锅饭”，没有收入还亏损，没法比较了……我看看这串数字，忽然又闪现出林华海开始对我说的那句话：

“神不灵，仙不灵，政策灵啊！”

刊于《大众日报》一九八三年二月六日《丰收》副刊

不是亲人胜似亲人

今年春季，在广阔的鲁西大平原上，流传着这样一个社会主义时代的新佳话——人们从丰收地区支援来的一捆捆鲜菜干菜中，发现里面包着大量的物品：粮食、瓜干、猪肉、饺子馅、年糕、饽饽、饼干、花生油、钱、信……各种想象不到的东西，达几十种之多。

灾区同胞饱含着热泪称这是“糖心菜”“友爱包”。

前些日子，我在胶东半岛拜访了创造这个佳话的主人。不料他们却异口同声地说：“那算啥！支援灾区，帮助阶级兄弟，是咱们分内的事！”

好一个“分内的事”！一句话，道出了多少深刻的哲理！

在招远，有这样一个佳话，这是用毛泽东思想浇灌出来的喜剧之花：金岭公社中村第三生产队的社员们，当听到去年遭受水灾的一些地区需要一部分鲜菜干菜时，大家立即行动，很快就将菜类凑集齐了。临到送时，社员们一想：要是再给灾区同胞送点粮食去那不更好？于是他们又装了满满一麻袋瓜干，同干菜一起，连推带拉地往采购站送去。哪知到了那里，灾区来负责采购的同志一看，只要菜，不收瓜干。他们说：“灾区的粮食不成问题，国家源源不断地供应我们。我们的任务只是来接受菜，不要粮食。”一方要菜，另一方却执意要给瓜干，争嚷了半天，仍是相持不下。最后，中村三队的社员们心眼一转，连菜加瓜干都推回去了。到了村里，他们运用了“游击战术”的原理，化整为零，把八十斤瓜干分别打在若干菜包内，不声不响又送回去了。

这是“文”给，还有“武”送。

胶东有个海阳县。这是块英雄的土地。抗日战争期间，这里的民兵勇敢善战，名震四方。尤其他们的“铁西瓜”，更使敌人望风而逃、闻之丧胆！新中国成立后，这里的人民仍然保持了当年红缨枪上那鲜红的颜色，在各项工作中，一马当先，走在前列。这个县有个留格庄公社。留格庄公社有个河崖村。这村有个老人，叫于树喜。他在春节前听队长说要向灾区支援鲜菜干菜，坐也不是，立也不安，嘴里老是叨念一句话：“兄弟地区受了灾，咱不支援谁支援！”回到家，他从粮食囤里挖出十斤最好的玉米，亲自送到采购站去，抓住采购人员的手说：“我的一点心意，收下吧！这是我特地送给灾区的小孩和老人的。”采购人员看看是粮食，便克制着内心的激动，对他说：“粮食，国家早给俺们安排好了，你这番盛情我一定捎回去。”不说倒好，越说老人越不通。没有法，只好动员他拿到粮管所去。到了粮管所，会计又要给他划价，老人更不愿意，火气一来，干脆送到了公社党委，并生气地道：“咱这过去遭灾，人家帮咱；如今人家有了困难，叫我袖手不管，这能是个理吗？反正我支援灾区也犯不了法！”说着，撂下玉米，扬长而去。

这样的事例真是触目皆是、举不胜举！莱西乐家会生产大队有个会计叫段成勋，他的七十四岁的老母亲，晚上听说要支援灾区，急得一夜未睡。天不亮，爬起身来就督促儿子挨家挨户集中干菜，她还嘱咐儿子：“咱光拿菜还不行！”于是母子二人，悄悄往干菜里打上了六十二斤半瓜干；黄县北马公社在支援灾区大白菜时，社员自动提出了个五不交：冻的不交；带泥的不交；有疙瘩的不交；没心的不交；不削头的不交。莱西火车站的广大职工，不但积极安全地运送菜类，又利用休息时间，为灾区义务装车。该站的职工苏昭琪同志，还把自己节约的四十斤瓜干，和广大社员支援的东西一起装到车里，送往灾区……

听了以上的故事，我问自己：这感人的行动，炽热的感情，来自哪里？当我在探索这个问题时，我更进一步发现：作为一九六三年取得农业丰收的烟台地区，对灾区同胞所表现的同舟共济、骨肉深情的同情心，还要深远得多、广阔得多！

远在去年秋天，这个地区的广大人民，当听到某些地方遭到水灾后，便纷纷向灾区同胞表示：“放心吧！我们有一碗饭，也要分给您半碗！”他们说到做到，积极多卖余粮，以最诚挚的实际行动，来支援灾区。

今年春节前，当他们听说灾区同胞尚需一部分鲜菜干菜时，更是心急如焚！二月的胶东半岛，仍是水瘦山寒隆冬数九的季节。海风劲吹，大雪漫飘。风再猛，能挡住人们快速的脚步？雪再大，能掩住对灾区同胞的热心？那些天，到处是支援的人群！人们推着车，挑着担，迎冰踏雪，往集中点抢运菜类。冰把人们滑倒了，爬起来再走！雪把山路填平了，一边扫一边行！整个的胶东半岛，不论男人女人，老人小孩，全席卷到支援灾区的热潮里了。看到这种情形，你会联想到，久经战火熔炼的老区人民，又在像当年支援前线一样，拿出全身心的力量，在征服历史上一段艰难的路程！

在革命斗争中成长起来的上一代人民，最珍惜革命友情，也最懂得恨谁爱谁。莱阳沐浴店公社沐浴店大队有个社员叫万同月，他在支援灾区中，拿了菜，又悄悄包上了瓜干，但他老是迟迟不送，心里反复想：“还应该向灾区同胞帮点什么忙呢？”他想到：“灾区同胞受灾后，一定更忙了，没有多空闲去照料孩子的穿戴，我给他们捎双小鞋去吧，省出他们的空来好加劲生产。”他找出了一双准备给自己小孩穿的鞋，打到菜包里了。

蓬莱大季家公社小苗家大队，有个生产队长叫苗生才。这个在旧社会的苦水中泡大的人，听说灾区需要鲜菜干菜，却自愿拿出了五十斤小麦送到采购站去，他对采购人员说：“我过年吃饺子，也叫灾区同胞吃上！”看到采购人员迟迟不收时，他焦心地道：“收下吧！您若不收，我这个年都过不好！旧社会，我受苦扛活，当牛当马，那穷滋味，一想起来汗毛都竖起来！共产党领导我们翻了身，作了国家的主人，生产才有了发展，生活也好了。要不是国家供应我们大批化肥，支援了农业机械，俺能打出这么多粮食？这也不算我的，这是共产党毛主席给的，您收下吧！”在他的再三催逼下，采购人员只好把小麦打到菜包里，他这才舒心地笑了，并说：“这才对！天下农民是一家！支援了灾区，就是支援社会主义建设，也是支援了我们自己！”说完，他从腰里掏出一封亲笔写的慰问信来，情深意长地放到了菜包里。

说到慰问信，我不能不在这里介绍一封，尽管它是烟台地区广大群众放在菜内的千千万万封中最普通的一封。在海洋车站装车时，因菜包散捆，这封信掉出包外，被灾区来的一位负责调运的同志拾到了。这个捡到信的中年男子，看完信后，一手抹泪，一手在凛冽的西北风下，把信的原文抄录到小日记本上，装在贴心的怀里，表示要永远以此作激励自己的动力！这封信，来源于乳山诸王公社许家生产大队。信是这样写的：

亲爱的灾区兄弟！听说您那受了水灾，我们大伙的心里都像火烤的一样，急得流出了眼泪，恨不能即刻插翅飞去看看您！咱虽相隔千里，心可连在一起。您放心吧！在共产党毛主席的领导下，咱们没有克服不了的困难！天下穷人向穷人！天塌下来，由咱们大伙顶着！

我在党的教育培养下，在农村社会主义教育运动中，思想有了很大进步，阶级觉悟也在逐步提高。我没有更多的东西支援您，仅以十斤干菜、四斤瓜干、二斤玉米来表达一下对您的心意，这都是我自愿拿的，请××兄收下吧！千万不要嫌少！并祝身体健康、春节愉快！

妹　王雪英

你能估量出这些信的深度和分量来吗？你能计算出这些信给灾区带来了多大精神力量？你能探索清丰收地区的那些“礼物”对灾区产生的深刻影响？世上纵然有再精确的电子计算机，也计算不了这庞大的数据！这使我想起，我在灾区单县会见过的一个同志，他高高的个，瘦削的身子，有着一双亮闪闪的眼睛。他叫魏圣聚，是单县郭村公社杨庙大队的党支部书记。去年七八月间，老天无情地向这片土地上倾倒了大雨！水灾的严重是可以想象的了。在这人力还不能抗拒的灾害面前，能没有困难吗？有！在他们还没意识到应该怎么办的时候，党和政府向灾民伸出温暖的手来了。党中央、华东局、省委、地委，曾多次派来了慰问团，对他们进行亲切的慰问，又对他们生产、生活中的具体困难，作了无微不至的关心。粮食不足——国家分别给予安排；缺少耕畜——国家给予贷款和无偿支援；没有钱花——国家酌情救济；社员生病——国家给免费治疗。还有什么？剩下的就是干革命和搞生产了。他们攥攥拳，挽挽裤腿，干了起来！大战一秋，播种的小麦比往年还多。今年开春，正在他们踏着冰雪大搞积肥运动期间，又接到了由烟台地区运来的大批菜类，魏圣聚打开一看，不但里面包着许多粮食，每个包里还有一封鼓励、关怀的慰问信。这位有着相当磨炼和素养的党支部书记，看着这些热情洋溢的信，也不得不陷于过分激动中。他拿着慰问信，当场跑到公社党委表示决心：一定要搞好生产，报答党和丰收地区的支援！回到家，他把信放在床头上，晚上睡觉，读一遍，早晨醒来，再看看，一封信，不知看了千遍万遍，搓揉得纸都起毛了。论说这信的字写得并不怎么正规，句法也不很讲究，但他就是爱看！饭不吃能行，信不看不行！越看，越觉得腿上有劲！越看，越觉得浑身生热！在整整的一个春天的生产和工作中，这封信，像是一只号角，在催动他为着革命事业前进！我在炎夏酷暑来到这里后，看到他向党委表示的决心正在步步付诸现实。他们的麦场早已打完了，麦季征购任务也已超额完成。提起他们交售麦粮，用优质和神速的字眼来形容也很不够！那些日子，正碰上天阴地潮，社员们为了把最好最干的麦子最先交给国家，老老小小都自动把床上的被子揭下来摊到场上晒麦子。他们说："一定要把最好的麦子交给国家！"全大队所属的几个村子，在六月十二日下午，不到三个半钟点，就一次超额完成了征购任务，赢得了全公社交售公余粮又快又好的第一名！

再听听灾区的一位老贫农的心声吧！他叫刘清山，也是这个生产大队的社员，已是年近古稀的高龄了。旧社会的三座大山，把他的背压扁了，腰压弯了。生活的折磨，又在他脸上留下了一团刀砍斧凿似的深纹。老人的大半生，是在颠沛潦倒中度过的。没有温暖，没有体贴，只有旧官府的压榨和灾难的煎熬。用他的话讲，他的过去，是"受灾、遭难、逃荒、要饭"。好在因为他穷，娶不了媳妇，只孑然一身，无牵无挂，可以随处流浪，好歹还留下条命。新中国成立后，不用说他对新社会是多么热爱了。那么大的年纪，还常常吊着嗓子来段高调。他身兼保管员、验粪员，劳动的工分还冒个尖尖。受灾后，自去冬今春，国家就救济他口粮一百五十五斤、煤炭五十斤、干鲜菜一百斤、布三十尺、棉花三斤、油六两、饼干三斤……今春，接到烟台地区支援来的菜后，看着菜包里的粮食，听着那一封封感人的来信，两只老眼吧嗒吧嗒直流水。他在会场里站起来破着嗓子喊道："大家想想！亲爹亲娘能有这样亲？"老人除了更加听党的话，勤奋地干活，心里整天嘀咕："怎么才能报答党和丰收地区的恩情呢？"麦子刚泛黄，他留神了，麦子刚熟，他把自留地穗大棵高的先拔来家，白天在太阳地里晒，夜晚在锅窝里烘，但等麦粒脆干了，深更半夜又起来搓。赶天亮，他背着十斤小麦来到郭村公社粮管所里，进门要求司磅员给他过秤。司磅员望着这个瘦干干的老头，不解地问：“老大爷，你要干啥?”老人答：“我要卖粮。”司磅员看看他那个小小的口袋，又问道：“你是替生产队上卖的?”老人摇摇头：“不。生产队是生产队的。这是我自己格外的一份!”当司磅员知道他口袋里装的是自留地的麦子时，便好心地劝他：“老大爷，这点麦子，你留着调理自己的生活吧，我们不收。”老人说：“我也不是卖粮，我是来表表心意。”司磅员还是劝他，哪知老人急了，涨红着脸道：“你别说啦！烟台地区的广大社员能‘偷’着往菜里包上粮食给我们，我就不能卖点自留地的粮食给国家？不收也得收！我这是卖的爱国粮、良心粮!”司磅员还在犹豫，老人催促道：“快称吧！您年轻人没经历着！要是旧社会遇上这样的灾年，人少说也得死去过半!”

老人是从旧社会的尸骨堆中爬出来的，对那个吃人不眨眼的社会感受也特别深，你要是稍稍了解一下这个地区的凄惨历史，就知道老人的话并不过分。我翻阅了那一带的一些老县志，在那些残缺不全、遮遮掩掩的字里行间，已经够使人毛骨悚然了！请看：定陶——康熙四十二年大水，五谷不登，民卖儿鬻女，流之满路；嘉庆二十七年大雨，次年春大饥，饿殍满野。巨野——七年丁巳大祲，粮价腾昂，饿死人无算；民国六年秋大水，七年路绝行人。单县—咸丰五年大水，次年春大饥，人相食；民国十年大雨，十一年春大饥……这真是恶性循环，恐怖的记录！在这寥寥数语里面，埋葬了多少勤劳善良的人民！你想不想知道在社会主义时代遭受水灾的鲁西大平原的情况？我告诉你，那里今春市场繁荣平稳得出奇，越接近青黄不接的当儿，倒有一些物品的价格在回落。许多地区，在遭受了毁灭性的水灾后，生产力倒有了大幅度的增长，比如嘉祥县吧，今春即增加了动力机械五十七台、牲畜七百二十头，水灾的严重在历史上是少见的，生产力的发展也是历史上少有的。说到水利建设，更是如火如荼！人民公社的社员们，到处在向威胁他们的老天爷挑战！至于修房盖屋，更是处处皆是！就在访问刘清山老人时，我亲眼看到，他们这个特重灾队，有几家正在建造新屋哩！这一切，有谁感到奇特吗？不！强大稳固的社会主义国家，和社会主义制度的无比优越性，给一切意外灾祸奠定了必胜的基础和保障！

话题再回到刘清山老人身上。当他看到司磅员按照他的心愿，给他过了磅的时候，他默默含泪地走了。一边走，一边在自言自语道："要是没有共产党毛主席的领导，我这老头子连骨头渣也早没啦！"

说也真怪！作为丰收地区的栖霞县的一位老人，也说了同样一句话。他是官道公社大石头生产队的一位烈属老大娘，叫邹明海，跟刘清山老人恰恰同年般岁。老人眼花了，耳聋了，可心是热的。她得知大家在轰轰烈烈支援灾区，便颤巍巍地从家里拿出二十五斤瓜干、十五斤干菜，让人们给她送到收购站去。并嘱咐一定不要钱，谁收钱再叫谁送回去。干部看她年老体弱，劝她别拿，不料却勾起了老人的伤心，她感触很深地说："外地有灾，人人管，我更得管！旧社会受了灾，谁顾上谁呢？到后来，还不是穷人破落，富人发家！您看看过去那些地主恶霸的高屋大厦，哪个不是盖在穷人的骨肉堆上?!"在旧社会，不管你是哪里，不管你地理条件如何，谁敢说能免除灾难的袭击？一场大水，一片旱象，不是破产，就得灭亡！烈属老大娘用终身的经历，说出了一条朴素的真理，她道："爱咱的社会，爱咱的国家，就得团结好穷哥们，保住印把子！别处的兄弟受了灾，咱不去救援，不正合了那些地主坏蛋的心意？就说我吧！要不是共产党毛主席的领导，我这个老婆子连骨头渣也没啦！"

两个素不相识、相聚千里之遥的老贫农，命运相同，脉搏相同，语言也相同！就是这种声音，像一根无形的红线，把两地广大社员的心串连起来了。出于这样的阶级感情，出于这样的阶级同情心，烟台地区的人们，能不同灾区同胞一起同甘苦、共患难？

能为灾区尽一分力量，对烟台地区广大社员来说，是一种光荣和骄傲！威海市羊亭公社北山大队，去年也遭了灾，公社没让他们知道支援灾区这回事。这个大队的党支部书记李天贵同志，看到外队在支援，便自动收集起菜来往采购站送，并跑到公社质问："革命工作啥事都有俺的份，为什么支援灾区就把俺撂下？"

"革命工作"！这句话提得多高多响！有谁能拒收这真情的支援？有谁能谢绝这革命的感情？没有法，公社只得把菜收下。上辈人的高贵品德和深厚的阶级感情，也在熏陶和影响着新的一代。我们的晚辈，正秉承着革命传统，踏着父兄的脚印，扎扎实实向前迈进！莱阳万弟公社前万弟大队第三生产队队长宋铅金，在外面是动员大家支援干菜，回家却悄悄往菜里包粮食。他的行动，被两个上小学的儿子看到了。两个孩子想，父母都在支援灾区，我们怎样来表表心意呢？俩人商量了下，齐声对父亲说：“俺也支援下灾区小朋友吧！让他们安心学习，将来好建设祖国！”说着，便把他们舍不得用的四个学习本、四支铅笔，小心翼翼地打到菜包里，随着火车，随着汽车，送到灾区小朋友手里了。长岛县一位村干部的两个不到十岁的孩子，把自己留着过春节吃的花生米，轻轻放到菜捆里，他们说：“我们吃，叫灾区小朋友也尝尝呀！”在遭受水灾的金乡县，我还听说他们在干菜里发现了一串炮仗，不知这是哪一个细心的小朋友送给灾区小朋友的礼物？

似乎不必赘述了。这一些，还看不出丰收地区对灾区同胞的热心来吗？乳山夏村公社北江村的党支部书记宋汉生同志，带领社员把两千多斤干菜（其中包了花生饼一千斤、瓜干五百斤）送到采购站，放下就走。收购人员招呼他们回来取款，他们道：“支援灾区是我们的责任。我们什么也不要，只要灾区同胞知道这是人民公社社员送的就行了！”说完，头也不回，走了。掖县滕家公社小庄大队有打蒲帘的副业，在支援灾区中，不少兄弟队去买他们的蒲帘作包装用。他们看到这个情况，立即召开了队委会，进行了郑重研究。他们说：“能给灾区节约一分是一分，节省一厘是一厘！”全队一致做出了决定：凡是作支援灾区包装用的蒲帘，只收成本费，不收工费，每个由平时的六角五分降至四角。栖霞大柳家公社运往灾区的三万六千九百四十斤干菜、五万一千六百四十斤萝卜、三万三千七百二十六斤杂粮和瓜干，全部做了无偿支援！这个公社的前柳家大队党支部书记隋培福同志，把瓜干和菜类送到采购站后，看到收购人员要过秤，他情深意重地阻拦道：“不用称！秤能称得出俺全体社员对灾区同胞的心意来吗？”

秤计算不出来的东西，灾区同胞的心却能称得出来！在单县，就是在接受栖霞支援来的大批物资的那个地方，有个老妈妈，从收到的菜里发现了块羊肉，她手擎着肉，对着毛主席像说道：“毛主席啊，你领导的这社会真叫人喜煞呀！”她抹抹激动的眼泪，又往坡里跑，一边走一边说道：“我虽老了，我这把骨头，要一丁一点全用到建设社会主义上！”也是这个县，在蔡堂公社石村大队，有一个小孩在穿的衣服上，缝着两块瓜干。提起这两块瓜干来，那真是一首感人的诗、动人的歌！小孩的妈妈是个四十二岁的妇女，叫李桂英。她丈夫早逝，自己拉着四个孩子过日子。要是旧社会，真是不堪设想她们的处境！

是把大女儿卖了？还是把小的送人？或是全家蜷缩在破庙角落里冻死饿死？可是现在，她们平平稳稳，健健康康。春天，她收到由丰收地区运来的一包干菜，打开来，从中拣出一堆瓜干。面对着这八斤瓜干，她半天说不出话来。谁能表达出她怒潮般的感情来吗？她这个从小生长在佃农家里、要过饭的女人，没想到在孤儿寡母的困难日子里，竟能得到这么大的温暖，这么多的体贴！她拉过最小的孩子来，拣出两块瓜干，深针密线地缝在孩子的衣襟上。线被泪水打湿了，她也缝好了。她一次又一次叮咛孩子："永远也不能忘了共产党、毛主席啊！"这两块瓜干，从此便朝朝夕夕同孩子一起识字、一起劳动、一起成长……这难道仅仅是两块瓜干吗？不，它的意义当然要深远得多。

…………

这就是我们的时代！这就是我们时代的人民！亲爱的读者，曾几何时，你听说过这样的事情？是谁把广大农民的眼界打亮？是谁注入了公社社员这么深厚的阶级感情？是谁赋予了人民这样高尚的情操？是谁培养了人民这样光辉的思想？感谢我们伟大的党、我们敬爱的领袖毛主席吧！

刊于《山东文学》1964年10月号

萝卜里的高粱种

今年三月间，山东曹县苏集公社收到了丰收地区支援来的大批鲜菜。在分配这些鲜菜时，有一个萝卜特别引起了人们的注意。这个萝卜个头大，顶端被割下后又用竹签插在上面，表面上刻着这样几个字："注意！特产大萝卜。"把萝卜盖轻轻揭开，只见里面挖空了，一张厚厚的油纸裹着一包红彤彤的高粱，还有一封信，信上写着：

亲爱的灾区兄弟们：

听说你们去年遭受了严重的水灾。我们这里在一九五九年，也遭受过严重的自然灾害。但在党中央和毛主席的正确领导下，在全国阶级兄弟的无私支援下，顺利地克服了困难，发展了生产。现在你们受了灾，你们的困难，也就是我们的困难，我们要尽力帮助。今在支援你们的萝卜里，装上了一部分高粱种。这种高粱，是我们前几年引进的优良品种，特点是秸矮穗大，抗涝抗风，去年亩产五百四十斤。希望你们收到后，发扬自力更生精神，把它种在受淹后的土地上，力争高产……

信是胶东掖县朱桥公社东郭大队第五生产队社员李兰进、李诚一、李升堂、李俊元、李希正、宋华芳等六位同志写的。今年二月初，这里的社员听说去年遭受水灾的某些地区需要一些鲜菜，都异口同声道："我们宁愿自己不吃，也要支援灾区的阶级兄弟!"但由于天气正冷，不能启运，只好等到天暖再送。

贫农李兰进在听到支援灾区的消息后，心一直放不下，昼夜在想："我家三辈受穷，要不是共产党毛主席领导翻了身，早不知到哪刮旋风去了。如今在社会主义大家庭里，天下农民是一家，我生活好了，可不能忘了受灾的阶级兄弟啊!"他的家口较大，自己又长年生病，生活并不十分宽裕，但阶级感情鼓动着他，使他考虑如何能对灾区同胞多尽点心意。要过春节了，眼看全家吃白面猪肉饺子，李兰进多想给灾区兄弟送上些猪肉、白面，可是路远迢迢不好捎，决心在生产上帮助灾区同胞打打谱。他心里想：进水淹的地区，适宜多种些高秸作物，正巧我们这里的高粱好，为什么不捎点好高粱去?

他把这想法对知识青年李希正、李诚一说了，这两个贫农的儿子跺着脚道："好啊，你这想法对头！党经常教导咱：一枝花打扮不出春天来！要想建设好社会主义，必须咱全中国的阶级兄弟共同努力。我们支援了灾区同胞，也是支援了社会主义建设。我们也参加你这一行动!"

不久，李升堂、李俊元、宋华芳三个社员知道了，也满口说好。三月间，天气转暖了。这六个社员先把专为灾区留下来的萝卜从窑里抠出来，仔仔细细扫净土，削去根，又在太阳地里晒晒，耗耗水分。李兰进忙着在各家的萝卜中寻找最大个的。找来找去，总不理想，又拿着自己的萝卜、到外队去换，一直到选定了六个大萝卜为止。选好后，他叫心灵手巧的李升堂用刀把瓤子旋空，让李诚一写了六封代表他们六人心意的慰问信，自己又跑到供销社买了几张油纸，把六个人的高粱种和慰问信分包成六包，装到六个萝卜里。怕人不注意，又在每个萝卜的表皮上刻了醒目的大字。

这件不平常的礼物，在苏集公社引起了很大的反响。社员们感动地说："我们虽不是一母所生，可比亲兄弟还亲呀！丰收地区不但想着我们的吃的，还挂着我们的生产，这样的事，也只有在共产党毛主席领导下才能有啊!"社员岳文修说："旧社会受了灾，冻死无人管，饿死无人问！如今受了灾，党和政府把一切都安排好了，外地区的社员又这样真诚地支援，咱不搞好生产，能对得起谁呢!"苏集公社党委得知这件事后，更为重视，他们在公社召开的六百多人的生产队长以上的干部会上，把信念给大家听，把种子拿给大家看，党委负责同志问道："大家想想！这是什么样的感情呀！"面对着这一包包种子，到会人员当场表示决心道："我们一定要高举总路线的红旗，听毛主席的话，以革命的干劲，誓夺一九六四年农业大丰收，来报答党和丰收地区阶级兄弟对我们的关怀！"后来，经党委研究，把这包种子送给了灾情最重的王胡同大队岳集第五生产队。当队长接过这些种子后，他两眼看着，久久说不出话来，最后激动地说："领导把这贵重的礼物交给我们队，是我们全体社员的光荣！我们一定搞好生产，以实际行动，来回答丰收地区阶级兄弟们的期望！"

这些来自胶东半岛的种子，在鲁西大平原上生根发芽了。这是阶级友爱的种子。它激励灾区社员，奋发图强。它鼓动灾区同胞积极生产。苏集公社的社员们，每看到这片绿油油的高粱，就增强了信心，添加了劲头。他们果然没辜负丰收地区阶级弟兄的期望。这生长在海滨的种子，在广阔的平原上取得了良好的收成。前些时候，曹县岳集第五生产队的社员们，以优异的生产成绩，向掖县东郭第五生产队的社员报了喜。

发表于《人民日报》1964 年 10 月 22 日 G 版

《解放军报》1964 年 11 月 30 日转载

春潮急

——一次信息反馈的故事

牟平县城关镇西关明珠总行（原名西关大队），有一位由农民成长为企业家的远近有名的人物，这便是该行党支部书记、总经理李德海。

李德海今年四十五岁，精明强悍，有宏图大略，善于经营。党的十一届三中全会后，他从“左”的束缚中解放出来，展翅高飞，充分发挥了才智和勇气，仅五年时间，带领这个只有一千一百口人的村子，经济上翻了几番。一九八三年，纯收入三百五十万元，公共积累九百万元，人均分配连续三年达到一千元。

李德海的精明之处在于他能眼观六路，耳听八方。用行家话说，善于捕捉经济信息。他的另一个长处是，敢打敢上，看准了，非得拼搏出个眉目不可！

一九八二年冬天的一个晚上，李德海突然召开支部会议，介绍了他刚刚得到的一个信息——县面粉厂要扩建，需停产三年。这正是集体企业拾漏补缺的好时机。他建议：立即上一个日产五十吨的面粉厂，既解决群众的急需，又能捞他一家伙！

会议沉默了。有的感到担风险：“咱们建成了，县里也建得差不多了，能有多少生命力?”有的感到施工困难：“隆冬数九，如何施工？待到来年，又延误工期，错过了时机……”有的则认为太仓促：“总得有些准备呀，设计呀……”

李德海站起来道：“要发扬咱们的优势！咱农民办企业的优势是说干就干，没有那些条条框框！我建议，明天就开工！”

李德海用他的胆识和热情把大家说服了。第二天一大早，面粉厂破土动工了。

正是滴水成冰的季节。地处沿海的西关，北风猎猎，寒潮森森。挖土槽，镐头落地，一敲一个白点点，啃也啃不动。有人犹豫了，有人畏缩了，有人动摇了。李德海棉袄一抡，“嘣嘣嘣!”一块锅盖般的冰土被掀了起来。他那犀利的大眼向大家一扫，提起嗓门来问：

“伙计们！忘了前些年推小车那股子劲了?”

谁能忘了？那正是显示庄稼人力气的当口！秋天，三春不如一秋忙的秋天，收、运、打、种……忙得冒烟了！庄稼运不回来，怕糟蹋了；土粪运不上，墒情不等人……李德海小车一横：

“加上两筐!”

同伴们咧起嘴来抬上了两筐。

“再加两筐!”……一直加到十二筐!

人们愣了。“德海！你疯了?!”

“没事!”他拍拍凸棱棱的胸脯，车袢一搭，双腿一蹬，腰不扭头不晃地上坡了……

李德海再碰碰另一个伙伴：“还记得咱勒紧裤腰带干的那时候?”

记得！德海任生产队长，春天刨地，天已经晌午了。紧赶慢赶，还剩下一气活。天长，生活也糟，每个人的肠胃里，消化着糠麸瓜菜……咕咕噜噜，联合起来一齐抗议！他扫扫大家：

“伙计们！来回十几里，走一趟，耽搁半天活，咱勒勒腰带，刨完了再走好不好?”

尽管大家的肚皮贴在脊梁骨上，还是下力气干了起来。李德海觉得还需要乐观一下，便追加了一句：“哎！有福不用忙！今儿回家都有口福，牛奶加面包!”

社员们笑不出声来。但活儿确是干完了……

……

李德海望着工地上这些敦敦实实的小伙子，激励说：

“那样的条件，大家还有那个劲头，如今这牛奶面包成了家常便饭，搞这么个工程，不比吃糖豆还容易？”大家被逗笑了。

群众的热情被鼓动起来了。几年来，搞商品生产的实践，使大家充满了信心。工地上一片热热火火的情绪！他们冒严寒顶风雪，分班作业，日夜不停。

……四十五天后，面粉厂按照预定期限完成了，轰轰隆隆投产了。头一年这个厂除给自己职工加工面粉外，还为国家加工面粉一千多万斤，获加工费二十多万元。当年就抱了个“金娃娃”。

李德海风趣地说：“咱农民办工办商，就像那猴儿吃桃子一般，看准了，伸手就摘，要的是那脆快劲。”

发表于《农村大众》1984 年 6 月 2 日一版

农家乐

——牟平西关大队一瞥

“你是饭庄吗？噢，听出来啦，是小黄呀！我跟你说，大妈家里来客啦，是资本家呀！小黄呀，给大妈订他四个海鲜菜：一个红烧全虾，浇头要足；一个炒扇贝；另两个你看着弄吧。午时十二点送过来，可别误啦！”用服务行业的术语来说，这叫电话预订、送菜上门。如果这是在我国某些有条件的大城市开展这类项目，也还不足为奇，然而，它却出现在农村里的一户普通农民家庭中，打电话的还是位目不识丁的老太婆，这就不免有些儿稀罕和新鲜了。但这并非虚构和渲染。这是牟平县城关镇西关明珠总行（原名西关大队）实实在在的情景。

东风化雨，点滴入土。十一届三中全会以来，西关的干部群众积极响应党中央的号召，如鱼得水，如虎添翼，抡开膀子迈大步，改变农业结构，掌握经济信息，发展商品生产，先后建立了十二个企业，经济收入要着欢、蹦着高向上上。一九八一年到一九八三年，连续三年人均分配一千元，年收入最高的一个劳动力能分配六七千元，公共积累九百万元。他们开挖了人工湖，修建了自己的公园，铺设了柏油马路，建立了瑰丽雄伟的文化楼，职工们（社员一词已名不副实了）住上了别墅式的楼房。家家有彩电、收录机、洗衣机、煤气灶、高档家具……三分之二的家庭安装了电话。

农民家中安电话，说明农民的生活内容发生了质的变化，不单单是“锄镰锨镢犁耙耧，老婆孩子热炕头”了，联系面广了，活动范围宽了。上面提到的大妈叫张爱琴，六十岁，她跟老伴退了休，享受发放的养老金。儿子在糕点厂，儿媳在木材加工厂，一个孙子在幼儿园，一个上小学，两个老人正在享受天伦之乐的滋味。张爱琴老人一辈子都是在做饭、刷锅、上山、干活中度过的。早些年，她不认识电话的模样，更不知它的作用。有一回老妯娌们闲拉呱，听说从一根绳上能传出话音，她们认定那准是闹神闹鬼。那时节，不管有什么急事，不管距离多远，都是用两只脚来丈量。如今可不同了，请示汇报工作、下通知、询问技术上的难题、了解信息……电话一挂就行了。小孙子病了，老人拿起电话挂到卫生室：“我说孙大夫，小孙子病了，你快来看看呀！”不一会，大夫背着药箱来了。中午想吃饺子，老人将电话挂到菜园队：“我说今儿有什么菜呀？”问明白，老人拐着小篓去了。

今年农历正月初三，瑞雪飞扬，海潮腾腾。万里、胡启立等中央领导同志兴致勃勃地来到西关明珠总行视察、慰问。领导同志在参观了企业、文化楼、公园、幼儿园等之后，信步走到张爱琴家。一见面，步履坚实、精神矍铄的万里同志笑容满面地向两位老人握手问候：“春节好！春节好！”他们看了楼上楼下，频频点头称赞。万里同志问女主人：

“现在吃什么饭呀？”

张爱琴笑着答：“普通饭呀。”

领导同志来到瓷砖镶嵌的伙房。一看那又白又大的饽饽，惊喜地说：“这么白呀！”又问：“吃什么菜？”

张爱琴还是笑着答：“普通菜呀。”

万里、胡启立等同志看看橱柜，鸡、鸭、鱼、肉样样齐全，感到格外高兴。

告辞时，万里同志看到小圆桌上放了部奶黄色的电话，很有兴趣地问：

“这电话能挂到哪里？”

“全中国哪里也能挂。”女主人笑着答，“就是出了城关镇得交钱。”

胡启立同志笑着向老人示意：“你挂挂试试。”

张爱琴老人熟练地拿起电话，接到了她的一位老邻居家里。她笑眯眯地说：

“哎，老姊妹，你在忙啥呀?”

“……”

“哎，跟你说吧，俺家里可是有贵客呀!”张爱琴脸上乐开了花，“满满一大屋子贵客呀！我说老姊妹呀，你快来站呀！来沾沾喜气呀!”

万里、胡启立等中央领导同志乐了。全屋子里的人也都笑了。万里同志又是兴奋又是沉思着说道：

“哎——全中国的农民都能达到这个水平就好了，”说着，他拉着老人的手说，“好，好，回到北京，我给你打电话。”

望着中央领导同志缓缓离去，张爱琴一家人沉浸在甜蜜的回忆里。她们一家人凑在一起，商量如何更好地发展、繁荣经济，以备在电话上向中央领导汇报。张爱琴老人说：

“要是中央领导给咱来了电话，咱还没做出新道道来，那羞不羞?”

发表于《大众日报》1984年7月21日一版

《烟台日报》1984年8月8日二版转载

亲情·历程

QIN QING LI CHENG

蛇窝泊记忆

奶奶、母亲和我

大海啊，我将怎样对你诉说？

我的第一篇小说

走进文艺界

那段时光

漫忆文学路

土地与森林

蛇窝泊记忆

我是1930年12月4日（农历十月十五日）出生于栖霞蛇窝泊村，三岁时（虚岁四岁）父亲病逝，奶奶、母亲和我相依为命。童年、少年都是在村里度过的。蛇窝泊属栖霞以南，是近临莱阳、海阳的大村，当时300多户。三县交界处，逢二逢七（农历）赶大集，比较繁华。村子里的街道布局也很讲究，不像散居的人群随意选址落脚形成的小村子，而似乎是建村时做了统一规划。村中有一条南北走向的大街，将村子分成东西两大片。村北头有一口水井，高台筑起；村南头是一座被称为南阁的建筑物，基座很宽厚，挺雄伟，阁下朝北筑有戏台，阁上设一大厅，厅东挂一口大铁钟，正中是关老爷塑像，两边塑有群像，大约在1930年，被村中一思想激进的人领头毁掉了。阁下是一拱形大发碹，沟水从发碹下通过。大街中心是一条南北贯通的沟，沟壁用石块砌起。据说沟底出黄金，我曾见到过一伙人在沟底深挖泥沙，用一船形木制簸箕将泥沙晃来晃去，不知是否真有金子。大街以东统称为街东。因我家门前有一古槐，故门前那条胡同被称为老槐树胡同。北面有一N形胡同，被称为“犸子”胡同。当年百姓统称“犸子”为狼。孩子们常常惊愕地传着：“那里出了‘犸子’，那里看见‘犸子’了。”“犸子”两字是我猜测的，该胡同的准确叫法已无从考证。古代有“猛犸”，形似现代的象，全身有长毛，已绝种。如果将“猛犸”简称为“犸子”，作为野兽，也算靠点谱。是否这个胡同出现过“犸子”？不得而知。或者假如胡同里曾有位生天花的“麻子”，后人戏称这里为“麻子”胡同，也可讲；另外，假如这个胡同是集市中专卖麻的，称麻子胡同也可。最靠谱的说法是：该胡同住了一位老妇，特别厉害，谁都招惹不起，故村人把她称作“犸子”，由此便又衍生出“犸子胡同”。总之，这个胡同的准确叫法抓不准。街东偏北称北头子。大街西片靠北称粮食市，是交易粮食的地方。村南称集前，在集前和粮食市街中间有条街叫“小街”，其实小街并不小，挺宽敞。蛇窝泊村当时有两座显赫建筑，一是雪阿镇霞光小学，一是大厅（粮食仓库）。我大概是七岁（虚岁）时被一位近亲姑姑领到小学里。她叫牟婉如，当时大概已是五六年级的学生，20 世纪 50 年代初期，她曾在栖霞城镇完小任教，是蛇窝泊村最早的知识女性。村东，是一方小盆地，一马平川，土层很厚，牟氏家族兴盛时在盆地中心牟家疃村北建立了一座茔地，规模宏大，约 30 亩，茔地四周筑有围墙，统称“圈子茔”。茔盘内，松柏参天，古墓比邻，墓碑高耸，分外庄严。“圈子茔”东北不远，有老“圈子茔”，规模小，碑赑亦少。日本鬼子在蛇窝泊修建碉堡之前，为了阻碍鬼子找到建堡用的材料，八路军发动东北方已解放的群众将霞光小学和圈子茔一并拆除破坏了。茔内的松柏、槐树、杨树被鬼子修炮楼时采伐一空。

据流传，蛇窝泊还有八大景：月牙湾、九庙岭、凉水湾、蛇窝洞、清南阁、圈子茔，后两景无从考证。月牙湾内有一种鱼叫“老桩”（名字不准，暂借用）。该鱼身子短粗，头大，颇神秘。

顾名思义，蛇窝泊因蛇而得名，应该是蛇的生存和繁殖基地。泊字，据字典解，一是船靠岸，停泊；另解为湖，统一称湖泊。两者都与水有关，这也与蛇相对应。村西有条河，统称西河。河水很少，只有雨季大雨天才能看到汹涌的河水，但很快就流淌完了。

村西有一条南北长岭，统称西埝。岭南头有一个洞，传说洞里盘踞着一条百余丈的蛇精，一天两次出来吞食牲畜，伤害百姓。后被一南方闯江湖卖艺的唤男刚的青年斩杀。后人为了纪念男刚，并谕示来者不忘记蛇精之害，便把这个村子取名为蛇窝泊。这是蛇窝泊村名来历的其中一说。

这里还有一说需诸公佐证一下：据李元章先生查，《隋氏谱书》记载，宋末元初（1279 年左右）隋氏始祖隋世继自河南省汝宁府固始县迁居山东登州府栖霞县城南 45 里蛇窝泊建村。而张荣起先生题记：据“隋氏谱书”记载，元朝至元二十四年（1287 年），五世隋世昌自河南汝宁府固始县迁此建村。谁早谁晚，谁先来谁后到，需深究。

传说与谱书的记载不尽相同，而这里凸显的问题是：一方面是隋姓来后才给这里命名为蛇窝泊；另一方面是，在此之前大蛇每日两次出来吞食牲畜，伤害百姓，民不聊生。

既然能“吞食牲畜，伤害百姓”，说明此处已人丁兴旺了。特别是蛇精居住的西埪已有九座庙。九座庙的建立，应不是短时间内能完成，说明这里已是众生稠密、香火繁盛了。如此繁华的地方能没有村名？按照规律而论，先有人居，后有村名。如李家庄、刘家疃等。村名是地域的标志，也是人居的符号。现在的问题是：先有人居而没有村名，后来者才给村庄命名。这显然前后有悖。

另外，照传统的说法是：江南多才子，江北多壮士。出壮士的北方竟然用出才子的南方人来斩蛇除魔，似乎有失体面。不妨再引申一下：男刚修炼的庙宇地处湖北西北部的武当山，离蛇窝泊数千公里，峰奇谷险，山关阻隔，消息封闭，怎么能知道蛇窝泊有大蛇？除了神话色彩，还能有其他解释？传说是自由和随意的，就让诸说并存吧。总之，蛇窝泊这个名字颇有特色。1989 年，蛇窝泊邮政局还发行了一枚蛇年纪念邮票，还寄赠我一份，我一直珍藏着。

18 岁前，我只有一次夏天在西埪顶见过一条小蛇，大概有半米多长，青色，在地瓜垅里，赶了一回，不见了。

雪阿镇霞光小学坐落在大街南头路东。“雪阿”这两个字一直以来是个谜。我不知道它与“蛇窝泊”有何关联。但是它是的的确确就挂在我们学校的大门前。并且当时还出现过“雪阿镇酒店”之类的招牌。到目前我所能知道的也只有这几处的“雪阿”，史料与典籍中均不得见。此名字的来历，据老人讲，是当地的商贾、雅士认为蛇窝泊这个名字不雅，讲起来有些邪气，大约在 1927 年，由名流于洪起牵头将这里改名为雪阿镇，但时间不长便自消自灭了。此说似可信，因雪阿是蛇窝的谐音。学校的前面是操场，操场南是个人工湾，想必是建操场时留下的。学校大门是半圆形的台阶，近 10 级。穿过大门洞，正北是二层楼，楼上是会议室，每周一要集体列队上楼唱三民主义歌，院内是大四合院，东西长，南北窄，除东厢设图书室、伙房外，其他都是教室。我所在的教室在大门西侧，大概上到二年级，时局就乱了，学校组织演活报剧，好像是《放下你的鞭子》之类的剧目。这期间学校组织了一次远足，到大河北小学参观。预先通知都要穿制服（可能是统一定做），我家里拿不出钱，没做，母亲给我做了身对襟袄，虽然样式不如制服，但布料是新的。临行前穿制服的学生排好队，少部分没穿制服的学生站在一边尴尬地看着，很有低人一等的感觉。队伍快走完了，突然一位老师走过来瞅了瞅我，说了声“你也去吧”，我便被提高了档次，跟随队伍走了。当天赶上下雨，衣服都淋湿了，晚上，分散住在各户人家里，次日返回学校。这次远足参观，没留下什么印象，只记得晚上分散到各户时，两脚不时踏进水湾里，鞋、裤腿都湿透了。

据说霞光小学原址是一座庙，说法不一也不详，需待考证。

不久，蛇窝泊便遭到了日本鬼子的飞机轰炸。据本村同学林瑞亭回忆，“1938 年春（一说 1939 年），农历三月十六日和四月初一，蛇窝泊村连续遭到日机两次轰炸，投下十三颗炸弹”。我的记忆中只轰炸一次，还有一次是轰炸蛇窝泊村东的荷叶村（原名河崖村）。轰炸蛇窝泊村那次，我还在离蛇窝泊村北面一里地北庄子的姥娘家里。飞机炸完后，我便往家里赶，进到村北头铁匠铺，见到有几间房子已被炸塌，几个人横七竖八地躺在地上，有的呻吟，有的在喊叫，有一个的肚子外露出了一堆泛黄的肠子，两眼望着我，好像要喊什么，我不敢多看，便绕道往家里走。回到家[illegible]，只见离我家只有一两米远的叔叔家遭了一颗炸弹，但没爆炸；在我家靠西一两米远丢下的一颗炸弹爆炸了，炸出一个深坑，把我家正屋靠西的一间房子也炸塌了。进家看了看，门窗震斜了，其他无恙，也算躲过了一劫，估计日机轰炸的目标是那棵老槐树，但两颗炸弹只炸在老槐树的前后两侧，都说古槐有灵。另一颗炸弹落在霞光小学的东南角上，炸出一个深坑，多年后大坑才被填平。日机的轰炸目标很明确，是霞光小学的主建筑，却都没炸中，看来日本人的轰炸技术并不高明，想炸的地方都没炸到。据老人们回忆，这可能是第一次轰炸，第二次主要是用机枪扫射。轰炸河崖村那次，我在北庄子姥娘家，听到飞机声，赶紧躲在村西的土沟里，飞机正从我的头顶飞过，嗡嗡响，声音很大，机身上的膏药旗看得很清楚，不多时，河崖那面传来爆炸声，但不知炸了什么。

大概飞机轰炸蛇窝泊村不久，八路军发动东部解放区的群众，将霞光小学拆除了。目的是防止日本鬼子在蛇窝泊修建碉堡时使用学校的建筑材料。拆除学校时，人群像赶大集似的，驴驮马担，很快便把学校变成废墟。蛇窝泊村另一个大建筑物是牟二黑子建的大厅（粮仓），位于粮食市街北一座方形大四合院内，正北偏东的几间地基很高，屋内的粮食囤子是根据屋内的面积编制的，满屋只有一个囤子，又高又大，看得出大地主有多少粮食。解放很久以后这个囤子才被拆掉了。不然，将会作为地主实物展出。后来这处建筑一度成为区公所办公地、“吃大锅饭”时伙房用所、蛇窝泊完小办学用房。直到二十世纪八十年代，学校迁址，建筑物全部拆除，这里新建了一处村礼堂和办公室。再后来，村里的公有建筑也全部拍卖私用，原建筑、新建筑荡然无存。

霞光小学被拆后的一段时间，村里没了学校，但本村原雪阿镇小学的教师热心教育，便以个人名义招生上课，坚持时间长的有林英铎老师。有时在本村，有时在北庄子村，有时在牟家疃。有时上半年，有时几个月，没有课本，全凭教师随意讲。有时也收点费用，自愿，拿多拿少都行。

到了 1942 年 7 月间，日伪军征调了周边村的几千名民工，用 5 个月时间在蛇窝泊修建了“鲁东第一大碉堡”（原称“胶东第一大碉堡”，当时统称炮楼）。碉堡是在村南原南阁的地基上建起来的，正堵在村南大街的正中。墙壁很厚，上下四层，最上面的四周有围墙，地面平整。一层住伪军，二层是弹药库，三层是粮库，四层是瞭望场所，放哨用。四层楼上经常有干零工的，类似做家具一类的东西。民工吃饭是由村里派。一次我家被指派送饭，中午，我便提着饭篓，进到炮楼里。第一层四周围着床铺，每个床铺留有枪眼，枪眼呈扇形，里口小，外壁稍朝下，扇形展开，子弹能往外打，但外面的子弹打不进来。碉堡内靠西北角有个梯子可以上二层，最顶上是平地，木工就在那里干活。我进出炮楼没人问，似乎看管很松。不到一年时间，1943 年 5 月，八路军决定拔掉这颗钉子。第一夜，我在家里，听到风声后便将门板卸下搭在炕和桌子上，变成一个防空小阵地，睡在地下。枪炮声响了一阵子，我也睡了，天亮到街上看看，还是那个样子。第二天，我去了姥娘家，一宿什么也没听到。天亮后，听说碉堡被除掉了，便回到村里，看到碉堡的北面炸塌了，还冒着烟。当天上午，东半部解放区的人们，驴驮马担，蜂拥而来，争抢家具等物品，很快将炮楼掏倒了。由此“胶东第一大碉堡”彻底覆灭了。大约从二十世纪八十年代开始，报端文章中又改称这里为“鲁东第一大碉堡”，地域扩大了。将来能否变成“齐鲁”或“山东”第一大碉堡？有待调查。

关于攻打碉堡的史实，有些说法不一。一说是从碉堡西邻的民房下挖通地道，将炸药包送到碉堡脚下，这显然是误传。半夜时分挖地道，凌晨两点挖通了，仅用两个小时，能挖通近百米的地道？事实是，把碉堡西北角的民房墙壁打通了。地道和墙壁不是一个概念。关于伪军小队长魏德昌之死的说法也不同。一说是魏从炸塌的废墟中冲出来向北跑被我军击毙。据蛇窝泊村87岁的老人林英瑞回忆，魏是死在废墟中。打碉堡的白天，他替父亲去出差，成年人往里背沙袋，他给警察所和魏队长往炮楼里搬行李（魏平常住在警察所的平房里）。运送攻打炮楼炸弹的是一辆铁板造的土坦克，前面是铁板以防弹击。将土坦克推到炮楼墙下，先喊话，诱里面的人投降。据说内部有两个班长想投降，被魏击毙。当时炮楼内有伪军40多人，保安团40多人，警察所10多人，还有些家属也进去了（平时保安团等人员不进炮楼，因战事吃紧才进去），总共不足百人。

打掉碉堡后，蛇窝泊基本成了红色地区，也恢复了学校。成立了各种组织：农救会、民兵连、妇救会、学救会、儿童团等。我进了六年级，被选为学救会主席，还被派往解放早些的学校参观访问。因为三区队还经常来骚扰，民兵晚上集体住宿，还要在村头必经之路埋上地雷。学救会因为都是些大一点的孩子，晚上也站岗，但大都是自发的，不是统一派的。有一天晚上，我们三个孩子，来到村头，稍大些的同伴端了支土枪，正是“青纱帐”的时候，听到远处地里有响声，他说了声“有情况!”，端起枪来就放，枪响后，从高粱地里蹿出一条狗来。

这时八路军经常来驻扎。驻的时间长的是抗大学校。我们专找首长的通讯员交友，因通讯员年纪小，好接近，最主要的是他们身上经常别的有小手榴弹。那时我们这些孩子，谁身上有颗手榴弹，特别是小手榴弹，那是特别光彩的，比现今有款高端手机还要露脸。想获得颗手榴弹也不容易，先要拉近乎，培养感情，进而讨要，如果不给就抢夺，通常总会成功。我曾经有颗铜质的小手榴弹，弹体发着亮光，白天别在腰里，晚上放在枕头底下，轻易不示人，颇有自豪感。现在想起来还真有点悬，那时睡热炕，万一温度高了引爆，可就小命呜呼了。

又一次几个同伴在村东北面拾草，忽然在我们前方响起了枪声，我们赶紧朝家的方向跑，一面跑一面喊：“俺是好人！俺是好人!”好在对方没真打，只响了几枪就拉倒了。

那时最喜欢捡子弹壳。敌我双方对战后，地上总会掉些子弹壳。捡了后做一个木把手枪，把子弹壳固定在上面，再用猴皮筋做个撞针，将火柴头的火药剥下来装到子弹壳的屁股上，将撞针一拉一松，“叭”的一声就响了，这是最开心最惬意的时候。

春夏之交，学校组织了一次春游。全体同学在老师带领下，来到村南靠近柳口村的清水河边。正是枯水季节，河水不深，极为清澈。河边长满了青草，成群的小鱼在水里游动。我们玩着水，一边唱着歌：春深似海，春山如黛，春水露雨台……这是小学时期唯一的一次享受。

高小毕业了，听说县里的师范学校招生，校址设在观里镇的杨树泊村，我便和一个同学去投考。去后一看，大失所望。原以为是一所像模像样的学校，有教室，有礼堂，有操场。没想到是在村里，在农户的闲房子里，一点学校的影子也没有。同考的还有东乡的三位，两女一男。他们之间很熟，也很开朗大方，不时开个玩笑。男的在同女的对话时骂“放屁!”，女的则回道“啊呀，这个臭!”我很佩服那个女的这么机灵，回答得又有创造性。多年以后，我同其中的一位对上了号，说起那时的情景，倍感亲切。这次我虽然考取了，但没去，另一个同学去了。

师范没上，学校安排我当老师，教一年级。暑假期间，又到杨树泊村集训。全县几十名青年教师汇集到这里，主要学政治，学毛泽东的《论持久战》。负责人叫韩志，年岁较大，微胖，同我们一起吃大饼子，我挺惊讶。原来师范学校也是他负责。先前同我一起考师范的那位同学被分配在一个村里教学，也不是上学。

集训期间，几十个人学习、住宿都在一个大屋子里，屋子是南北两面铺上两排麦秧，最头疼的是晚上睡觉时，每个人都要抖擞一番自己的被褥，一时间满屋子尘土飞扬，令人窒息。我和好友牟春旭（也是小学老师）打一个铺，每到这时便跑到屋外，等尘土散落下来后，再回到屋里。

集训回来后，校长找我谈话，要调我到十几里外的村子里教学，我挺打怵，觉得自己从未出过远门，也没独立生活过，便没答应，回到家里“修理地球”了。

暑假后（那时称麦假），听说胶东公学在海阳发城招生，便同几个同学去投考，考取之后，分散住在农民家里，在一个空屋子里上课。我写的一篇作文《我的小羊》，是记叙我养过的一只小羊的故事，被语文老师看好了，还让我在班上朗读。月余后，风云突变，国民党军队要进攻胶东，学校又解散了。

1948 年秋，莱阳城解放。初冬，胶东公学在莱阳鹤山复校，我和几个原来在胶东公学上学的同学又去了，也是住在农民家里，需要自带口粮。我家没有能力搬运口粮，只好去请家里有牲口的同学帮忙带些地瓜，自己去拾草烧水煮着吃。春节后，听说胶东师范招生，学校管吃，我高兴极了，不用为吃饭犯愁了，便去投考，考取了。

回来后听说，我母亲为我考学犯了愁，就怕我考上。因为家里有几亩地，没有人种，她是希望我在家看守住这份家业，养家糊口。邻居们也开导她说："嫂子，不用犯愁，他考不出呀！听说去考的人可多了，不一定能挤进去啊！"考完回村时，母亲跟一伙邻居的奶奶婶子们在胡同口聊天，见到我回来了，母亲忙问："考上了吗？"我答道："考上了。"只见在场的人都愕然不语。我母亲倒是显示出一丝少有的微笑，似乎有些骄傲感。

1949 年春节后，我离开蛇窝泊到位于莱阳城的胶东师范读书，时年 19 岁。两年后毕业，分配到长山岛特区政府任机关教师，算是正式离开了家乡蛇窝泊。

奶奶、母亲和我

多少年了，无尽的思念缠绕在心头。阴阳近咫尺，大路隔生死，亲人啊，养育我、关爱我的奶奶和妈妈，你们好吗？花开花落又一春，物是人非又一年，不知二位老人远在天国，衣食宽裕吗？夏天不热、冬天不冷吧？您的孙子、您的儿子，我无时无刻不在牵挂你们！

多年以来，我一直想写写两位亲人。“沧桑轮回，唯有思念永相随。”写写她们的前尘往事，是追思，也是纪念。但心中纵有千言万语，却不知从何落笔，总是写写停停、停停写写，前后一二十年没有写成。原因是两位亲人太平凡了，平凡得像旷远沙漠中的一粒沙子，像茫茫原野中的一棵茅草。没有至理名言，没有豪言壮语，没有闪光的亮点，更没有惊天动地的壮举。但她们勤奋能干、宽厚善行、忍苦守礼的风骨和品格，对我来说，两位亲人既平凡又伟大。我不能不写。

一个人在逐渐变老的过程中，也许会逐渐失去许多东西，但两位亲人在磨难中给予的爱护，给予的无微关注，却永远留在我心中。

耄耋之年追忆两位亲人，或将有更深的体味和感受。

我三岁那年（虚岁四岁），父亲撒手人寰悄然离去，这对于一个只有两个女人和一个幼子的家庭来说，无疑是天崩地裂、雪上加霜。我推测，父亲是在三十至三十五岁的年龄段辞世的，好像是患了一种瘟疫病。在那个年代（应该是1934年），在穷乡僻壤，生了病面对的是少医缺药的现状。小病，抓一把生绿豆，用一碗凉水送进肚子里，躺到炕上，捂上棉被，出一身大汗，或许病就好了；遇上大病，只有挨。我想，父亲一定是遭受着病痛的折磨，带着对生命的眷恋，带着半生的世事沧桑，带着不安和对家人的牵挂离去的。父亲出殡时，我是亲子，需穿重孝服。在看到亲属家的小伙伴们穿戴得与我不一样时，我哭闹着要穿别人那样的孝服。这是后来大人们对我说的。就这样，幼小年纪，失去了父亲。人常说，父爱如山。父亲像山，拥有撑起整个家庭的力量；他象征着一个家，但这个家坍塌了。人常说，严父慈母。我没有领略过父亲的威严，没受过他的训诫，更没感受过他那厚重的手掌拍在我的小屁股上的那种滋味。对于父亲，我没留下任何记忆。幸而父亲留下了一张与他人一起照的相片。母亲指着站在左边的那位身材适中、面目清瘦、表情肃穆、头戴瓜皮帽、身穿长袍马褂的人说："这是你爹。"看照片，我推断在那个年代能有机会照相的人，也够得上是场面上的人了。但具体是何身份，没去打听。

在我之前有位姐姐，五六岁时不幸夭折。据大人们介绍，她特别聪明伶俐，人见人爱，可恨老天不睁眼，让这样一棵可爱的幼苗过早地枯萎了。就这样，父亲走了。母亲填补了父亲的空缺，担负起了父亲和母亲的双重责任。奶奶、妈妈四只羸弱的手带着我，一家人相依为命，在凄风苦雨中托着我求生成长。

这样由一个幼儿、两个中老年妇女组成的家庭，注定是一个清冷沉寂、缺少欢声笑语的家庭。奶奶生性怯懦，少言寡语，对家中的任何事情不闻不问，何况父亲不是她亲生而是过继过来的。奶奶和母亲是既不对立也不融洽，互不相干各自为生。有时候，家中三个人一天中互相说不上一句话，气氛沉闷得像死水一般。奶奶朝朝暮暮只做两件事：纺线，喂养两只鸡。一架纺车，春夏放在灶屋地上，秋冬放在炕上。一团棉花，被卷成细长的桶状，在纺车的呜呜呀呀声中变成了又匀又细的白线。由于质量好，棉布商贩都争相购买奶奶的线。纺线能赚些钱，鸡也下蛋，这些都归奶奶所有，不顾及家中的花销费用。母亲认命，常对人说："我的命不好。"真的，中年丧夫，拉扯着一老一小，在那个昏暗多舛的年代里独自顶着、扛着这个家的生存和希望，可想而知多难多苦。

爷爷辈上，家境殷实，老兄弟四人，种地种菜园，还开着缫丝坊。资产积累，便置下了一些家产。分家后，到父亲那一辈上，家业便逐渐衰落下来，但还留下一些房和地，各家各户也只靠吃老本了。母亲操持家业时，有12间瓦房，几亩地，房子挺宽裕的，地如果耕种适时，加上老天爷帮忙，三个人吃得又不多，温饱也没问题。但种地不但得有劳力，还得有畜力，送粪、耕地、耧地、下种、运送粮草都需要牲口。幸而姥娘家离得近（只有一里地），这些大活重活，大都是舅舅给承担了，但有一些零散又必须做的活，就不能全靠舅家了。比如，吃饭要把粮食磨成面粉，需要用石磨推（那时没有机器磨面）。有牲口的人家，用牲口推磨，没有牲口的，只能是人推了。这是一个很折磨人的活。记得上小学时，一位老师曾讲过一个故事，说一个书生外出谋职，找到了一份推磨的活，他在给父亲写信形容他的工作时说："儿日行千里，不出五步之外。"就是指的整天在磨道里转圈。奶奶年老体弱，又是小脚，走路都不便利，何况推磨！母亲虽也是小脚，但身子结实，这种活便落在了她的身上。石磨推起来很沉重，既需体力又需耐力，到我的年纪稍大点时，母亲推磨实在很累了，便让我帮着推推。我操起磨棍，转上几圈，便头昏脑涨，恶心难忍。我不是偷懒，确实身体难受，看到这种情况，母亲便不让我推了，之后推磨也不再叫我。参加工作后，遇上乘车乘船，也是心冒虚汗，恶心难当。1959年我在山东电影制片厂任新闻纪录片编导时，由于工作需要，有关部门特地安排了一架小型飞机让我同摄影师从济南飞往临沂，仅仅半个多小时，尽管飞机飞得很平稳，我却呕吐得一塌糊涂。此后一听坐飞机便大有谈虎色变之感。我不能帮母亲推磨，母亲推得实在太累的时候，便会停下来对我说："你去大姑家看看，她家的牲口有空没有，能不能借来帮咱家推推？"这是我最打怵的事，有时站到人家门口半天进不去。因为这是张口求人啊！好在母亲为人平和，人缘好，从不对人说长论短，外人有求于她的事，她都尽心尽力。母亲做菜做饭在乡间算是高手，邻里间有红白喜事，都会请她前去帮忙，她从不推辞。有了这样和谐的邻里关系，只要人家的牲口闲在家里，便会痛快地让我牵走。回到家，给牲口戴上捂眼，套上磨棍，由牲口推磨，母亲作为休闲，又开始忙着用箩箩面了。

推磨难，吃水更难。没有吃的不行，没有水也难于生存。村子周围有井，有劳力的人家，男人们用肩挑水不算什么难事，而对于只有妇幼三人的我们家来说，也真是难于上青天了。年幼的我，从井沿看着黑洞洞的井水都会害怕，母亲虽能出力，但无法承担从深井里提水和肩挑这样的重活。大概在我十岁以前，临近爷爷家雇了一个长工，经老人们商量，在他每天挑水时，给我们也捎上一担水。到年底，母亲带上我去爷爷家拜谢长工，并给长工一些钱作为酬谢。吃水问题算是解决了，却又增加了一份经济负担，自然又得让母亲多一份辛劳来弥补这份开支。到我十一二岁时，我便试探着去挑水。家中有一对铁筲，很沉，我勉强能担起来，再提上个小泥罐，来到井上，先用泥罐从井里提上水，然后再倒进筲里，到小半筲时，再往家挑，往往返返，也只能挑满家中的大半缸水。不过，家中对用水特别仔细，几乎像用油那样小心。我年岁渐长，力气大了些，便用铁筲直接从井里提水了。这可是个力气活加技巧活，稍有不慎，铁筲便会滑到井里。这样麻烦就大了，又需要找大人帮忙从井里捞铁筲。好在我能掌握好铁筲在井下摇摆的幅度，还没吃过铁筲掉到井里的苦头。夏天井水浅，憋上劲儿能从井里提上筲来，冬春水深了，便从井沿上用担杖往上拖，名为“拖井沿”。不管怎样，吃水算是能自力更生了。

那个年代，正赶上日本帝国主义侵略军的飞机大炮恣意肆虐、各路军阀抢立山头混战厮杀。任何一方都可以巧立名目横征暴敛，要钱要粮。生存在水深火热中的百姓，如同棵棵茅草一般，任人宰割，不敢抗拒任何一方。这对我们这样一个残破的家庭来说，无疑是雪上加霜。靠几亩地收获的粮食，只能保障三口人的吃饭，而生活中总得有点不可缺少的油盐之物，更要命的是还要应付那些苛捐杂税。没有经济来源，又必须得应付这种局面。母亲也喂养了几只鸡，攒下的鸡蛋，除了逢年过节、人来客去、亲邻家中生个小孩送礼外，余下的便到集上卖了贴补家用。奶奶的鸡蛋哪去了？大都是填到我的肚子里去了。奶奶不是用语言而是用行动疼爱孙子的。冬去春来，万物萌动，山地里的蛇从蛰伏地爬出来，逐渐活跃起来，要蜕层皮，名为蛇蜕。叔叔大爷们上山干活回来路过我家门口时，往往将捡到的蛇皮送给奶奶，让孩子吃了蛇皮去毒，不生疮疖。奶奶拿回家，拿出铜勺子，在锅底点上火，将蛇皮叠到勺子里，倒上点油，打上个鸡蛋，不一会，就煎好了，我就有滋有味地吃了起来。小时候，我也不知吃了多少蛇皮。可能也真有效，从童年到老年，身上真的没长过疮疖。

奶奶纺线赚的那几个小钱，没见过她添置衣帽鞋袜，也没见她有什么其他花销，钱哪去了？我细心想想，有一部分是喂了我肚子里的“馋虫”了。我所在的蛇窝泊村是临近栖（霞）、莱（阳）、海（阳）三县交界处的大村，每逢初二初七赶大集，集上的东西琳琅满目、应有尽有，尤其那些卖熟肉的摊位，正对着我家的胡同口，我一出门，便隐隐约约闻到一股肉香味。而每逢赶集，我总会在肉摊前来回逛上几回，看到有钱人买了肉吃得那么香，我便挪不动腿脚了，肚子里的“馋虫”便冲冲撞撞闹腾起来。这也难怪，那个年代，像我们这样的家庭，一年到头，除了八月节、过年能见到点肉外，其他时候，多是萝卜咸菜果腹。菜汤里的油星比冬天夜里天上的星星还稀少。每当这时，实在无法安抚肚子里“馋虫”的时候，便回家扑到奶奶怀里，向奶奶要钱。在我的纠缠下，奶奶便会掏出几毛钱给我，因为钱少，只能买点牛下水。奶奶不吃牛羊肉，母亲自然也舍不得吃，便由我自己解馋了。回想起来，真是“可怜天下亲人心”啊！

奶奶谢世已经70多年了。我19岁那年，在胶东师范（后改名“莱阳师范”）上学，放寒假时，便回到家里。奶奶那时并没有什么病，周身也没有疼痛感，只是躺在炕上昏睡。近亲的一位爷爷到家里看后，对母亲说：“准备准备吧。”就这样，奶奶无声无息地走了。奶奶疼爱我，我却没能些微地报答她老人家，回想起来，心里就不平静。

奶奶离世后，家中只有母亲和我了，本来就清冷的家庭，愈加空寂。母亲顶扛着一个家庭踽踽前行。在那个险恶的社会环境中，她唯一的希望和寄托就是在儿子身上，她要付出超人的精力和毅力，让儿子长大成人。除了吃饭，还得应付各项必须的和外加的开支。家中农田的大活由舅家帮着做，余下的杂活，就得自己想办法了。如田间管理、收割庄稼、打场晒场等就得雇些短工来做，这都需用钱。母亲身子结实，就不分昼夜地辛苦劳作着。夏秋季节，母亲白天干完一些零活杂活后，晚上又在木机上织布。织布既是技术活又是体力活，买回棉线后，需经落鹞子、章机、刷机、上柱等程序，最后将长穗线上到梭子里，然后再一梭一梭地织。日复一日，母亲重复着这样的动作。母亲织布是把好手，邻居家的婶子大娘织布都是由她来指导，遇到难题，也来找她解决。她织出的布，平细无瑕，很受欢迎，在市场上也是抢手货。春秋天，织机放在靠炕的一边，从外面干活回来，或是做完饭的空隙，母亲都要坐在木机上织一会。冬天，天寒地冻，家中又缺少做饭的烧材，母亲就把木机搬到炕上，借着炕上微弱的热气，手脚不停地织布，不知这样的夜晚母亲会什么时候入睡。寒冬夜里，狼嚎般的北风呼啸着，伴着母亲咔咔的织布声，构成了一曲独有的、特殊的乐章。我蜷缩在织机的一边，甜甜地睡着。长夜漫漫，在寒冷、孤独的冬夜里，是这架木机伴随着母亲走出了困境，编织起了一丝丝希望。母亲就是靠着这样的辛劳和韧劲，赚上一些钱，来添补家中的一些用项。这架木机留给我的印象太深了。本想将木机保存下来以做纪念，可惜离家多年，"大跃进"的年月，家里成了公社食堂，木机也被当成柴火烧了。

光阴荏苒，80多年过去了。漫长的时光抹不去我童年的记忆。

我7岁（虚岁）那年，本家的一位姑姑领着我进了本村的学校——雪阿镇小学，这所学校是由当地几位名流倡导修建的。大四合院，半圆形的高台阶上矗立着木质大黑门。院北正中是二层小楼，整体建筑全是水泥结构，这在当时的栖霞县也是首屈一指的。我在这里上到二年级，日本鬼子的铁蹄便踏进来了。首先是飞机轰炸。贴着膏药旗的飞机将学校作为首要轰炸目标。一个炸弹炸在了学校的东南角，炸塌了角上的几间平房；另一颗扔到了几十米外的菜园子里了，同时被炸的还有我家的一间正房。可能是因为我家门前有一颗古槐，枝叶茂密，树冠硕大，特别招眼，如果从空中察看，小鬼子肯定闹不清古槐下藏着什么奥秘，于是连丢下两颗炸弹。炸了一颗，哑了一颗，把古槐前的房子炸塌了，古槐的粗枝被削去一截。

时局乱了，学校停办了。村里的几位教师不甘心让孩子们失学，便自动组织了一些愿意上学的学生，借用大地主牟二黑子在村里修建的大粮仓的闲屋，时断时续地开课。我生性不愿意干活，便跟着小伙伴们去上学了。虽然老师是自发组织的，但他们也要穿衣吃饭，所以也得交点学费，数额不限，只要送到老师手里，他也不点不数。在我们家里，只要提到要钱，母亲脸上便有难色。好在都是本村人，有的老师还沾亲带故，不管我拿多拿少，老师都是面带笑容地收下。但我心里却有些忐忑，生怕老师嫌少。过了一段时间，我们这个地区成了解放区，时局稳定下来了，人民政府开办了学校。这个时候我已断断续续上到了高小。正当我兴高采烈做着上学梦时，情况发生了变化：母亲不想让我上学了。原因很简单，我年龄逐渐大了，身子也有些力气了，想让我在家中守着那几亩地，既能解决燃眉之急，又能着眼未来好让我成家立业。这也难怪，那时农村流行的说法是"南跑北奔，不如拾草捡粪""玩龙玩虎，不如玩土"。换言之，只要在家中侍弄好了一亩三分地里的庄稼，比干什么都好。母亲不识字，但照样能用钱买东西。她使用钱票是根据票子的大小和颜色来区分面值的，也没感到有多大不便。在她看来，读书与不读书、识字与不识字之间没有多大区别。上学有什么用？远水解不了近渴啊！母亲的话不能违背，可我不愿干活，我想上学啊！我便哭着找老师诉说困境。有位语文老师叫牟乐亭，辈分挺高，母亲还得称他爷爷。他亲自来到我家，对母亲说："让孩子上吧。孩子学习挺好，不上学可惜了，多识几个字对孩子的将来有好处。"得给长辈老师面子啊，母亲也就应允了，我才把高小读完。这期间，我一边上学，一边还得照看地里的一些零活。因为雇零工得花钱，钱对于这个家庭来说太稀罕了。能自己干的，尽量自己干。幸运的是一些同学肯帮忙。有个同学叫林月，家中有劳力，不需他干活。放了学，便同我回到家里，拿上工具，随我上山干些力所能及的活，如翻地瓜秧子、锄地拔草等。这样能省点雇工的工钱，我也不觉得干活是个苦差了。林月同学好像比我大一两岁，个子比我稍矮些，知道的事比我多，常跟我讲些邻里的故事。小学以后，两人再未见面。多年以后，一次偶然机会，听说在唐山大地震那年，他经历了一场生离死别之痛。好像他在部队任职，地震那天深夜，他从北京出差回到唐山家中已是下半夜。天气闷热，他怕影响爱人和孩子睡觉，看到母亲那间屋里的窗子半开着，便悄悄推开窗子，想在母亲屋里凑合一夜，好在天也快亮了。谁料，不多久，天崩地裂，妻子和孩子那间屋子塌了，母子惨死在瓦砾中。不知这事是真是假，也不知老同学现在在哪里，我只能面对天穹，向他表达我的谢意了。少年时期留下的记忆痕迹很深，时隔几十年还历历在目。有位诗人说过：和你一同笑过的人，你可能把他忘掉；但是和你一同哭过的人，你却永远不忘。对此，我领略极深。

秋天，是个收获的季节，是个喜悦的季节，是个颗粒还仓的季节，一年的千辛万苦，换来的是满仓满囤的收获。但这个季节对于我们这个没有壮劳力的家庭来说，却是一道很难逾越的坎。成熟的粮穗要运到场上，要脱粒。有牲畜的人家，粮穗运到场上，摊开场子，套上牲口，用碌碡碾碾，穗和粒就分开了。没有牲口而有劳动的人家，则用"联掌"拍打粮穗。这是一种比较原始的场上工具。把四根同样粗、同样齐的木棒（柞木）用皮筋连起来，形成一个长方形的面，抡起来，拍向粮穗。这既得有力气又得掌握点技巧。我虽能掌握这种工具，但力气小，抡一会便累得不行。没有办法，总得让粮食进到家中呀。母亲便拼上力气，拼上时间，用棒槌一穗一穗地敲打。白天敲，晚上粮穗在场园上，怕人偷，母亲和我便在粮穗堆旁搭个小棚子。母亲会整晚地敲，一方面脱粒，一方面看护，我则在棚子里睡觉。为了壮胆，我还自制了一杆红缨枪，即找了根竹竿，将一端捆上一条磨成锥状的粗铁条，放在身边。我想，如果有坏人来偷袭，一枪戳过去，也够他喝一壶的。仲秋的夜晚，颇有些凉意。寂静的场园里，除了母亲的拍打声，远处还传来几声猫头鹰的凄凉叫声。似乎还有昆虫在哀鸣。和着母亲的敲打声，我很快就会进入梦乡，而母亲却可能会整夜地重复这一劳作。天亮后，我睁开眼，看见母亲在收拾一夜拍打的粮食。这就是母亲，好像从不知道什么是苦，什么是累，也从来不知道享受什么，只是不分昼夜地用全身心的力量来支撑整个家，更确切地说，她是在尽心尽力地呵护着儿子成长。

我爬出窝棚，突然看到棚口的一角蜷缩着一条狗。仔细一看，是姥娘家的“大花”，我家离姥娘家一里多地，近期也没到姥娘家，它怎么就跑来了呢？它肯定是来为我们母子护场壮胆的，但它怎么知道我们母子在场院上，至今还是一个谜。科学研究说狗的嗅觉灵，难道能闻到一里之外的气味？那时，我和母亲在家里，一老一少，显得冷冷清清，而姥娘家有两个表弟，大舅家有三个姐妹，年纪都相仿，在一起热热闹闹，所以我经常往姥娘家跑。即使在本村上学，也到姥娘家吃饭睡觉。有时，我们坐在院子里玩耍，“大花”就躺在我们中间凑热闹。它周身以白毛为底，布满了大大小小的黑块，十分好看，我们便亲昵地称它为“大花”。它总爱伸展开四肢，让我们给它挠痒痒。我们还扒开它的嘴，数数有多少颗牙，它则伸出舌头舔我们的手。“大花”夜里不声不响地来保护我们，能用“狗通人性”来解释吗？在那动乱的年代，狗成了揭破夜里秘密行动的“罪魁祸首”。各方势力便想方设法要清除它，这便有了“打狗队”。一天夜里，“打狗队”撞进姥娘家，几个大汉抡起棍棒围着“大花”猛打，“大花”撕咬吠叫，从人缝中蹿了出去，在大门下的狗道里逃走了。半个多月后，“大花”回来了，一条腿瘸了。后来，我离开了家乡，也不知“大花”的归宿如何。通人性的“大花”啊，少年时期的伙伴，给我留下了极深的印象。

记得在我 10 岁左右，在一个看似极为平静的晚上，母亲做好饭，便出门去了。没打招呼，也没说去哪里。平时，这是很正常的事。家里三个人之间很少说话，来来去去随便。在这样的家庭气氛里，我也养成了不爱说话的性格。

有时在街上碰到特别熟的人，我宁肯找个僻静地方躲起来，也不愿迎上去说句话，以至大人们都说我“懒语”（即不爱说话的意思）。

天色渐渐暗了下来，我和奶奶都等着母亲回来吃饭。我细心听着街门的动静，却没有任何响声。兵荒马乱，农民们吃完饭，早就把街门关紧了。见母亲这么晚还没回来，我起身来到街上，转了一圈，不见母亲的身影。无奈，我又回到家里。又等了好大一会，仍不见母亲回来。我心里不安起来了。我出了门，到母亲常去的邻舍去找，一家一家地问，都不见母亲的踪影。我心里更慌了，头开始发炸。夜已经深了，母亲能去哪？还能去到姥娘家里？我哭着跑到姥娘家，姥爷舅舅忙问：“怎么啦？”我哭着道：“妈妈不见了！”一家人大吃一惊，舅舅拉着我说：“走！快回家看看！”一种不祥的感觉涌上我的心头。那年月，随时随地都能发生不测。回到家门口，没料到邻居们都惊动起来了。大家议论纷纷，问这问那。不安和恐惧在每个人的脑子里蔓延。那时候，妇人们遇上大灾大难大伤大悲大冤大屈的时候，通常是跑到墓地在丈夫或长辈坟前大哭一场，到了走投无路的地步，那只有寻短见了，就是“上树跳井”走绝路。那时，没有敌敌畏一类的杀伤品，向命运抗争只有采用上吊和跳井的方式。没听到村外有哭喊声，人们便慌着到村头的井里查看，也没有什么异常迹象。人们更加惊恐起来。“她能去哪？遇上什么解不开的事啦？”我哭得更厉害了。大人们一面哄着我说：“别哭，不会出什么事的。”一面低声探问：“这可怎么办？得想想法子啊！”就在大家陷入恐慌无奈的时候，母亲从远处走了过来。我扑上去，叫了一声妈，泪水像暴雨般地落了下来。大家迎了上去，满含抱怨地对母亲说：“哎呀！你去哪啦？可把孩子急死吓死啦！孩子满天地找你呀！出门怎么也不说一声？”母亲并不知道发生了这样惊天动地的事，稍稍一愣，反应过来了，轻轻拍着我的身子说：“孩子长大了。”在我的心目中，好像这是母亲唯一一次夸赞我。我看到母亲的眼圈湿润了，她用袖角抹了抹双眼。在我的印象中，母亲不管在困苦中还是煎熬中，从没掉过眼泪，可能是父亲去世时她把眼泪哭干了。这一次，她也许是看到曙光了。

我想，母亲一定是遇到什么难事、大事了，才去邻家诉说求助。所谓的难事、大事也总离不开钱，是钱，把母亲推向了绝境。

在后来的一段日子里，母亲不知经历了多少焦虑和折磨，终于下狠心卖了一块祖辈留下来的地。地，那是农民的命根子，不到万分紧要和走投无路的时候，是不能轻易割舍的。卖地之后，母亲让我在一个本子上写下地卖了多少钱，都花到哪里去了，并领我到近亲爷爷家里述说了卖地的因由和过程，也让爷爷看了看小本子。爷爷叹气道："这世道，没法子，谁愿意从身上割肉啊？"母亲，这是为了洗清败坏祖业的骂名啊！

在我的记忆中，母亲从没骂过我一句，更没打过我一下。在家乡中长辈对晚辈经常挂在嘴上骂骂咧咧的"兔崽子""你这个小兔崽子"这样的话，从没在母亲嘴里出现过。即使我闯下了弥天大祸，母亲也只是把气愤压在心里，从没动过我一指头。

说是闯下了弥天大祸，并非骇人听闻。打我记事起，便看到奶奶屋里窗子的左上方，挂着一把"腰别子"。这是一种双筒土枪，枪身比现在的手枪长些，有扳机，有机头，机头下压着铜帽。据老人说，这是老辈人看园护场用的，是吓唬那些偷菜园偷场院的人用的。开始我的个头小，够不着，慢慢长高了，我便够下枪来玩。院子里有棵枣树，到了傍晚，一只只麻雀便聚集到枣树上叽叽喳喳叫，我便拿下"腰别子"，打开窗子，瞄向麻雀，嘴里"叭叭"地叫着，也算打了一场麻雀战。对于我拿枪玩枪，老人们都习以为常，没当回事，更不知道其中有什么潜在危险。起初我只是在炕上玩，慢慢地，也拿到地上玩。但对于"鸡头"（枪身火药的导火索）、"勾机"（操纵"鸡头"的部件）都没动过。有一次，是在做晚饭的时候，奶奶、妈妈都在灶间忙着，我的姑姑——我出生前就出阁了，这次回来省亲——也在灶间，这样四个人都在地上，有些热闹。我可能有些兴奋，拿着枪在地上摆弄了一回，觉得"鸡头"长期扣在火药帽上，便想扳开来看看。这一扳，"鸡头"却无法还原了，怎么摁也摁不回去，兵荒马乱的时代，见的背枪的多了，也见过擦枪时扣动"勾机"的经过，便把枪口对到地上，将"勾机"一扳，"轰"的一声，枪响了。幸亏是土地，枪把地面轰出一个大窝子，奶奶和母亲离得远些，没伤着什么，姑姑的脸上崩了一些黑土粒。幸亏我习惯性地知道枪口不能对着人，才没酿成大祸。我惊呆了，站在那里一动不动，像是傻了。平常我本是个不惹事的孩子，没想到这回闹大了。三个长辈惊吓得面无血色，等回过神来，先查看了一下姑姑的脸，好在只是崩了些土星子，没大碍。长辈们的脸色极为难看，看看我，没说一句话。没有指责，也没有训斥。奶奶沉沉地说："快把它扔到锅底下烧了吧！"以后我再也没见到过"腰别子"，是烧了，还是埋到了土里，或是扔到井里，不知道了。

10 多岁的时候，我期盼着自己赶快长高长大。因为我深深感觉到，没有顶天立地的男人的家庭，是会被人冷落和忽视的。这种感觉，是由一件事引起的。邻村的一位牟姓长辈，在主持编纂牟氏家谱。临近的牟姓家庭他都走访了，但没到我家。母亲自言自语地说：听说要修家谱的那个人在你叔叔家了。我不知家谱是什么，也没当回事。后来在印出的家谱中我看到，比我同辈小六七岁的人都被收在谱书中，而没有我的名字。这对我幼小心灵刺激得太深了。

随着年龄的增长、随着解放区的稳固和发展，各类学校也多了起来，县师范、胶东公学，只要招生，我就跟着村里的同学去考。对于这一切，母亲是不管不问了，通常是由得我说走就走，没有阻拦，也没有叮嘱。不过，在母亲的内心里，还是希望我看家守地的吧。后来我听说，在我投考胶东师范时，母亲愁眉苦脸，生怕我考取了。婶子大妈不断安慰她："不用害愁！孩子考不取啊！听说去考的人可多了，十多个里面才取一个，哪能轮上咱的孩子？"没料想还真考取了。回来的时候，母亲和几位婶子大娘在街门口聊天，见我从远处走来了，忙问："考上了吗？"我说："考上了。"只见母亲脸上显现出一种又忧又喜的表情。毕竟孩子考上学了，做母亲的也感到光彩啊。

师范毕业后，我又教了不到两年学，于 1952 年被调到济南。一切安顿下来后，便把母亲接了过来。尽管那时工资不高，生活也不是很宽裕，但母亲过得舒坦平顺。我经常出差到各地，总能想方设法买些能吃的东西。更使母亲欢乐的是，她又迎来了孙子，更心满意足了。母亲辛劳了大半生，期待的正是这种结果。在全家团聚的 30 多年中，我和爱人经常出差，都是母亲操持着家务，前前后后抚育了三个孙子。她并不感觉累，沉浸在含饴弄孙的天伦之乐中。

人的自我反省往往来自对往事的怀念。过惯了俭朴日子的母亲总是很知足，不管是什么时间或是在什么地方，从没向我提过什么要求，只是仅有的一次提出过一个小小的要求，我却没能满足老人，这成了我一生的心结。回想起来我就深深地自责。人是不能回过头去重新生活的，如果能，在对待母亲方面相信我肯定会做得更好。

那时我家住在市中心大观园附近，闲暇时候，常领着老人带着孩子到大观园逛逛。卖各种日用品的店铺很多，鞋店帽店陈列着各式的鞋帽。有一次逛完后母亲无意中对我说："我想要双皮鞋。"母亲这一说，我倒是吃了一惊。母亲身量高大，又是小脚，年岁也大了，皮鞋又硬，走起路来磕磕绊绊岂不很危险？想到这里，我便说："皮鞋很硬，走起路来不舒服，买了恐怕你也不能穿呀。"母亲听了，便顺着我说道："我只是说说，我哪能穿那个。"我也没多在意，就这样过去了。多年后我才意识到，老人并不是要穿这双皮鞋，而是一种向往，一种欣赏，更确切地说，也就是对生活的一种满足。我只注重了表象，却忽略了母亲的这种情愫，忽略了精神层面的东西。比方说，我喜爱艺术品，在力所能及地积攒出几个小钱后，也愿买点心仪的东西。这些东西既不能吃又不能用，还不是为了满足一下喜爱之情吗？这成了我的一个最大遗憾！这使我意识到，对于长辈的孝敬，是件有晚没早的事情！《孝经》曰："身体发肤，受之父母，不敢毁伤，孝之始也。"人常说：百善孝为先。孝是什么？孝并不复杂，孝心渗透在生活中的点点滴滴，只要使长辈顺心、满意、愉悦，这就是最高境界的孝。如今我才醒悟，行孝要及时。不要在失去和错过之时再去补救和忏悔，那就晚了，让人后悔莫及了。比如没给母亲买下她喜爱的这双皮鞋，现在已是悔之晚矣。

晚年，勤劳、善良、坚忍、安分的母亲，身体越来越弱。先是行动不便，逐渐躺在床上不愿起来。记忆中，母亲没生过什么病，没吃过什么药，也从没感到哪里不适，只是体力不支了。我请了个人来日夜照顾她。那个时段，我经常出差，心中总是忐忑不安，怕突然来电话，怕有什么不测。毕竟母亲像一支燃烧的蜡烛，火焰慢慢地小了下去。1983 年 11 月 23 日子夜，母亲走完了不平凡的人生历程，在家人亲友的凝望中，远去了。母亲属虎，享年 81 岁。从万年历上查询，当是壬寅年，1902 年生人。

母亲走了，留给我的是无尽的思念。母亲一生的足迹，让我从中窥见了她老人家的平凡和伟大。有一种爱，是世间最无私的爱；有一种付出，是世间最真诚的付出；有一种关怀，是世间最永久的关怀。当别人都关心你飞得高不高的时候，她关心的却是你飞得累不累！这就是母亲！

大爱无痕，母爱如山！

收入 2015 年《齐鲁文学作品年展》

大海啊，我将怎样对你诉说？

对于海，铭刻在我记忆中的是：亲与怕，善与恶，爱与恨。

我从莱阳师范（原为“胶东师范”）毕业时，被一纸公文分配到长山岛特区政府教育科。那是1950年底。虽然已临近春节，我还是同另一位同学兴致勃勃地赶去报到。寒窗苦读两年，一旦要踏上工作岗位，期待的心情是溢于言表的。“终于能工作了。终于能挣钱照顾家了。”那时对海的印象是模糊的。没见过海，不知道海是什么模样，只是在地理教科书中知道个概念：海很大，水很深，地球上的四大洋占去了地球上约百分之七十的面积。另外，对于长山岛的印象，只是来自1949年夏天中国人民解放军解放了国民党反动派盘踞在山东最后一个地盘长山列岛之后，转回内地休整，途径莱阳城时，我们在校的全体师生前去列队欢迎凯旋的战士。目睹指战员的威武英姿，我感到那是一场壮烈的厮杀，也觉得长山岛是一处很神奇也很重要的地方。作为胶东半岛的人没见过海，这实在有些遗憾。这是因为，我的家乡在栖霞，四周的县都临海，唯有栖霞位居四周县的中心，是胶东半岛唯一不临海的县，故获得了“臭鱼烂虾送到栖霞”的美名。这虽有调侃、挖苦的成分，也属实情，因交通不便路途遥远，仅靠人力、畜力运输，新鲜鱼虾不论从哪个海岸线运到栖霞，由于没有保鲜措施，时间一长，也就变质了。哎！栖霞人没有口福啊。也难怪，谁让你不临海哩。

没见过海的人要进海岛里工作，心里免不了有些忐忑不安。怀揣着憧憬和惶恐，两个被分配进岛的同学徒步朝长山岛方向进发。蓬莱城是进岛的必经之路。来到设在蓬莱城的长山岛特区接待站，才知海路和陆路大相径庭。陆路想去哪里抬脚即走，水路呢，却要看老天的脸色。风大，裹着咸味的西北风刀子般地朝陆地袭来。木帆船都锚在港里，打死也不敢出海。这时的那句“破浪前进”成了一句空话。接待站里的大通铺上挤满了特区政府、区党委离岛办事开会的人。他们已等了几天了，大家围坐在一起，天南地北，高谈阔论，一副悠闲自得的样子，看来对这种境遇是习以为常了。我悄悄问站长：“什么时候能有船进岛?”“难说，”站长答，“这得等老天爷批条子了。等吧。”我和同伴都憋不住了，心想：进个岛还这么难？两个人便跑出去探听消息。接待站位于一个叫“水城”的小港边沿，这是当年戚继光操练水师的地方，往昔那“帅旗飘扬，战船猎猎”的威武喧闹景象早已不复存在了，只停靠着几只运输木船。“水城”西首，便是“人间仙境”的蓬莱阁，传说这是神仙居住之所，我们便借机探仙。踏进蓬莱阁，只感空阔萧寂，不见人影，登到高处，抬眼一望，一阵恐慌感袭上心头：海风猎猎，惊涛拍岸，泛黄的海浪一排排向岸边冲来。再向远处一看，似乎有一头大水牛黑黝黝地卧在海里，那就是长山岛了。一打听，两岸的距离才 18 里路。若是在陆地步行，最多也就是几小时的路程。而现在却要等上几天。陡然想起李白的诗句“蜀道难，难于上青天”，我便诌了一句：“渡海难，难于上天边。”

毕竟老天也有睁眼的时候。又过了一天，天转晴了，暴戾的西北风转成了偏东风。风顺了，船可以开了。我们匆匆忙忙来到码头，挤上帆船，不久，船出了小港。

噢，开船了。几位船工奋力升起风帆，借助风，推动船，船徐徐向海中前行。从顺应大自然到利用大自然，这是人类智慧的亮点。

海水变蓝了。船体在阳光下闪出粼粼白光。时而有几只海鸥在船顶掠过，还嘎嘎喊叫几声。想到“秦皇岛外打鱼船”的诗句，但环顾四周却找不到渔船的影子。悄悄问别人，才知眼下不是打鱼的季节。海水平静中有些起伏，像是在深呼吸，完全没有前日那暴戾的样子。我想，大海或许也有脾气，一时暴躁，一时平和。过了一段时间，船靠上简易的码头，我们上岸了。原来我最担心的是晕船（因晕车），好在没有很不适的感觉。

路漫漫兮渡海难。终于平安来到岛上。到特区政府教育科报到后，过了几天，通知我担任特区政府机关学校教师。面临春节，机关学校待春节后才开课。没有事，帮科里打打杂，也找一些有关资料看看。原来长山岛全称为“长山列岛”，又称为“庙岛群岛”，“庙岛”有座北方最大的“马祖庙”，故又有“海上仙岛”的别称。列岛地处胶东半岛、辽东半岛之间，是渤海和黄海的交汇处，更是天津、北京的大门。列岛由32个岛屿组成，人居岛屿共有10个。今后，我这个内陆长大的人要以岛为家了。

闲下来，带着好奇心，便到海边逛逛。教育科与大海只一墙之隔，出门一拐，几十米便到了海边。寒冬腊月，天很冷，没有风，微弱的阳光洒在海面上，大海的碧波一浪一浪地从深处涌过来，在岸边绽出一排排洁白的浪花。对面不远处，是苍翠如黛的庙岛，这便是“海上神岛”了。我想，将来有机会，一定要去叩拜这位海上神灵，祈祷下次乘船时她能赐我们个好天气。望着风轻浪缓、韵味正浓的大海，想起在学校读的一本小说《玉君》。这是曾任国立青岛大学校长杨振声的名作。杨先生是蓬莱人，他写了一对学富五车的青年男女，放弃出国留学的大好机会，来到岛上开办学校，梦想着改变岛上愚昧落后的面貌。小说跌宕曲折、委婉凄美，令人遐想和心碎。不知杨先生写的是哪个岛。不管是哪个岛，大海总会深藏着这段奇妙的故事。正想着，太阳渐渐隐去，云层厚了，远处的“庙岛”时隐时现。又一停，狂风大作，西北面黑洞洞的云层压了过来，凄厉的北风夹着碎雪摔打在脸上。我匆匆忙忙往回跑，心想，鬼天气！变幻莫测！这么冷漠无情！后来，才知道岛上流传着这样一句谚语：长山岛的天，后老婆的脸，说变就变。

春节的脚步越来越近了，机关开始放假。岛上各单位的工作人员和教师，绝大多数都是蓬莱人，家在蓬莱，归心似箭，岛上掀起了出岛高潮，而天气却在这时发难。数九隆冬，北风呼啸，海上涌起泥土色巨浪，还不时传来坏消息，说大连方向已封海结冰，排冰开始向南移动，这更使乘船回家的人们心急火燎。大家通过各种关系寻找船只。我和同学人生地不熟，只有竖起耳朵，探听消息。过了两天，终于听到特区政府的人在一个名叫“山后”的渔村联系到一只出岛的木船。我们一大早便跟随一群人翻过山坡，赶到那个村子，一问，还是不能开船。没有法子，只能耐着性子等。当晚，借宿在一户渔民家中。这家的房屋结构很特别，空旷的室内上空，悬挂着面积很大的吊铺，可能是专为外来躲避风浪的人而备的。躺在半空的吊铺上，感叹道：进岛难，出岛更难！

直到次日的傍晚，风轻了，海浪也不那么凶猛了。大家张罗着上船。三十多人，踏着一块连接着小船和岸边的长木板，小心翼翼地往船上挪。木板离岸边的一头还在水里，加上木板随着船身晃动，我一脚踏空，一只脚落到水里，鞋全湿了。我顾不上这些，上了船，进了船舱，身子倚在船帮上，长吁一口气，暗暗祈祷：老天爷！赐给我们个把小时的风平浪静吧，让我们顺利出岛吧。

开始还好。船比较平稳，我闭着眼用感觉计算时间（没有表）。“应该走了一半的路程了。”我想。迷迷糊糊中，船身起伏晃动，感觉头涨，胸闷，有些恶心，我悄悄问身旁一位干部：“快到了吧?”他答：“早哩！船还没出岛子的南山头哩。”长山岛是南北走向，像卧龙似的一个地形，我们乘船是从岛的东南腰部出发的，眼下等于还没离岛。那位干部又悄声说：“变天了！”不一会，船体像个醉汉似的大幅晃动，船舱里的物件东滚西抛，我浑身冒虚汗，头像针扎一般，胃部一阵翻滚，身子完全失控，呕吐了。所幸船舱里的人并不介意，有的帮忙擦拭污物，有的用自备水杯让我漱口，还有的掐捏我的指尖，缓解晕船所带来的痛苦。我半卧在舱底。船摇来晃去，跃起后又跌入深谷，每一次大的起伏，就得呕吐一次，到最后，什么也吐不出来了，胃在翻滚扭曲，只有干吐了。舱内很静，也很暗，感觉有人往舱外爬，低声说：“排冰涌过来了。”我昏昏沉沉辗转反侧，惊恐中预料要发生什么大事。我支起身子，想到舱外看看，不料船体一阵大幅度倾斜，把我又摔到舱底。这时甲板上有人高喊：“快上来破冰！”我想再爬上去，支起身子，又摔倒了。老老少少都上了甲板，只剩下我和一位抱着小孩的妇女，孩子哭了一阵，睡了。我拼命立起身子，抓住出口壁沿，将头探了出去。一阵强风夹着碎雪摔打到脸上。天昏地暗，我强睁开眼，只觉得船体外像有一些巨大的灰暗乌龟在晃动。甲板周围站满了人，大家手持竹筒在奋力破冰。船帆不知何时已降下，船失去了动力，只是在拥簇的坚硬冰块中晃动。我半身趴在甲板上，没有半点力气。“快下去吧！这里危险！”有人道。我缩回身子，半卧在舱底。突然有人大声喊叫：“局长！船进水啦！”“堵！快堵！用棉大衣堵！”一个坚定的声音回道。

船上是竹筒撞击冰层的声音，船内是人们堵塞漏水的呼喊，船上船下在进行生死大搏斗。我的胃早已空了，只有难忍的干吐。脑子还清醒：生死就在这一瞬间了。我在胡思乱想：如果木船沉了，身子扎进海里，将会是个什么样子？先喝海水，一口、两口、三口……然后昏迷……不知冬季是否有鲨鱼，即使有，咬去腿或一只胳膊，也不会有知觉了。

我开始憎恶大海！你怎么这么凶残，这么暴戾?！往昔，在诗人笔下，你是温柔、恬静、幽幻而带些诡秘的；在画家笔下，你又是纯洁、柔美、多姿多彩的……怎么，如今却变成一头凶猛的怪兽，想把这个世界一口吞下？可怕啊，狰狞的大海！我又想到了母亲。三岁时父亲去世，在那个混乱无情的年代，母亲含辛茹苦把我抚养成人，本想工作后能帮母亲减轻肩上的重担，然而，出师未捷身先死！又想到朝夕相处同窗两年的学友，他们已奔向祖国的四面八方了。新中国成立刚刚一年多，祖国急需各方人才，我们虽然学的是师范，但分配的范围却极其广阔：机关、军干校、团校、公安……对我很关注的语文老师建议我报航空学校，但听说对飞行员的身体要求极严，我便报了军医大学，梦想当一名医生，但军大又不招生了，哎！若是去了，我就不会遭此一劫了！我深深地叹口气：这么年轻这么匆忙就告别了这个世界，不甘心啊！

我在等待那个时刻。一切都寄托给“听天由命”了！突然，“叭、叭”响了两枪。船上的人朝舱里喊：“快上来，有救了！”我张开胳膊往舱口爬，船上的人把我拖上来。站不住，我半跪在甲板上。天已亮了，朝海面一看，大吃一惊，怎么大海变成了黄土高坡？土黄色的冰块、冰层，在海面上冲撞挤压，随着浪涛的汹涌，堆起了一道道长岭。又有人喊：“继续放！”“叭、叭、叭”又是三枪。原来船上还有特区公安局带枪的人。

顺着手枪射击的方向，隐约看到了海岸，看到了远处朦胧的村庄。在临海的一个小山顶上，竖着一根高高的旗杆，像是气象站。原来木船被狂风和坚冰推挤到了这个陌生的地方，所幸木船离岸比较近了，但船体被冰层挤在那里，不能动了。

枪声惊动了小山顶上小屋子的人。有两个人出来一看，随即招呼来了一大伙人。船上船下的人在急切商量对策。船无法靠岸，而船与岸近百米的冰层又在起伏、晃动，更为严重的是，船舱里漏水已控制不住了。时间一长，将是人船一同葬身大海的结局了。

世世代代生长在海边跟大海打交道的人们有着丰富的与大海搏斗的经历和大无畏的精神。一场生死大营救开始了。一条条长长的、厚厚的木板被运到岸边。几个汉子将木板从岸边铺到冰层上，再将另一块木板从这块木板上往前推，一个年轻汉子提着一捆绳索，弯着身子从木板上靠近船体，奋力将绳子抛到船上。船上的人将绳子拴牢，岸上几个人扯紧绳子，一条空中索道架起来了。汉子们手抓绳子，有顺序地将木板铺到了船体旁。一位有经验的男子先试着下船。他手握绳索，一小步一小步向前挪，快到岸边，他回头招呼："行！快下！"

船上有人指挥着大家有秩序地下船，妇女安排在两个男人之间。我虽遭受了一夜的折磨，也铆足了力气，跟随大家走到岸上。刚到岸边，便一头栽在那里。天哪！生死关总算闯过来了！

原来木船被狂风冰层冲撞挤压得偏离了方向，被推到离目的地蓬莱城以西20公里外的一个叫栾家口的渔村边上了。后来又得知，在我们离船数小时后，那艘木船便沉入海里了。

生死一夜啊！顾不上休歇，我和同学急忙往家中奔。我们决定，再也不回岛了！打死也不去了！刚出校门，差点把小命搭上。过了春节，那些惊恐畏惧慢慢又淡化了，感到求学两年，不就是为了踏上社会工作吗？如果不回岛，又去哪里？还能回学校要求重新分配吗？这是不可能的，何况自己还在要求进步，目标是加入共青团。思来想去，过了春节，我和同学又返回岛了。

春天来了。和煦的阳光，轻盈的风，湿润略带咸味的空气，把岛上染得郁郁苍苍、翠绿欲滴。工作量不大，只是晚上有两个小时的课，其他时间自己支配。闲暇之时，约几个同志，退潮时，拿个小铲，提个小桶，到海边礁石缝里捡海蛎子、海锥、海螺和小螃蟹，有时还能捡到海参。回到宿舍，点上煤油炉，不一会就可以享受美味了。不过，海参并不受欢迎，新煮的海参皮太厚，嚼不动。边吃，边赞美大海的馈赠。不过，这只是小菜一碟。这年秋季大潮，连接南北长山岛的一段礁石全裸露出来了，像小枕头一般大的海蛎子拥挤在乱石中，两岛的人民带着各种工具抢运海蛎子，海边的蛎子堆成大大小小的山岭。蓬莱一带有种名吃叫"海蛎子面"，即用海蛎子肉煮面条，无比鲜美。更壮美的是次年春季，海风推动着潮水，通体透着浅绿色的大对虾像开运动会似的争抢着往沙滩上蹦。海岸上挤满了人，有的在岸上捡，有的在水里捉，不用乘风破浪出海，不用布阵撒网，大对虾自动奉献来了。这样的大海，谁能不由衷地赞美？谁能不夸其无私和慷慨！

在云淡风轻的时候，有时随意来到海边，坐在沙滩上，脱下鞋袜，将脚浸到水里，接受海风清爽的亲吻，触摸着沙粒那丝丝痒痒划过指缝的清凉，尽情呼吸着海风的气息，领略着海的博大、浩瀚和悠远。醉人的海风中，掠水而过的海鸥在海水里沾染海的灵性。一叶在蓝天映照下的轻舟在向梦的彼岸航行，远远望去，就像蓝色的音符，在海风中尽情地舞蹈，让人产生一种如痴如醉、惬意无比的感觉。正是平潮的时候，一幅“潮平两岸阔，风正一帆悬”的景象。阳光洒到波动的海面上泛起梨花初雨般的粼粼碎瓣，漂浮，闪动，构成淡淡的水彩画。浪尖轻轻抚摸双脚，水花故意撩拨到裤脚上，像是在跟你开着玩笑。远处，山海相拥，水天相接，渔帆点点，飘荡在白云缝隙间，翱翔的海鸥上下翻飞。我翻开手中那本请蓬莱新华书店一位朋友购得的《玉君》小说，探寻书中那对青年男女委婉、凄美的爱情。这时的大海，令人神往，使人心醉，增添了一种“宠辱皆忘，乐而忘返”的心境。原来，大海竟这般温柔，这般浪漫，这般可爱。春节乘船回家的那段恐怖的记忆，已荡然无存了。

在这海阔天空的地方，工作之余，我看书，也开始学写小说。第一篇小说发表后，被调到省城做了一名文学刊物的编辑。至此，近两年的惊涛骇浪、梦幻旖旎的海岛生活结束了。

2012 年秋　济南

收入 2012 年《齐鲁文学作品年展》

我的第一篇小说

1951年春节前，我们这一批胶东半岛上的热血青年，从当时被誉为“胶东最高学府”的莱阳师范毕业了。我们是在共和国诞生的前一年入的学。那时，国民党重点进攻山东的美梦已被全面粉碎，国民党军队除了被歼灭了的以外，余下的在急速向青岛撤退。听着远处的隆隆炮声，迎着新中国即将到来的曙光，怀着强烈的求知欲，我们经过虽简要却严格的考试，被录取了。

两年的学习生活，处处体现了“自力更生”的方针——开荒种菜、拉砖建学校、教师自编教材……教师也是从四面八方聚拢来的，南腔北调，服饰各异。记得有一对年轻的教师夫妇，似乎刚刚从南方的一座大城市赶来，男的西装革履，皮鞋擦得锃亮，雨天陷进黄泥里拔掉了鞋跟……女的则穿了一身合体的花旗袍，露出了半截大腿……这使我们这些玩土的孩子大开眼界。学校分为文、理两科，我被分配在文科班，重点学文，这很符合我的爱好。我们的语文教师叫闫仲容，是位资历深厚的老教师，似乎同著名诗人何其芳在一起执过教，那可能是在新中国成立前的“莱阳乡师”。他的背有点驼，戴一副深度眼镜，留着大分头，头发永远亮光光的。

在我的记忆中，语文课上学的其他什么内容大都忘了，唯学习《在延安文艺座谈会上的讲话》一文的时间最长，记忆最深。闫老师讲起来慷慨激昂，十分动情。自己的理解是肤浅的，也难以说吸收了什么。但有一点是明晰的：写作也是一种事业，对革命、对人民、对时代都是有益的。

学校还有个阅览室。有一些报纸，有一些图书——解放区出版的和大后方出版的进步书籍。一有空隙，我便钻了进去。胡乱翻，胡乱看，居然也受到一些新思想和新气息的感染。慢慢地，竟然也悄悄写起诗来。断句，押韵，寓一种浅显的思想，照着翻阅的报刊的地址寄出去，居然有的也在儿童和青年报刊上发表出来。当看到自己的名字第一次用铅字印出来时，最恰当的形容应该是“欣喜若狂”了。但实际上只能“欣喜”，而绝不可“若狂”。因为当时诸如“骄傲自满”“自高自大”一类的帽子是很压人的。一旦“若狂”，岂不又增添了落后色彩？何况我从入学到毕业身后总是拖着一个可怕的影子——“不问政治”“骄傲自满”……为此，尽管自己把那阻碍进步的“尾巴”割了再割，直到毕业，也没能实现我加入共青团的愿望。直到毕业分配工作后，才在现为专业作家的张岐同志等人的介绍下，入了团。那时他在长山岛特区政府教育科任科员。

毕业了。我被分配到长山岛特区（现改为长岛县）政府任机关教师。

海岛的春天，旷远、秀丽，而又动人。阳光和煦，碧海荡波，渔帆点点，鱼虾成堆。闲暇时候，翻开蓬莱著名作家杨振声的名著《玉君》细读，参照他描写的海岛风光、少男少女、神话般的境地、充满传奇色彩的情节，倍感亲切、真实。工作也算顺利，大概是“初生牛犊不怕虎”吧，机关学校从书记（相当于现在的县长县委书记）、区长到公务员、炊事员，一个班编了三、四、五、六年级，复习教学，由我一人担任教师。我以师道尊严的神态授课，“学生”也规规矩矩地学习。有时候，我还要重点提问那些在我眼里已是老头子的学员，他们也都认真作答。我是从书本上学来的有限刻板知识，他们大都有着丰富的社会经历，因而对有些问题，我们往往从实际和理论的不同角度争论得面红耳赤，但绝不会造成彼此之间的什么看法和隔阂。课余闲暇，约上一伙年轻人，或打球，或赶海，或钓鱼……特别是赶海，别有一番情趣！提个小篮子，追逐着落潮的海水，挽起裤角，进到半露半隐的礁石间，去探觅红蟹、海螺、棒锥螺、马其螺……运气好了，还能捡几个海参。带回办公室，小煤油炉子一支，几个人围在一起，便可饱餐一顿。

平静、和谐而又新鲜的生活，比较安适的环境，使我常常在备课、教书、读书之外，思绪奔涌，浮想联翩。我想起了学校和同学，想起了家乡的父老乡亲……进而，又不时伴随着一种创作冲动。似乎需要写什么，似乎必须写什么。记得前些年，在北京的一次创作会议上，著名作家马烽曾讲了一段有关创作人员心理状态的诙谐的话。他说，搞创作的人就像抽大烟的人一样，瘾一上来，什么也不顾了。我那时对创作虽然还没达到那种执着、癫狂的程度，但那些刚刚经历的日子，不断扰动我的心。家乡啊，那山，那人，那泊，那水……多彩多姿，令人激奋。共和国刚刚成立，新生的农民在一种新的气息和秩序下生活、劳作。农村中的生产关系已基本解决，突出的矛盾，是如何提高和发展生产力。农民中，几千年来遗留下来的保守、落后意识，同农业中的新技术、新的科学耕种与管理观念发生了激烈的矛盾，落后势力甚至是相当顽固的。那时，动员农民使用化肥是一项十分艰巨的任务。要层层发动，层层说服，优先贷款，给予表扬，即便这样，农民也拒不接受。我的家乡曾发生过农民将购回来的半袋化肥半夜深埋在一个坑里的故事。我跃跃欲试，何不把那些印象深刻而又感人的东西写出来？从入莱师读书以来，我阅读了不少“五四”以来的优秀作品，似乎对生活的提炼，典型的塑造，文章的结构、剪裁等方面，有了一些肤浅的理解。于是我真的动起手来，既没有压力，也没感到苦痛，倒是自自然然。

当时我同吴远起同志住在一间小厢房里。屋子很小，摆了两张铁床，放了两张三抽桌，便满了。他是一位早我几年参加工作的年轻同志，组织上选拔他做收音工作——省里有关部门给长山岛特区政府配备了一架木壳收音机，远起同志还专门到省里有关部门学习了一段时间，回岛后，每天几次将天气预报抄录下来，再通过有关方面通知各个岛上的渔民。收音工作重要，不能影响，我的写作便在教学、收音和完成了教育科的杂事以外的时间进行。

没有稿纸。那时还不知世界上有稿纸这种东西。在一摞白纸上，写写，抄抄，很快，稿子写出来了，信手写上了个平白直露的题名：胜利百号地瓜。内容是反映农民中新旧思想的矛盾和冲突。这便是我写的第一篇小说。

我一直认为写作既是表达自己的心声，也是为了给他人阅读的。这需要有一个发表媒介。寄到哪里去发表？这倒成了难题。那时文艺刊物极少，长山岛又闭塞，还没有图书馆阅览室之类的场所，没法选择。凭着记忆，想到了出版社是个出版文章的地方，便找了个信封，将稿子装上，寄到了山东人民出版社。那时寄稿件不用花钱，只在信封上写个“稿件”即可。

稿子寄出后，对我自己来说，一切都很安然、平静。既没有那惴惴不安的情绪，也没产生那种难耐的期待。写出来，寄出去，似乎便完事大吉。值得庆幸的是，过了一些日子，我惊喜地发现，那篇小说奇迹般地在《大众日报》1951年5月31日《丰收》副刊上发表出来了。

这是怎么回事？我十分奇怪：稿子明明寄往山东人民出版社，怎么刊登在《大众日报》上了呢？

不久，《大众日报》还发表了主持该报工作的朱民同志的评论文章，为这篇小说写了不少溢美之词。又以后，这篇小说又同另外一个短篇合编在一起，书名为《治蜜》，由山东人民出版社出版。这年，该文又获得了山东省优秀文艺创作奖。1982年，我在出版自选短篇小说集《田园新色》时，尽管感到这篇小说稚嫩、浅露，考虑到它是我的小说处女作，还是收了进去。

1952年9月间，我接到调令，调我到山东文联所属的《山东文艺》社做编辑工作。我赶忙整理行装，将一些不必要的东西送回老家，按期往省城里赶。乘坐汽车到了蓝村，再换乘西去的火车。这是我有生以来第一次看见火车、乘坐火车。我忧心忡忡：在火车上这么长时间，吃不上饭倒没关系，可以上车前吃得饱一些，但大小便怎么解决？思来想去，我要了个小聪明：上车前多上厕所。火车来了，带着震天动地的呼啸，我踏了上去。（那时上火车不挤）这才发现，火车上原本就有厕所。我暗暗赞赏发明火车的人想得周到，也为自己这个没出过门的农民儿子好笑。

来到省城，层层转了关系，报了到，进入了一个新天地，我的视野逐渐开阔了。昔日我崇拜和向往的那些名人，竟然同我在一个食堂吃饭，在一起打球，在一起参加劳动。过了一些日子，在同各个方面有了一些接触并熟悉之后，我试探着想知道，我的那篇小说何以能被转到《大众日报》，是哪一位热心人做的。没有人向我主动介绍，也没有人主动向我表示亲近和显示功绩。似乎一切又都是那么自自然然。其实不主动我也能深切感受到，一些心地博大善于扶持别人而又从来没想到捞什么好处的人，就在我身边。他们默默地工作，默默地奉献，甚至在时代的急雨骤风中沉浮起落，多少年过来了，仍是纯纯正正，坦坦荡荡，令我十分感佩。

刊于《作家报》1989年7月22日

收入《山东文坛纪事》

走进文艺界

1950年底我从莱阳师范学校毕业后（原为“胶东师范”），分配到长山岛特区政府（现为“长岛县”）任机关教师。原以为此生注定了走的是一条教学之路，谁料一次偶然的机会，陡然改变了我的命运。这便是我初次发表的那篇小说——《胜利百号地瓜》。

读高小（那时小学分初小、高小）和师范时，我喜欢读书。那时书很少，也没有书店，碰上什么读什么，很杂乱。进入师范学校后，有了图书室，有几份报纸，几份杂志，书也很少，大部分是解放区出版的一些文艺作品。我便成了跑图书馆的常客，读着读着，不安分起来，也试着写起稿子来了。那时，“胶东大众”报上常出一些文艺方面的专刊，我便往那里寄——信封是自己糊的，也不需贴邮票，只在封面上注明“稿件”二字即可。功夫不负有心人，幸运之神也关照我，便有些豆腐块发表出来。慢慢地，视野宽阔了，还在《山东青年报》《儿童月刊》《山东文艺》发表过诗、快板等。看到自己的名字印成了铅字，免不了一阵惊喜。

到长山岛特区后，由手无分文变成了享受物质待遇（每月以小米为单位计算工资），由贫寒学生变成了教师，每天只有晚上授两小时课，白天时间自己支配。除了备课，就是读书。时间充裕了，又大起胆子写起了小说。说写就写，既无任务，又无压力。写完后，没有稿纸，也没见过稿纸，便抄在油光纸上。只是寄往何处倒是费了一番心思。最后决定寄给出版社。我朦朦胧胧地感觉，小说应是出版社管的事。

当时，作者和编辑之间谁也不知道谁，谁也不认识谁，全是空对空，没有私下里的感情纠葛。寄稿信上的称呼是千篇一律——“编辑同志：您好……”。过了些日子，音信皆无，暗想可能寄丢了，也可能被扔进废纸篓里了。突然有一天，一位同志在《大众日报》文艺副刊上看到登出了这篇小说，时间是1951年5月31日。以后才知道，这普普通通、平平常常的一天，逆转了我人生的轨迹，朝另一个方向走去。

小说发表后，给了我很大鼓舞，也甚是纳闷：为什么稿子寄给山东人民出版社，却在报纸上发表出来，这是哪位热心人办的一件好事呢？不久，这篇小说又同另一位作者的小说合编成册出版了，肯定是出自同一位编辑之手。为什么不寄封信告诉我呢？我感谢那位编辑，也赞赏他（她）的纯正。使我后悔的是，来到省文联以后，可能是太本分太单纯了，也没去打听打听是何人所为(是不难打听到的)，失去了登门道谢的机会。也好，我会永远在心中默默地感谢他、祝福他！

大约是1952年夏秋之间，当时在长山岛特区政府文教科工作的张岐同志到省里参加有关会议返回后对我说，会议期间，丁志刚同志（后来知道他是省文联秘书长）特地找到他了解我的情况。我听后，觉得可能是那篇小说引起了注意，也没当回事。不久，接到调令，调我到山东省文联工作。俗话说，梦想成真，没做这方面的梦，倒成了真的。告别了短暂的教学生涯，于1952年国庆节前赶到了济南，具体分配在《山东文艺》（《山东文学》前身）做编辑工作，还告知我为行政23级，是按照大学毕业生的待遇安排的，我自然更高兴。

当时，省文联在经二纬三路的一个院里。我住在大礼堂里，临床的还有一位画家叫靳涛，他好像也是刚调来不久，常常对着镜子给自己画像，使我十分好奇。礼堂里还住着一些人好像是演员，打着地铺。

不久，省文联迁到了经七纬一路，与山东省文化局同在一院，德高望重的著名老作家王统照先生担任两单位的负责人。当时的《山东文艺》编辑部不足10人，确切地说，是编创合一。分成两组，一组编半年刊物，一组深入生活搞创作，轮流进行。人员结构大致有两部分人组成，一是老干部、老革命，如王希坚、包干夫、申均之等；一是年轻人，其中也有参加工作早一些的，如青年诗人阎一强。编好刊物是大家共同的目标和任务，搞好创作也是大家应尽的职责。当时大家对深入生活的热忱很高，“没有生活便没有创作”成了大家的座右铭。每年年底，召开几天座谈会，大家畅谈深入生活的心得体会，谈创作感受和收获。在这种浓烈的生活、创作融汇的氛围中，曾出现过一些反映新时代、颂扬新生活、真切、流畅的作品，如吕曰生的《一个安静的晚上》，我的《邮鸡蛋》，都是那个时期有一定影响的产物。

尽管人员中有着资历的深浅、年龄的高低、成名和未成名的差异，但相互之间都很融洽、真诚，工作中都是全身心的投入。编辑工作强调认真看稿、选稿，认真回信，尽职尽责扶持业余作者。有时跟一位作者通信多年，却从未见面。领导和被领导之间也很和谐实在，老同志对年轻人尤为关心，特别是在业务上竭尽全力使之提高。记得初到不久，我的一篇小说送丁志刚同志决审，他在原稿中密密麻麻写下了许多批语，有分析、有指导、有启发，尽管稿子可以发表，他却刻意将我引向一个更高境界。只是不久他被调往北京图书馆任馆长。这期间，我甚至没和他正式谈过话。大概是60年代初，他在青岛疗养，我也在青岛，一位老同志领我去看过他，叙谈了一番，他依稀还记得调我时的情景。

那时的省文联除了几位行政人员外，实际上就一个编辑部，或者说编创部。编辑部的领导也就是省文联的领导，统由包干夫、王希坚二位负责。对于包干夫同志，在我心目中早已是大名鼎鼎，他的诗集《扬帆集》（笔名戈振缨），我早已熟悉还能背诵出一些篇章。原想这样的大诗人肯定是令人望而却步，没想到人很随和，喜欢开个玩笑，经常能制造个笑料，颇有些浪漫色彩。那是个学苏联老大哥一边倒的年代，一切模式、政治、经济、军事、文化……都倒向苏联，就连当时给孩子起名字，也要带有老大哥味，什么娅呀娜呀娃呀，全苏化了。我们也采用这种模式，将包干夫改称为“包干罗夫斯基”，听着我们的呼喊，他还颇为得意，称赞我们有创新精神。有时也变变方式，按照传统称谓喊他为“包大爷”，而对跟我们年纪差不多的包夫人宋萍则称“包大娘”，每在这时，宋萍则喜滋滋地咧嘴笑，欣然接受。

刚到省文联时，我默默地将我熟悉和崇尚的名字对号入座，但不见王希坚同志。他的大名如雷贯耳，他的长篇小说《地覆天翻记》以及众多的新诗、快板诗等，我都熟读细品。他在语言运用上使我感到极其亲切、朴实。突然有一天，那已经是冬日了，在食堂简陋的饭桌前，坐着一位个头不高、身材瘦小、双脚穿了一双高筒皮鞋的人，这引起了我的注意。悄悄一问这就是王希坚，他是参加由丁玲率领的作家代表团访问苏联后刚刚回来。熟悉以后，见到他还带回个木壳收音机，放在桌子上，每天面对收音机学俄语。他为人正直，不善言谈，大家在一起时，总是倾听别人讲话，听到共鸣处时，脸上会挂上一丝微笑。他外表冷漠，内心像一团火。不管什么人什么事，有求必应，十分热心。尤其是对业余作者，凡请他看稿求教，他都会当成一份天职，认真仔细，可谓百求不厌。新中国成立后的诸多文学作者，受过他的教诲的人不在少数。我常对文学圈子的友人讲，对待业余作者，无私地帮助他们，像王希坚、苗得雨这样的同志不多了（苗对业余作者也是一副热心肠）。那时期，可能希坚忙于创作（其中有长篇《迎春曲》），较少管刊物，刊物主要由包干夫同志主持。

1956年，《山东文艺》改名为《前哨》，后又改为《山东文学》。1975年，我偶尔管了一段复刊后的《山东文学》，很快便脱钩了。听老诗人李根红同志介绍，1950年《山东文艺》创刊时，王统照同志任主编，他和陶钝同志任编辑，陶因还忙于他事，常常是根红一人操办刊物。今昔之间，真是天壤之别了。

岁月匆匆，时光如流。弹指间，已经过了近50个年头了。从风华正茂的青年到步入古稀的老年，从乘公共汽车给别人让座到别人给自己让座，这基本上完成了一个人的一个时代。借用一句话来结束这篇短文吧：

愿未来更美好！

2000年9月　济南

发表于《山东文学》2000年10期

那段时光

1950年《山东文艺》（曾改名《前哨》，现为《山东文学》）创刊时，我正在“胶东师范”（后改名“莱阳师范”）上学。校内的三间平房图书室内，摆放着为数不多的书籍、报刊，其中《山东文艺》是很醒目的，每期的内容，基本上从头到尾我都能看一遍。看长了，也想试试，便猛着胆子投稿。那时寄稿不需贴邮票，只在信封上标明稿件就行了，因而也没有经济负担。巧的是，竟然登出了一首快板诗，还得了几万元（合现在几元）稿费，这可把我乐坏了。要知道，我上了两年学，只有舅舅给了我5000元钱（合现今5角），那还是因为寒冬腊月把脚冻坏了，舅舅要我买双“蒲窝”子（一种草编靴子）御寒。有了稿费钱，我约上最要好的一位同学，到馆子里吃了一顿平生第一次吃的水煎包，那滋味，美极了。我自然对《山东文艺》的感情也更亲密了。1951年毕业后我被分配到长山岛特区政府文教科担任机关教师，仍给《山东文艺》寄稿，也刊登过。

1952年夏秋之间，特区政府文教科的张岐同志（后来调至《山东文学》工作）到济南开会，返回后对我说，会议期间，丁志刚同志（后来知道他是省文联副主席兼秘书长）特地找他了解我的情况。我听后，觉得可能是我寄了篇小说发表在《大众日报》副刊上引起了注意，也没当回事。不久，接到调令，调我到山东省文联工作。于是我告别了短暂的教学生涯，于1952年国庆节前赶往济南。这是我第一次出远门，也是第一次见火车、坐火车，不免有些紧张。从家乡转到莱阳，乘汽车到蓝村转火车时，我特地到火车站观察了一番，这一看，着实犯了愁，心想，一整夜加大半个白天，这方便起来可怎么办。于是，上车前猛往厕所跑。上车后却发现备有厕所，于是心松下来了。又想，人真聪明，考虑得这么周到。

那时省文联在经二路纬三路的一座院里。接待我的是马虹同志（后为省文化局人事处负责人）。他刚参加义务劳动回来，正在洗脚，问了我几句话，便让我住到大礼堂里。跟我临床不远的还有位画家叫靳涛，好像也是刚调来不久，他时常对着镜子给自己画像，使我十分好奇。礼堂里还住了一些人好像是演员，打着地铺，给我印象最深的是每人使用一把小泥壶对着嘴喝茶。

开始没分配给我什么工作。单位没有几个人，在几间平房的伙房里，也没有几个人吃饭。只是看到申均之同志在二楼的一间屋子里进进出出，那是《山东文艺》的编辑部。快临近春节，可能都忙于其他事，顾不上管我，便让我暂回胶东深入生活。当时正逢志愿军回国驻扎在农村休整，军民欢庆在胜利的浪潮中。我选择了莱阳的一个村子，因该村涌现了一个新生事物：农忙托儿所。为此我写了篇纪实性的小说发表在《山东文艺》上，是丁志刚秘书长终审的，他在原稿上写了很多批语，大意是多写人物关系，避免写事物过程等等。可惜我没有得到他更多的教诲，甚至也没有“单独”同他谈过话。

不久他被调往北京图书馆任馆长。大概是60年代初，他在青岛疗养，我也在青岛，一位老同志领我去看过他，叙谈了番，他依稀还记得调我时的情景。过了春节，我回到了单位，具体分配在《山东文艺》做编辑工作。还告知我为行政23级，是按照大学毕业生的待遇安排的，我自然更高兴。

这时，省文联迁到了经七纬一路，与山东省文化局同在一院，德高望重的著名老作家王统照先生担任两单位的负责人。当时的《山东文艺》编辑部不足10人，确切地说，是编创合一。分成两组，一组编半年刊物，一组深入生活搞创作，轮流进行。人员结构大致由两部分人组成，一是老干部、老革命，如王希坚、包干夫、申均之、单伟等，一是年轻人，其中也有参加工作早一些的，如吕曰生、闫一强和我，还有一位从山大刚毕业分配来的王斌（不久他调走了)。编好刊物是大家共同的目标和任务，搞好创作也是大家应尽的职责。当时大家对深入生活的热忱很高，“没有生活便没有创作”成了大家的座右铭。每年年底，召开几天座谈会，大家畅谈深入生活的心得体会，谈创作感受和收获。在这种浓烈的生活创作融汇的氛围中，曾出现过一些反映新时代、颂扬新生活、真切流畅的作品，如吕曰生的《一个安静的晚上》，我的《邮鸡蛋》，都是那个时期有一定影响的产物。

尽管人员中有着资历的深浅、年龄的高低、成名和未成名的差异，但相互之间都很融洽、真诚，工作中都是全身心地投入。编辑工作强调认真看稿、选稿，认真回信，尽职尽责扶持业余作者。有时跟一位作者通信多年，却从未见面。领导与被领导之间也很和谐实在，老同志对年轻人尤为关心，特别是在业务上，竭尽全力提高。

那时的省文联除了几位行政人员外，实际上就一个编辑部，或者说编创部。编辑部的领导也就是省文联的领导，统由包干夫、王希坚二位负责。对于包干夫（笔名戈振缨）同志，在我心目中早已是大名鼎鼎。他的诗集《扬帆集》我早已熟悉还能背诵出一些篇章。原想这样的大诗人肯定是令人望而却步。没想到人很随和，喜欢开个玩笑，经常能制造个笑料，颇有些浪漫色彩。那是个学苏联老大哥一边倒的年代，一切模式、政治、经济、军事、文化……都倒向苏联，就连当时给孩子起名字，也要带有老大哥味，什么娅呀娜呀娃呀，全苏化了。我们这些年轻的也采用这种模式，将包干夫改称为“包干罗夫斯基”，听着我们的呼喊，他还颇为得意，称赞我们有创新精神。仅有洋味的雅号似乎还不尽兴，又因他颇具长者风度，也称他为“包大爷”，而对跟我们年纪差不多的包夫人宋萍则称“包大娘”，每在这时，宋萍则喜滋滋地咧嘴笑，欣然接受。寒来暑往，往事如烟，将近70个春夏秋冬，当年为文学事业开创局面的老人大都作古了。

我还得了个雅号叫“参谋长”，是老编辑都郁生同志赠给我的。当时全国的文学期刊很少，新刊物来了之后，我大都能浏览一遍，而有些年轻的初学写作者，往往想走捷径，东抄西拼，添上自己的名字便往编辑部寄，每每就被我发现了，为此我还在《大众日报》副刊上写过一篇这方面的警醒文章。有一次，坐在我对桌的都郁生同志看了一篇来稿，感觉不错，让我看看，我看后说这是抄袭的，并找出了原刊发的刊物，他便夸赞我道：你真是个好参谋长。这样便叫开了。好像苗得雨同志在一篇文章中还对此事渲染过。

刚到省文联时，我默默地将我熟悉和崇尚的名字对号入座，但不见王希坚同志。他的大名如雷贯耳，他的长篇小说《地覆天翻记》以及众多的新诗、快板诗等，我都熟读细品。他的语言运用使我感到极其亲切、朴实。突然有一天，那已经是冬日了，在食堂简陋的饭桌前，坐着一位个头不高、身材瘦小、双脚穿了一双高筒皮靴的人，这引起了我的注意。悄悄一问，这就是王希坚，他是参加由丁玲率领的作家代表团访问苏联后刚刚回来。熟悉以后，见到他还带回个木壳收音机，放在桌子上，每天面对收音机学俄语。他为人正直，不善言谈，大家在一起时，总是倾听别人讲话，听到共鸣处时，脸上会挂上一丝笑容。他外表冷漠，内心像一团火。不管什么人什么事，有求必应，十分热心。尤其是对业余作者，凡请他看稿求教，他都当成是一份天职，认真仔细，可谓百求不厌。新中国成立后的诸多文学作者，受过他教诲的人不在少数。我常对文学圈子的友人讲，对待业余作者，无私地帮助他们，像王希坚、苗得雨这样的同志不多了（苗对业余作者也是一副热心肠）。那时期，可能希坚忙于创作(其中有长篇《迎春曲》)，较少管刊物，刊物主要由包干夫同志主持。

大约1956年我离开编辑部到了文学部，1958年又调到刚建立的山东电影制片厂。

70年代中期，“文革”中一直停刊的《山东文学》决定复刊。由于山东省文联处于瘫痪状态，便把刊物放到了山东省艺术馆内，人员全是省文联的。那是个极其不平静的年代，刊物也时出时停。由于我当时在艺术馆内管了一段事，印刷厂便不时上门催要刊物印刷费，邮局来人催问拖期的刊物何时能出、来年的征订工作怎么办，闹得我心烦意乱，整天不得安宁。催急了，我便对他们说：要不您到省委去找答复吧。他们也没法，只有往下拖。

以后我跟《山东文学》就多是稿件的联系了。

发表于《山东文学》2008总第600期

漫忆文学路

在我数十年文学编辑、文学创作、文学组织工作的生涯中，深感遗憾和惋惜的是，没能走进著名作家丁玲先生主持的中央文学讲习所学习。那是我梦寐以求的梦中之梦。倒不是没有机遇，是1957年那场风暴把我这个梦击碎了。

50年代上半叶，朝鲜战争结束之后，国民经济日渐复苏，国家经济建设也已有序展开，人民群众处在一种和风细雨的境界中，文学界也在这种良性气氛中显露出生机，好作品不断涌现。大家在呼唤一个文学新时代的到来。这时山东省文联内的创作气氛也很浓，一些同志写出了一些有一定影响的作品。当时省文联机关主要是一个创作部和《山东文艺》编辑部，所属人员轮流深入生活搞创作。半年一轮，两条战线一支队伍，每个人都有编辑和创作的机会。每到年底，大家集中在一起，用几天的时间，学有关文件和材料，首要的是学毛主席《在延安文艺座谈会上的讲话》，然后各自谈深入生活和创作中的收获及体会，再由领导进行总结，对每个人一年来的作为都有一些略带鼓励的评语。记得王希坚同志在谈到我的创作实践时，大意是：牟崇光同志现在写出东西来发表是没有什么问题，主要是如何在现有基础上提高一步，能有个质的飞跃。这话给我的触动很大，也是我文学创作路途上面临的新的难题。当然，希坚同志也无法提供一个良方使我立竿见影地提高。1957 年上半年，适逢中央文学讲习所招生，给了山东几个名额。听到消息，我暗暗庆幸，感到机会来了。在此之前，苗得雨同志曾在这座文学殿堂深造过。他入所后，与我常有书信来往，除介绍学习中的心得体会外，还将一些名作家讲话的材料寄给我。他本人在两年的学习期间，不但系统地领略了中外文学史、文学概况、文学流派、文学的发展与展望以及文学写作技巧等文学领域中的诸多知识和精髓，也写出了一些颇见功底的文章。其中有关《水浒》的系列论文，我读后深感惊讶，想不到他没有高深学历却写出了这样夯实独到的文章，这只能归功于文学讲习所提供的丰厚养分了。这也加深了我对这座文学殿堂的向往。我赶忙找领导提出要求，很快便得到了批准。当时山东确定去三人，另有山东省委文艺处的肖洪同志、省出版社的赵炳南同志。填表、体检、报送材料……诸多手续很快便办妥了，只等通知入所了。孰料，政治风向转了。不久，如火如荼的反右斗争开始了，文艺界首当其冲，领军人物丁玲又沿着右派的阶梯“步步高升”了。我那朝思暮想的文学梦自然也破灭了。

6 年后的 1963 年，我被抽调参加了省委组织部在益都县进行的党员重新登记试点工作。从初春到盛夏整天忙忙碌碌，浸泡在大小会议中。在全县工作人员集中到县里开会期间，有一天，我们几十个人挤在一间大屋子里体验着难耐的闷热，忽然大队部派人来找我，让我尽快赶回济南，另有任务。

回济后，时任省委宣传部文艺处处长兼省文联主席的鲁特同志接待了我。原来是《人民文学》杂志社在北京召开青年作者短篇小说座谈会，要我参加。

尽管消息来得突然，但心中也清楚，这是由我的那个短篇《在大路上》触发而来的。

1962 年底，我写了这个短篇。为了使自己在创作道路上不断提高、长进，我先请鲁特同志提提意见，指点指点。鲁特同志除创作外，还长于文学理论的研究，写过指导青年作者的论文。在此之前，我还跟随他去华东沿海收集海军战斗生活素材，深谙他为人之厚重及对人之关切。稿子交给他后，过了些日子，不见回音，我道他忙，不便去问。又过了些日子，我试探着打了个电话，问他看了没有。他答：稿子我看了，写得不错，我已转给《山东文学》了。不久，《山东文学》1963 年 1 月号刊出了此文。之后《人民文学》于 1963 年 7—8 月号合刊又转载了此文。这次让我去参加座谈会，可谓是以文会友了。

1963年8月14日到达北京东总布胡同22号中国作家协会招待所报到，入会的还有南京市文联的方之、陆文夫，河南的段荃法，青海人民出版社的赵燕翼，哈尔滨的韩统良，新疆建设兵团的吴连增，共7人。据说，原计划还同时举办一个青年文艺理论作者座谈会，因故没成。当天下午，《人民文学》主编张天翼、副主编李季、编辑部主任杜麦青、胡海珠、华东组组长许以和编辑冼宁等人来看望了大家。

15日上午，正式开会。李季同志主持并讲了话。他开宗明义，讲了这次举办座谈会的目的。大意是：请同志们来，不是为了写稿子，编辑部稿子并不缺，但重头稿子不多。这次让大家来，主要是通过学习提高思想、开阔眼界、研究短篇小说的创作规律，以期写出好作品来。编辑部为了这次座谈会，分头做了大量工作，相当于发一期稿子的工作量。在这以后的20多天中，先后有文艺界领导、著名作家、文艺理论家10余人给我们7人做了有关与文学相关的报告。计茅盾老前辈一次，叶圣陶老前辈一次，周扬一次，张天翼四次，周立波同志一次，吴组缃教授一次，叶君健先生一次，陈冰夷同志一次，侯金镜同志一整天，韩国屏同志一次。李季同志除自始至终主持会议外，还单独讲了两次。康濯同志到京住招待所，我们也见缝插针地求教。那些天，我们像是进了一座看得见、触得着、听得到的文学宝库，畅游在深沉开阔养分丰厚的文学海洋里。

时任中宣部副部长、全国文联主席等要职的周扬同志是在座谈会结束前的聚餐会上讲的话。那是个傍晚，也许是餐厅太小，也许是天气闷热，也许是寻求些轻松浪漫色彩，餐会安排在院内的藤萝架下。饭前，大家坐定，邵荃麟同志请周扬讲话，周笑着说：“我是来吃饭的，没什么好讲的。”邵又说：“来了总得讲讲吧?”周除了讲一些国际国内的形势外，还讲了创作、人才等方面的问题。有段话给我的印象颇深。他强调说：“创作是需要才能的。我们不否定天才。没有天才，怎么能写出东西来呢？不是所有的人都能写出作品来嘛，也不是人人都能当作家。天津有位作者发表了篇文章叫《创作需要才能》，受到了许多人的批评，但这话本身是没有错误的……”在当时的历史大背景下，能听到如此尊重唯物史观的话，实属不易。

茅盾前辈是很讲究仪表的。他着装整洁，但不失质朴。短短的胡髭衬在那张瘦削的脸上，格外有神。他讲话简练，开门见山，直奔短篇小说。他看到我们都年轻，便问：“你们都是学校里出来的吧？有大学毕业的吗？”见大家都不表态，他表示理解。他谈了四个问题：一、短篇小说为什么不短；二、关于题材问题；三、关于古典文学中的短篇；四、有关他自己的创作问题。谈到短篇小说的特点，他道：一条线索，一个主人公，一个时间。在谈到他的一些短篇时，他坦言都是中篇的压缩。他说：我本来是不想写小说，是当编辑的。那时，由于认识上的不一致，与另一家刊物对骂起来。老板不让骂，我说那不行，你另请高明吧。我便走了，商务印书馆便请了郑振铎去了。大革命以后，没有职业，为了吃饭，便写起了小说，靠卖文为生。短的不解决问题，只好来个中篇压缩……茅盾老还审读了我们每人的两三篇小说，并一一做了分析指点，还给了一些鼓励。他说，现在人才比“五四”时期多，题材也广，数量也多，质量也比那时的高，但现在的小说大都风格不明显，这需要自己慢慢去创造，这同题材是两回事……最后，他还欢迎大家到他寓所做客。说他一礼拜到部里去一两次（时任文化部部长），其他都在家里，有时间。出于拘谨，我们谁也没去。“文革”后期，我热衷于书画收藏，特别是在田仲济教授寓所见到茅盾老书赠给他的墨宝，深感后悔莫及。当初如果登门求教，茅盾老肯定会挥毫相赠。可惜那时没有像当今追星族这样的奋不顾身的精神……

叶圣陶老前辈已是古稀之年。但体态健康，声音洪响，神清气爽，好似一棵茁壮的古槐。他的两道浓眉颇像两把小笤帚，耳鬓蜷曲出耳外像一蓬长寿草。他知识渊博，谈吐广泛，不论涉猎到何处，都要使人有身临万丈深渊之感。他围绕创作体会，谈古论今，对许多著名作家的名作进行了剖析。谈到曹禺，他直言不讳：曹禺同志早期的两个剧本我喜欢。后来就差了，如《胆剑篇》。他对沙汀刚刚发表在《人民文学》上的短篇《一场风波》也不满意，说沙用的是文件上的语言，而写小说是不能用文件上的语言的。他广泛地论及了语言、成语及成语的演变，并举例说：“煞有介事”这一成语原本是苏州的地方土话，原说法是“像煞有介事”。后来别人写文章写小说用上了，把“像”字去了，也就通用了。当他读着这句原话时，那原汁原味的浓重苏州口音使人想起了评弹。

一部《红楼梦》完全融入了吴组缃教授的生命之中，已经达到合二而一了。一谈到《红楼梦》，吴先生就像演员即刻进入了角色，把一幅美丽堂皇的历史画卷活灵活现、栩栩如生地展开了。好像这不是在听他讲课，而是在欣赏一部大型的舞台《红》剧。

周立波同志在报告中讲了三个字，即：经——经历；练——基本功；阅——多看作品。后来又增加了个广字——广泛的社会知识和生产知识。四个字，他发挥了一个下午。多年以后在京城的一次创作会议上，一位同周立波极熟悉的同志介绍说，周在重病期间说过这样的话：如果我将来能再写作，就不以历史做线索了。可见他在创作实践中是在不断加深认识的。

候金镜同志在《人民文学》转载我们小说的同期发表了一篇很长的评论。这次他在一整天的时间里，又深入探讨了小说创作的问题，并对每人的作品加以细致的评论。他很能抽烟，入座后，扯过烟缸便抽起来，一支接一支，再也不用划火柴了。半天时间，那烟缸里的烟把便像金字塔般地耸了起来。

邵荃麟同志的几次讲话内容涉及得很广泛。他把每个人邮去的短篇全都看过，并做了仔细的分析、指导。他说召开这样的会很好，过去你们为刊物服务，现在刊物为你们服务，相互交流，相互沟通，是很有益处的……看着他那瘦弱的身子而又热心提携后人，大家深为感动。

座谈会于9月5日结束，次日乘车返济。时值华北降暴雨。京沪路线被水冲淹，火车已停运数日。那天是首次恢复通车。车过天津大约在沧州附近，铁轨半淹在水中，列车像一条长舟在汪洋中航行，我的心也浸沉在知识的海洋里。两年后的1965年9月，我又接到通知，参加《人民文学》第七期青年小说作者座谈会，这次是在西山八大处全国作协休养所。仍是李季同志主持。他介绍说，自从举办第一期座谈会后，效果不错，各地要求将这种形式坚持下去，所以两年多来办了七期，全国约有几十名优秀的青年作者参加。他还说，为了回顾和检验以往几期参入者的状况，又特地从前几期抽调了三位同志来。他指的是除我之外，还有韩统良、张贤华（福建文联）。因编辑部没有专人驻会，便指定我和张贤华为组长，做一些事务性的管理工作。这次没请学者作家到会做报告，而是选择了前几期的一些重要讲话传达了。休养所在八大处中的最高处，没有自来水，用水需从山半腰的泉井里取。我算是老大哥，又有点关节炎，大家便免了我的担水之苦。每天一大早，各种盛水的缸缸盆盆便灌满了。大家的情绪很高涨。

李季同志来往于编辑部和山上。这时文艺界的形势有了明显的变化，颇有“山雨欲来风满楼”之势，气氛不像一期座谈会那样活跃了。李季同志除了讲国际国内形势外，还讲了很多创作方面的问题。特别是结合青年作者的特点，谈了很多针对性的意见。座谈会的后半部分，大家结合学习体会进而写作品。我写了个短篇《更高目标》，考虑到报纸比刊物更迅捷，我便投石问路般地寄给了《人民日报》文艺部。三天后，接到电话，要我去文艺部谈谈。接待我的是朱宝蓁同志（曾任原文化部部长夏衍的秘书）。她说："寄来的稿子看了，大家很高兴，编辑部正需要这样的稿子，我们决定近期发出来，希望以后继续给我们寄稿子。"我回济不久，《人民日报》便以整版篇幅发了出来。"文革"中后期，我有机会到京，特地去看望朱宝蓁同志。我在会客室等她。在来来往往的人们中，我们对视了几次，但互相都认不出来了。她的头发已变成花白。

这次座谈会结束前，李季同志单独找我和张贤华谈了次话。他语重心长地说：愿你们回去，真正到生活中去，扎下去多少年，不要追求数量，要讲求质量。他的话，深深影响了我。回济后，我决心到生活中去，滚上几年再说，便找鲁特同志谈了我的想法，他听后非常支持，并又取得了省委宣传部领导的支持。鲁特同志亲自办理了我到基层挂职的事宜。领导上提出了两个方案让我选择，一是去先进公社，一是去熟悉的地方，担任公社副书记一职。我选择了家乡栖霞的一个公社，那是当时全国多种经营的典型。我原打算自己下去，后来爱人王静宏坚持一起去，这就要举家搬迁了，也给工作带来一些难度，因静宏是济南市妇联干部，省、市需进行协调。最后省委组织部、宣传部联合发了个文件，讲明了我下去的目的、意义和年限。本来 1965 年底一切手续都办妥了，因我的关节炎加重，治疗了一段时间，于次年二月举家去了栖霞。又过了八年，举家回到济南，感觉好像在地球上绕了一圈似的。"文革"后期，我在京见到了《人民文学》小说组组长许以同志。她问我："举办那几期小说座谈会被批判为假繁荣，你看呢?"我说："那是真繁荣。真的在学习，真的在理解，真的在努力。我就是在座谈会后决心到基层挂职工作，总不是假的。"我还特地去看望了李季同志。他住在城东郊，很远，交通也不便，但还是找到了。他那一式平头也花白了。他很高兴，谈了一些各自的情况，又非留我用饭不可。我看他独自一人在家，便辞别了。谁料数年之后，噩耗传来，他因招待朋友而多喝了些药酒引发心脏病抢救无效而辞世了。一位当代优秀诗人，一位热心于文学事业倾注心血培养文学新人的同志选择了这样一种方式走了，使我倍感惋惜和沉痛。我只能用唁电来表达我的哀思了。

这是一段令人难以忘怀的历史。这也应验了那“有心栽花花不发，无意插柳柳成荫”的名句。没能进中央文学讲习所，却参加了《人民文学》两期小说座谈会，也算是圆了半个文学梦吧！

抚今追昔，感慨万千！那些在中国近代史上占有显著地位，给我们以教诲、启迪、关切的著名人士，先后作古长眠了。我也在追逐耄耋之年。时光啊，你也太残酷了。你忍心让这些国之瑰宝走吗？

发表于山东作协《山东作协五十年》纪念专刊上

《山东作家》2003 年 3 期转载

土地与森林

时隔20年，关心文学和熟悉我的人，还经常提及我在1963年1月在《山东文学》上发表的一个短篇小说《在大路上》。认为小说反映那“历史的一刻”非常含蓄、真切、生动，给人留下了很深很美很有意思的印象。

这使我领悟到：文学只有真实地反映历史，历史才会博大地容纳文学。

文学是作家头脑加工厂产生出来的成品。既是加工，必须有原料，这原料便是生活。生活和作家的作品成正比：即生活愈深厚，其作品的生命力愈强盛。反之，便苍白无力，终究会被历史唾弃。

这似乎是很浅显的道理，但做起来又似乎不那么容易。

新中国成立前后，从我们革命队伍中直接孕育和成长起来的作家，一部分是在战火中锤炼出来的，如杜鹏程、吴强、曲波等，他们写出了生与死、血与肉、爱与恨等脍炙人口的传世作品；一部分是在战争后方的各条战线中涌现出来的，如柳青、孙犁、周立波、王希坚等，他们再现了那个历史时期广阔背景下的五光十色，留下了一部部真实、深刻的生活教科书。这两部分作家集中了一个特点，即他们所写的都是他们所熟悉的、经历过的、热爱的生活。读他们的作品，你不会想象世界上还会有“胡编乱造”“胡言乱语”“挖空心思”等词语。那个时期的大部分作家，他们的人生阅历十分丰富，生活容量极为深厚。同时，他们又在不断地扩充生活，汲取生活营养。所以，他们的创作之树常绿。

我便是那个时期踏入文学圈子的青年人。回顾我40年的创作道路，指导我的是毛泽东同志的《在延安文艺座谈会上的讲话》，潜移默化影响我的是那个时期有影响、有素养的老作家。

我是1952年由长山岛特区政府机关教师岗位上调到山东省文联来的。在这之前在莱阳师范求学期间，语文课中的主要课程便是《讲话》。那时没有正式课本，教材都是学校选择并油印出来的。老师讲得很认真，抑扬顿挫、旁征博引。但理解得很肤浅，感觉说的那些道理离自己也很遥远。但有些理性的东西也清楚，譬如写作是一种事业，甚至是很重要的事业；作家需要熟悉生活、理解生活、真实地反映生活；作家要有良好的修养等。来到省文联后，没有想到学的一些东西与这里的工作气氛完全吻合起来了。那时的机构很简练，人员也少，骨干部门是《山东文艺》编辑部。那时有固定的政治学习时间，经常性的学习文件是《讲话》，新老同志坐在一起，领会《讲话》精神，指导业务实践。那时的同事之间似乎没有多大界限，更没有什么官气和特权，年纪差异也不大，工作时在一起议论、探讨，业余时间常聚在一起闲聊、打球、搞比赛。当时担任编创部副部长的包干夫同志，我久闻大名，他的《扬帆集》我在农村的小油灯下便读过了。他的年纪也比我们几个小青年大不了10岁，我们经常跟他开玩笑，尊称他为“包大爷”，称他的爱人为“包大娘”，又受到当时向苏联老大哥“一边倒”的影响，将他的名字又苏化成了“包干洛夫斯基”，他都嘻嘻哈哈地接受了。那时的编辑与创作之间似乎也没有什么界限。业务人员半年编刊物，半年深入生活进行创作。这些，当时不但成了一种制度，也成了一种自觉，一种风气。那时不是不愿到生活中去，而是争先恐后地深入生活，往往为谁先下谁后下争得面红耳赤。

从1953年至1956年，我每年都有半年时间回到我的家乡去，同父老兄弟一起，生活、劳作，了解他们的疾苦、欢快，倾听他们的心声。我出生在这片土地上，18岁前也没离开过这片土地，她留给我的思念太深了。家乡的许多人和事，只要我一想，脑际便出现电影形象，个性、声音以及纵横交错的社会关系，历历在目。我熟悉他们，自然也愿意颂扬他们，激励他们。那几年时间，可以说是我的第一个创作高潮，写了一些短篇小说，在新文艺出版社出版了第一个小说集《银色的夜晚》，我在以后编选的短篇小说集《田园新色》中的不少作品是这个时期的产物。其中《邮鸡蛋》一篇被译成英、俄、阿拉伯文介绍到国外。

那时候，每到年底，省文联总要召开一次编创人员总结会，拿出几天的时间，大家着重探讨一年来深入生活、进行创作的收获与体会，也联系《讲话》精神来印证生活与创作的实践。这样的会上，大家是很活跃的，各自畅谈生活中的变化和感受，相互品评发表的作品的特色和所达到的水平。同时，领导也坦坦然然对每个人所取得的成绩与不足进行评论。记得，在一次总结会上，王希坚同志就我那时期的创作概括地讲过这样一种意思：就一般发表水平来说，牟崇光的创作水平可以说是达到了，今后需要着重从作品的深度广度上去努力，在作品的深刻性上下功夫。我一直记着他的话，一直在努力，但一直也没有达到。

1958年，我调到山东电影制片厂任编导。虽然变换了另一种艺术形式，但我也没有放下小说创作，一有机会，仍然争取回家乡去熟悉生活，以保持熟悉家乡的连贯性。三年困难时期，全国人民经历了严峻的考验。在党的正确方针指导下，在全国人民同舟共济奋力拼搏下，从1962年开始，国民经济逐渐复苏，初步出现了蒸蒸日上的景况。1962年下半年，我挤出时间重新回到家乡，与家乡的干群生活了一段时光。我在不知不觉中感受到了干群中的社会主义劳动热情，但当时并没有想到写什么。回到济南，过了些日子，总感到情感上产生了一种振荡和共鸣，感到感情上有一种东西要冲突出来。经过一番思考、酝酿，脑海里显示出了几个血肉人物来，又经过一番构思，用了一个晚上，完成了小说《在大路上》初稿。又过了两天，修改加工抄清，算是完成了。

那时节，我也有个习惯，写出东西来，总爱拿给经验丰富的同志看，求得指点。我的不少小说都请王希坚和苗得雨诸同志看过。他们都视看别人的稿子为已任，极为认真、热情。他们的负责态度和诚挚地待人，似乎也影响了我，在以后的创作部工作和编刊物中，我对待作者和他们的作品，自觉也很认真、诚恳，直到现在，五十年代的一些老作者，有的还同我保持密切联系。

1962年底我正跟着鲁特、赵剑秋诸领导搞戏，便顺手将小说清稿交鲁特同志提提意见。过了个把月，仍不见回音，我便打电话问鲁特同志，看了没有，有什么意见。他回答说稿子写得不错，很有生活气息，也有别于我以往的作品，他将稿子转给《山东文学》社，说看过的同志也有同感，决定采用。于是，这篇小说便问世了。

这篇小说，可以说是激情涌到笔尖，流淌出来的。这得助于我对那段生活的熟悉和热爱。刊出后，这篇小说受到了广泛的注意和重视。《山东文学》2月号即刊出了评论文章《在生活的道路上》。《大众日报》《文史哲》《文艺报》《文学评论》《人民日报》等报刊也相继在有关评论中论及此文。1963年《人民文学》7—8月合刊号上，选载了当时全国青年作家影响较大的8篇小说，其中也有这篇，并配发了著名评论家侯金镜的评论文章《读新人新作八篇》。稍后，我两次幸运地参加了中国作家协会、《人民文学》于1963年、1965年召集的青年小说作家学习会，受到了周扬、林默涵、茅盾、叶圣陶、邵荃麟、张天翼、叶君健、吴祖缃等文学界老前辈的亲切教诲与指点。后来，该篇除被改编为广播剧、小戏外，又陆续被收入全国有影响的选集《新人小说选》《建国以来短篇小说》《短篇小说选》和《中国新文艺大系》中。

我得感谢生活。生活给了我创作源泉。

树木种植在肥沃土地上，才能赐给你以花和果。反之，如果种植在空中楼阁上，那只有枯萎、泯灭。

岁月印痕

SUI YUE YIN HEN

书画贵立品　诗情为心声

胸怀山川情　心谱天地魂

情系“中南海”

峰回路转又一春

《许小峰画展》前言

长篇小说《炎黄结》序

散文集《我是这样长大的》序

诗集《喜欢上咖啡的味道》序

散文集《五月的牙山》序

诗集《紫月涂海》序

诗集《兰香集》序

文稿《岁月印记》序

法国影片《勇士的奇遇》（影评）

令人神往的幻想（影评）

钢铁的人，钢铁的意志（影评）

《生活的一课》影评

一支革命的颂歌

书画贵立品　诗情为心声

——解读魏启后先生书画艺术

书画艺术是人类文明社会美的使者。

古往今来，在浩浩瀚瀚的书画艺术的长河中，大凡能被古人公推认可的书画艺术作品，总能给人以启迪、以感染、以震撼，甚至能使人进入一种半醉半醒的境界。这是书画艺术所具有的独特魅力。这种魅力，是艺术家用心血、天赋、毅力外加独自的个性所浇灌出的艺术结晶。

启后先生的书画作品，便会将人引领到这种沉浸于美的境界中。

魏老在书画艺术天地中探求、磨砺、耕耘了大半个世纪。他出生于中国历史上剧烈动荡的1920年。早年就读于北京辅仁大学，学的是中文。受教于傅雪斋、陈垣、启功等诸位先生。这些杏坛名师又都是书法大家，对于自幼就喜爱书画艺术的魏老来说，真是如鱼得水。他在必修的学业之外，便徜徉在书画习练中，也备受良师们的赏识和指点。遗憾的是，迫于生计，魏老不得不辍学返济，从事与书画毫不搭界的金融工作。然而，兴趣是人生成就的巨大推动力，逆境并没有泯灭先生对书画艺术的追求和挚爱。他秉承着启功先生亲自给他安排的自学课程，又将启功先生在信中对他的鼓励铭记心中："临二王帖，参老米笔意，自运有古法，庶几可成。"寒冬酷暑，春去秋来，魏老遵循着师长的教诲，扎扎实实，潜心修练，年复一年，矢志不渝。功夫不负有心人。魏老坚忍不拔的意志造就了他独特的艺术成就。

魏老的书画艺术轨迹是既重传统又不苛求古人，不把前世书画当"字模""画模"。他在继承前贤真传的同时，又机智地领会前人的笔意，谙悟求道，无意刻工，在追求中造化自然，再独具自己的变化和创新。魏老认为："人生就是这样，在不经意间我们经历了成长。"这也使我们领悟到，人的生命维持和成长，离不开人体所必需的营养，然而每天所进入人体的饮食，谁也不知输送到哪里去了，人却由幼年到童年到少年再到青年，在不经意间长高长大了。魏老还认为："艺术的个性是与一个人对传统的继承、个人的阅历、文化的底蕴以至个性的凸现所分不开的；而不是仿照，不是生搬硬造。"就是说，崇尚自然，顺乎自然，在不断借鉴，感应时代，苦心求索，沿着生活与自然的足迹向多元化、文人书画的道路上发展。基于对传统的吸收、融汇，在自然中形成了自己的艺术风格，故而在欣赏魏老的书画艺术作品时，便会情不自禁地感受到一种灵动飘逸、潇洒活脱、神清骨秀、舒曼流畅的气韵。魏老的书画，无论盈尺巨幅，或尺牍小品，都各具特色。他的真书蕴藏着隶意，草书又多章草法，行书贴近米元章，山水鸟石画渊于宋元文人画又赋有新意……在这些艺术作品中，渗透着屡屡诗情、传递着一种富有生机的春的信息。难怪当代书画名家许麟庐先生赞许魏老的书画时说："启后老弟呀，晚年求变，越变越好看！"

在书画艺术天地里，魏老可谓是久经沧桑了。他曾于1981年两渡扶桑进行文化交流，举办个展，反响热烈，获得"日本白扇道会最高特别奖"。1989年获首届山东省泰山文艺创作奖；1989年获"中国书协艺术荣誉奖"。其作品多被中南海、故宫博物院、毛主席纪念堂及国内外博物、美术馆等单位收藏，并多次被作为国礼赠予外国元首及友人。著述有《魏启后书画选》《中国当代艺术家——魏启后》《名家经典——魏启后书画集》等，被收入多种艺术名人录和辞典中。魏老还先后担任中国书协理事、中国书协评审委员会委员、山东分协名誉主席、山东大学客座教授等职务。

魏老平生与书典做伴，与书画为伍，淡泊恬静，不事张扬，上下求索，四时耕耘，造就了他完美的人格。他寿眉慈目，人品、书品、画品，品品皆上。堪称书画艺术领域中德艺双馨的长者。

2004 年冬写于济南

发表于《散文》2005 年 3 月号

胸怀山川情 心谱天地魂

——解维础教授画事之一

欣赏解维础教授的画作，就像置身于深邃、灵动的天地之间。有天水充溢的九曲黄河奔腾入海的壮观，有独尊泰山厚重伟岸的雄姿，有春水荡漾、气韵流动的湖光山色……简言之，画家是用扎实的山水画传统功底，摄取大自然的美，再用笔墨“悟”到画中。

梅花香自苦寒来。解维础祖籍是在胶东半岛山海毓秀的牟平。父亲在济南工作，又有深厚的文化积淀，并热心于名人名家的字画收藏。殷实的家境，提供了收藏的基础，赵之谦、王石谷、边寿民、唐寅、张雪鸿、何绍基……只要力所能及，尽量获之，前后积攒了五大箱书画。父亲又热心结交当时济南的文人墨客、诗词名家。于是，温馨的四合院内，经常充满了“谈笑有鸿儒，往来无白丁”的风雅气氛。解维础幸运地沐浴在这厚重的文化氛围中，他常常依偎在父亲膝下，听文人们谈古论今，观赏名人字画，接受着文化的滋润，承受着艺术的熏陶。他陶醉，也令他神往。在他幼小的心灵中，已播下了中国传统绘画的审美情趣。

解维础自幼聪慧好学，对书画似乎又有着天性的感悟。成长中，到了手可捉笔的年纪，他便选出喜爱的画卷，精心临摹起来。上高中时，凭着父亲的交情，他拜在济南名家关友声、黑伯龙、金芬的门下潜心学画，大有长进，并开始受到社会的重视。还在工人岗位上，他就被济南市委组织部调到市美术创作组，搞防空展览、“济南战役”“革命样板戏”等展览及美术作品创作。各种名目的展览也调他去画版面。他画路很宽，连环画、年画、油画、水粉画都很出色。在那样的环境下，能在笔墨中挥洒驰骋，倒也乐在其中。

名师点拨、笔墨锤炼，解维础的绘画水平不断提升，视野日渐开阔，认识和结交了诸多书画界的朋友。在经过一段长时间相交相处之后，他参加了刘宝纯、张登堂发起的沿黄河写生的美术创作活动。黄河是中华民族的摇篮，是华夏文明的发源地，是每个中国人崇敬憧憬的天河，这是一次艺术家拥抱大自然的突进，一次壮举。他们身背沉重画具、斗笠、军鞋，满腔热情地迈出了自豪的步伐。

他们的执着和求索换来了硕硕成果。一册恢宏的《黄河》画册出版了。这本由青年画家所创作的画册，运用传统的山水画技法，表现了黄河的雄伟气势和霸气，体现了“古为今用”方针是完全可以做到的。继《黄河》画册成功出版之后，他们又出征海河，沿河溯流，写生八个月，创作逾百幅，出版了第二本画册《海河新图》，也取得了很大成功。这在当时沉滞、冷闷的文艺界特别是画界，无疑注入了一剂清新鲜亮的气息。

两次写生，两次画册的出版，极大地激发了解维础的创作热情。有着青少年打下的传统山水画技法的基础，加之在绘画实践中不断探索和感悟，他善于在传统文化中发现艺术的表现元素，使其在传统和现实中跳跃贯通、如鱼得水、如虎添翼。古代文明，滋润着现代艺术。

他要更加奋勇地求索和突破，他要向巍峨的泰山攀登，也是向自己的艺术之峰攀登。他先后四十余次登临泰山，踏遍泰山每一个角落，所创作的泰山题材的作品不下百余幅，其中一幅《泰岱松云》在山东省第二届青年美展上，荣获二等奖（山水画一等奖空缺）。运用扎实的传统山水画技法在其创作的《南天门》《云步桥》《后石坞》《五大夫松》《汉柏写生》等作品中得到了淋漓尽致的发挥和体现。此后，他遵循恩师关友声给他题赠的“临摹写生，齐头并进”的诤言，又先后登临游历了黄山、华山、武夷山、五台山、普陀山、雁荡山、峨眉山、青城山、天山等诸多名川及长江三峡等地，对它们各自的风韵、精神，细心揣摩、探索，一一写生，传神写照尽收画中。江南山水之清秀、西南山川之葱郁、西北高原之莽莽、太行南北之浑厚，在画家的胸臆之中，涵养成无穷无尽的画卷佳作。

“行万里路，读万卷书”，解维础边走边画，边画边走，边求索，边贯通。在技法上不去刻意模仿某家某派，重意义而轻形式，意在笔先。“师其心，不师其迹”，使自己的笔墨充满活力和生气。理性的深度和美感的程度，形成了自身的独特风格，受到了广泛的赞誉和欢迎。他在省级以上报刊上发表诸多画论、创作及文章，《人民画报》《山东画报》等多家报刊、电视台评介他的画作，出版了多册画集；他多次应邀赴日本、韩国、新加坡等国家举办画展，受到了国外各界人士的好评；他的多幅作品在中南海、外交部、人民大会堂、天安门城楼、首都国际机场、北京国际会议中心、中央电视台、中国驻外使馆、省市政府会议大厅、山东会堂等长期陈列和展示；他的多幅作品被日本、韩国、新加坡以及欧美许多国家及奥地利昆堡艺术馆、澳大利亚南威尔士艺术博物馆收藏。

作为艺术院校的教授，解维础在三十余载的授业生涯中，忠于职守、为人师表、虚怀若谷、诲人不倦、淡泊名利，深受师生们的赞扬与称道。“桃李无言，下自成蹊”的敬业精神，在他身上得到了很好的体现。如今，他培养的学生中，有些已成为画坛的佼佼者。他勤于耕耘、努力实践，以饱满的精力投入画作，力争画有精进。随着对社会、生活、人生以及自然山河的不断体验与参悟，他将步入更高的艺术境界。

刊于2012年2月《解放军画报》

情系『中南海』

——解维础教授画事之二

北京——祖国的心脏；中南海——心脏中的心脏。大凡国家的重要决策和有关国计民生的大事，无不是在这里议定、发布。中南海中心有一处名唤“瀛台”的地方，其主要殿堂是国家领导人接见外国政要和社会名流的场所。殿堂内静谧恬阔，需要配挂上一幅“中南海全景”山水画，以求景物交融、相映生辉，激荡着活力和生动气息。这样一幅既写实又高度概括的艺术再现的巨幅国画，在高手如林的山水画家中，谁来担当如此重任？水到渠成，功夫不负有心人，重任落在了中国美术家协会会员、山东工艺美术学院教授解维础的肩上。

解维础教授何许人也？他自幼聪慧好学，家境殷实，其父酷爱书画，收藏有诸多古代名画，受其影响，尤爱画事。“谈笑有鸿儒”，书画名家黑伯龙、关友生先生是家中常客。经名师点拨，解维础教授遵照关友生先生“临摹写生，齐头并进”的指导，刻苦认真、废寝忘食，倾心临摹。他临摹的明末画家石磎的画作，关友生先生大加赞赏，称其有“牛首遗风”（注：“牛首”是石磎的号），并题词鼓励：“维础临石磎长卷，深得髡残三位。”书画大家方济众先生观其临摹长卷《溪山清远图》后，赞赏有加，当即题词曰：“学海无涯。”并诠释：“维础同志苦心临摹夏圭《溪山清远图》，深得古人意理法趣之妙，可永宝之。”这些努力使解维础教授熟练地掌握了中国画的绘画技巧。

青年时期，解维础教授在极其艰苦的条件下，同画友一道，沿黄河写生。他们壮志以酬，倾心展示母亲河的伟岸壮阔风貌。经数月写生采风，他创作了《治黄大军》《筑大堤》《黄河纤夫》等作品，收录在画集《黄河》之中，并在《人民画报》《解放军画报》整版刊登，在当时的美术界引起了极大反响。随后，他又在朋友帮助下，风餐露宿历时八个月，赴海河写生。数月后，出版了画集《海河新图》，给画界注入了一股清新之风。其中，《植树》一幅参加了全国连环画、中国画展览，大受好评。解维础教授还40余次登临泰山，踏遍泰山的每一个角落，存集了大量的写生画作。为出版《泰山松》教科书，解维础教授一次在泰山停留40多天，为松树传神写照，创作了作品90余幅；为创作《祖国山河》工艺美术教学参考书，又在泰山写生一月有余，创作了十几幅焦墨山水。传统的笔墨技巧加之“临古而不泥古”的创新精神，他创作的多幅描绘泰山的画作得奖并被国内外诸多美术馆、博物馆收藏。

扎实的绘画功底、清雅隽秀的画工、深藏若虚的气质，构成了解维础教授的绘画本色及特色。由此，选邀他来担当《中南海全景图》的国画创作，也就不足为奇了。

解维础教授不负众望，全身心投入《中南海全景图》的创作中。中南海内幅员辽阔、景点众多、远山近水、楼台亭阁、精致瑰丽，为了达到场景的真实再现，他夜以继日，调动其写生的娴熟功力，登高俯身，从不同角度观察、体验、进而写生，历时40余天，一幅长3.6米、宽1.4米的巨幅国画诞生了。绿墙金瓦、古韵幽香、山海水榭、水气光影，经画家细笔勾勒、皴擦点染，通灵、大气、毓秀的意境耀显画中，彰显出了历史的厚重和中华文化的博大精深。著名书法家欧阳中石先生闻讯前来欣赏画作，赞不绝口，当即为画作题词“迎薰海晏漾春风”，为佳作更添秀色。

《中南海全景图》的创作成功，是解维础教授几十年艺术功底的一次集中展示，是其艺术创作的又一个高峰。

峰回路转又一春

——老画家戎玉秀印象

在群英荟萃、高手如林、异彩纷呈的齐鲁画坛中，有一位能画能文并与现代中国画界堪称泰斗、大师级人物有着广泛而又深厚交往的人，这便是戎玉秀先生。

戎玉秀人品、画品、文品俱佳。他 1953 年毕业于华东艺术专科学校（现南京艺术学院）。在四年学习生涯中，他接受了诸多著名画家、教授的教诲，进行了严格的专业训练和艺术实践，故而在艺术理论和绘画技巧方面打下了扎实的基础。1953 年 9 月学业完成后，他被分配到山东省文化局美术创作室任创作员，1956 年调入山东省文联从事美术方面的组织、编辑工作，曾任美协山东分会理事、书协山东分会秘书长等职。最后又任山东省文艺创作研究室的创作员（国家一级美术师）。由于在校期间侧重于年画、连环画、宣传画专业，故而在山东省文化局、山东省文联工作期间，连续六年组织专业人员到潍坊杨家埠进行年画发掘、研究和革新，从而在民间艺术中汲取了丰富的艺术营养，也为年画这一古老又掺杂着封建迷信的艺术品种开辟了新的途径，使其获得了新的生命。新中国成立后潍坊年画取得了长足的发展并诞生了一些有影响的作品，这其中戎玉秀有很重要的功绩。

戎玉秀在校学习期间，便时有作品问世，从事美术专业创作后，更是勤奋进取，笔耕不辍。五十年代，他的新作源源不断，年画、宣传画、插图、素描相继刊出在全国各类报刊上。其中最有代表性和最有影响的一幅宣传画是《我们要把文化知识和农业生产结合起来》。画中是一位富有朝气的知识青年，立志要在农村广阔天地里实现远大理想和创业抱负，体现了新中国新一代农民对幸福生活的憧憬与追求，也预示着一个普遍真理：新一代农民只有掌握了科学文化知识，才能冲破旧的落后的农业模式，向新的农业方向发展。该画最初由上海人民美术出版社出版，又选登在《中国青年》杂志 1956 年 11 期封底上，还编入 1957 年全国《优秀宣传画集》，并先后被全国 13 家报刊转载，获得了 1956 年山东省政府颁发的优秀美术作品奖。

由于在山东省文联从事美术方面的组织、交流工作，戎玉秀有机会接待和陪同全国一些知名大画家，如潘天寿、李可染、李苦禅、吴茀之、钱松岩、王雪涛、郭味蕖、王个簃……接触中，戎玉秀或看他们写生，或观他们作画，或听他们谈艺论文，耳濡目染，浸润渗透，潜移默化，受益匪浅，渐渐地对山水画产生了浓厚兴趣。俗话说“领略五笔七墨，再习山水花卉”，哪知领略中国画的笔墨之道，并非朝夕便可悟得。由“西”到“中”艺术征途上的大转移，他强忍了数载面壁的寂寞，承受了废纸千张的痛苦。经过几个寒暑的悟道和苦练，终于在八十年代初，在齐鲁画坛上，成为一位令人注目的山水画家。

说来也奇，戎玉秀结交这么多知名画家又同其中一些人有着深厚的交情，却没拜任何人为师。一般有着这样的背景是不会轻而放过的。君不见在一些名画家身前身后趋之若鹜的景象？咎其根底，戎玉秀觉得不拘一格才能自成一格。他像蜜蜂般采集百家花粉，再结晶出滴滴甜。他谦恭诚挚，厚积薄发，形成了独自的画风。读他的画，会领略到他的构思精巧，布局豁达，简练中凝结着深沉，清新中蕴藏着浓浓的韵味。在他的画作中，寻不出哪位画家的痕迹，却贯穿和充溢着传统画的风骨。他的山水画极受慧眼者的赏识，先后有日本、美国、韩国等国家和香港地区的一些朋友慕名收藏。国内收藏者更多。戎玉秀人缘很好，随和、大度、善于扶持新人栽培后者。他在省文联做美术组织、编辑工作期间，活跃在当今画坛的杰出人物如卢坤峰、韩美林、吴传林、蔡衍等均曾得到过戎玉秀先生的扶持、指点，并在他当时主编的《诗歌画》半月刊上，发表了他们的处女作。戎玉秀的文字功底很厚实，写了不少谈论画的文章，读来自有精湛之处。他能把众多绘画大家的经验之谈点石成金，概括和提炼成一些论点，再发挥到艺术实践中。比如“胸有成竹”一词，似乎是古往今来画家们尊奉的一个定式，其意是章法明晰、酝酿成熟即可成画。而王雪涛先生却只有“成竹还不行，还需手随笔墨的变化去完善形象的塑造和章法的布势”，这又演变成“胸”没“成竹”了，使原来的构思初衷有所改动，又融会到了“熟能生巧”“随心所欲”的境界中。戎玉秀从感受中总结出一些绘画论点和技法。在他以后的诸多场合的艺术讲座中，多次深入浅出地讲授这些论点，颇受称道，并整理成文章发表。他还被其母校和我省一些大专院校邀请去讲学。他所讲过的《透视学》《构图法则》《山水画技法》等，有些已印成讲义、写成文章刊发出来。

戎玉秀多才多艺，他曾主编过《山东画报》，干过几年摄影记者。他对摄影艺术的研究造诣亦深，但这些只不过是他的业余爱好了。当今，他正在春意盎然的天地里“老牛奋蹄”，愿他牛劲更足，更上一层楼！

刊于《将军书画报》2001 年 3 月 5 日第 32 期

《许小峰画展》前言

许小峰，女，1937年生于山东淄博。自幼随其父、画家许大峰习画。雨露滋润、丹青浸染，加之心窍通明、聪慧好学，打下了扎实的绘画根基；又师承国画名家蔡鹤汀、蔡鹤洲二位先生精心指点、教诲，得其真传，更游弋于古今艺术殿堂之中，取其自然，继承出新，吸吮精灵，化为气韵，广积薄发，使其自身的艺术追求日趋完美。

画家多以仕女为题，墨简而意密。简约疏宕，华滋纯净。温润有力的笔墨，画出了神态各异人物的独有风姿和神韵。设色堂皇富丽，妍厚姿媚，人物体态丰腴，赏花、听琴、读书、观鸟，风情万种，莫可名状。

画笔是画家的琴弦。点拨造化，挥洒自如，或斗方，或长卷，使其妙趣于平淡之中，寓高雅于寻常之内，开合有致，意趣隽永，生动洒脱，美不胜收。

许小峰为国家一级画师，山东省妇女书画家协会秘书长。其作品在国内外多次展出，被国内外多方收藏。

2006年6月

长篇小说《炎黄结》序

朋友转给我一部由萧殿川将军新完成的长篇《炎黄结》，并嘱我为之作序。开始，我觉得是恐难当此任的。这主要是感到自己年岁已大，在鉴赏方面难免有所僵化，加之我对军事题材又不熟悉，便颇为犹豫。在朋友一番鼓动下，而且又面对着一位令人尊敬的将军，又加之有一份山东乡党的感情，便试探着拜读大作，这一读，竟激发了我极大的兴趣。

将军寄来的是一部洋洋洒洒26万字的长篇小说《炎黄结》，当时，我颇有些惊异，本以为将军都是一些叱咤风云和驰骋于疆场的纯粹军人，不想，萧将军竟也会有着他那儒雅的一面。翻阅将军的简历，得知这并不是他的第一本文学作品，在此之前，就已陆续出版了《黎明海啸》《怒海雄风》《肝胆风云》等长篇巨著，堪称一位高产的军旅作家。

在很多人眼里，一位我军的高级领导干部，在退休之后，本应是安享晚年、好好休息一下的。不曾想，他却痴迷于文学，并矢志不移，坚持不懈，在这一领域取得了令人瞩目的成绩。而老干部从事文学创作，也进一步证明了文学所具有的深厚的生命力和审美普遍性。一二百万的文字，对于一个年过七旬的老人来说，一字一句地用笔写出来，手稿就有半人高了，也实属难得。

尤其是作者能够乐在其中，从没打过退堂鼓，这种精神特别让人感动和敬佩。当然，我的感动更来自作品本身的那种“精气神”。我大约只用两三天的时间就读完了这部长篇巨著。

长篇小说《炎黄结》虽然写作手法较为传统，但却非常耐读，拿起来就会手不释卷。作品没有花样繁多的写作技巧，但作者讲故事的能力却很强，整部作品就像说书人所讲的故事一样具有很强的可读性，同时，也很吸引人。作者虽已年逾古稀，却笔力纵横，驾轻就熟，他所描写的一系列尖锐复杂的冲突，悬念丛生，波谲云诡，紧张得使人都透不过气来。作者的艺术提炼和概括能力很强，他文笔质朴，亲和真切，不矫饰不做作不卖弄，常以细节取胜，画面感也强，这就是作品的“真”，也是作者的“真”。看得出，作者是一位对生活、对历史和现实洞察力极强的有心人。作品中的每一处都是因为触动了他的心绪才抒发出来的。

作品的另一个特点就是内容新、思考新，书中有思考、有分析，有对社会人生的感喟慨然。作者在认识历史上也有着独到见解，比如，他比较完整和全面地描写了许多交叉的关系，描写了历史的复杂性和人性的复杂性，并且描述较为集中和紧凑，没有什么杂乱和分散之感。无疑，这是一部个性鲜明并有着文学、文献、历史美学等诸多价值的现实主义文学作品，它不仅成功塑造了鲁瀚这位正直、坚强、爱国和宁折不屈的华裔科学家的美好形象，还写出了他身处异国，却情系华夏、心系两岸的赤子情怀。他排除干扰，把个人利益置之度外，甚至不惧威胁、恐吓和生命危险，为实现他的海峡桥隧梦想而忘我地工作。

在写到以鲁瀚为首的一群正直的、有良知的人在面对历史真相时，作者怀有着一份敬畏之心。这群人里面既有日本亲华友善人士，也有台湾原住民，他们代表了人性美好的一面，他们坚持真理，坚持正义，捍卫做人的尊严。这些人物都写得令人信服。与此同时，作品也揭露了山本近卫之流的污秽丑恶嘴脸，他们阴险狡诈，颠倒黑白，蔑视历史，充分展示了人性邪恶的一面。

另外，本书还有很强的现实意义和政治意义，尤其是眼下正处于两岸和解时期，《炎黄结》的出版更加具有一种正面的宣传效应。因为“和平统一”是两岸人民的共同心声，“海峡隧道”的设想一旦付诸实施和变成现实，无疑是我们广大中华儿女的一大福音，这部忧国忧民并且具有前瞻性和预见性的长篇巨著，不仅是文学意义上的，更是社会意义和历史意义上的一部呕心之作，体现了作者的一片深深爱国情怀，而作品主人公鲁瀚只不过是亿万华夏儿女中的一个缩影，一个象征和代表。

当然，全书也含有人生经验的丰富性，时有小的哲理闪光，可咀嚼玩味之处甚多，积累丰厚，带有一定的超越性。

首次拜读将军的大作，并直感地写下了上面的一些话语，不知是否妥帖。如今，萧殿川将军已经年逾古稀，我只能祝愿他在善自珍摄的前提下，再接再厉，为祖国的文学事业，为中华民族的伟大复兴，再谱新篇，再结硕果。

发表于2010年9月《中华名人艺术家》报

散文集《我是这样长大的》序

阳光、雨露、金色的沙滩……军营、磨砺、草绿色军装……这两者反差极大的现实境况和生活空间，竟然融会统一在了一名少女身上，并在成长中催生出一部十几万字的散文集《我是这样长大的》。

诗尧是幸运的。她出生在一个色彩绚丽、旭日东升的时代，又生活在一个温馨和谐的家庭中。爷爷奶奶把她像小鸟般捧在手心，呵护有加；慈祥的母亲又无微不至地悉心关切；父亲刘德良是一位阅历宽广、著作丰厚的作家。作家的女儿，是否就顺理成章成为一名作家呢？当然也不尽然。众所周知，文学创作在遗传学里是找不到其位置的。写作不但没有固定的模式，更无套路可言。文学创作不是重复，也不能“克隆”。作家德良是深谙此道的。他是在营造一种浓郁的文化氛围，笔墨的熏陶和潜移默化的启迪、影响以及引导，象雨露、空气般地滋润着诗尧的心田。天资聪慧、悟性甚高的诗尧，自自然然地从爱好文学进入到练习写作中了。

中学期间，诗尧除了唱歌、跳舞、拉琴等方面洋溢着诸多艺术潜质外，又在写作上倍加努力。这期间，她已经在当地的报刊上发表了数十篇诗歌、散文，崭露头角的她，在同龄人眼里，已是小有名气了。

高中以前的这段时光，诗尧生活在农村。她从亲属之间和父老乡亲身上，洞察他们的生活细节和生存动作以及这个“社会”和“历史”。于是，她的笔触便带有村舍、人文和大自然的浓浓的痕迹。如在《过年》中，她对过年的气氛、过年的向往以及年的习俗，都做了有声有色的描写。在《奶奶的牛肉干》中，她将“那甜甜的、香香的、脆脆酥酥的奶奶腌制的牛肉干”写得那么诱人。小小的牛肉干，竟然承载着这么厚重的亲情。甚至在《浓浓的乡愁》中，年纪轻轻的她，还涌动出些许的感伤和凄楚。

高中毕业后，诗尧有幸应征入伍，踏进了军营，成了一名光荣的解放军战士。这是她人生的重大转折。在这座大熔炉里，她锻炼、成长、壮大。军营将她冶炼成合格的战士。多彩生活也开拓了她写作的空间。她颂扬军营，审视自己的成长历程，探寻人生的真谛。视野开阔了，境界高了，思维也更活跃了。手中的那支笔，情不自禁地流淌出胸中的心声。写梦想、希望、失落、挫折、成功……在《九月的思念》中：“记得那一年的九月，月光如水的夜晚，我们并排躺在床上，呆呆地看着窗外的月亮，思考着未来，思考着今后的理想……”在《我是这样长大的》一文中，她写出了连最小号的军装都架不起来的少女到成长到当今结实挺拔的历程。她豪迈地写道：“我是空军女兵，我是蓝天骄子，我是绿色方阵里盛开的红玫瑰……看看自己雄赳赳、气昂昂、束装待发的英武模样，觉得自己真的长大了……”看得出来，几多甘苦，几多磨炼，使她树立起了坚强和自信。在《打靶归来》中，她颇为自信地写出在这个步伐整齐、军纪严明的大家庭中，自己“有点兵样了”。

诗尧的视角并没有只限于军营。她关心国事，关心社会。汶川大地震，也震撼着她的心灵。当她在广播、电视中听到和看到那些惨烈景象时，“心真的如同针刺一般难受”。她在《爱的力量》中呼喊道：“13 亿中国人民的力量汇集成了一股势不可挡的爱的暖流，奔涌到灾区，筑就了爱的长城，温暖着灾区人民的心……”在紧张的军营生活中，她还经常浮想联翩。在《冬日思绪》中，她“脑海里又出现了那些坦荡如砥的土地，奔跑着的马车、羊群，简朴而又热闹的婚宴、春联、粮垛、斗笠，沉甸甸的麦穗、乡村，女人头上艳丽的头巾、炊烟以及孩子……”多生动的一幅油画！多浪漫的一丝童心遐想啊！在《人生琐谈》中，她变得深沉了。她感悟到：“不同的人，会创造出不同的人生；不同的人，也会走出不同的命运。是人创造了命运，也是命运改变了人。一个人就是一部书，就是一个传奇。”最后她感叹道：“人生几十年，在茫茫宇宙中只是一瞬间，生活有苦有乐，不必太在意得失利弊，应该珍惜现在所拥有的一切。”诗尧是在呼喊大家要珍惜生命、珍惜自我啊！

散文不散，小中见大。轻轻年纪，察巡世态，体味人生，激扬文字，用散文折射出世态万象，实属难能可贵，我们当然要祝贺她文集的出版，就像19年前祝愿她出生那样。第一本散文集问世了，未来的还会远吗？希望诗尧握住这支笔，坚实地走下去。向远处走，向高处走。人生在这个世界上便赋予了一种望远攀高的使命。一个人实现自己全部抱负的路途是漫长的，需要不断超越。什么是超越？超越自己便是成功。

未来的诗尧会更加光彩夺目、硕果累累！

2010年10月

诗集《喜欢上咖啡的味道》序

这是一部值得品读的诗集。

作者自己说，写诗仅仅是业余爱好。

是一个偶然的机会，我看到了这部诗稿。初读，就在不经意间被带入了诗的境地。作者尚在职，他能在极其有限的业余时间里，竟未被浮躁而物化的时代弊端所沾染，将自己锁进城市一隅，在自己的住宅里，或饱览群书、汲取营养；或张开想象的翅膀，撕一片彩云，捧一汪海水；或触动心灵深处的情丝，化作一首首小诗。集腋成裘，从青涩到成熟，笔耕不辍，时间久了，竟集聚了诗词数百首，令人钦佩、难能可贵。

作者的这部诗作题材广泛，韵味浓厚。思想性、艺术性、知识性甚或哲理性兼而有之。她的笔下，有对人生的感悟，有对大自然的向往，有对山川秀美的歌颂，有对人生命运的喟叹，如春风拂面，耳目一新。她称颂勤劳善良的美德；她歌颂至真至纯的情谊；她赞颂唯美甜蜜的爱情。她也同时对光阴如梭、时不我待的现实生活寄语了饱满的深情。

在诗歌的形式方面，作者大都以现代新体诗呈现，偶有“五绝”“七律”，间或也伴有朦胧色彩。即便是古体，遣词造句也清新自然，没有刻意雕琢。看得出，作者在诗词的创作上颇有一些功底。

人生不易，风霜无常。也许是在春风沉醉的夜晚，也许是在白雪皑皑的深冬，作者感悟着对人生的寄托和期待，感悟着对美好生活的向往，更感悟着来自母亲的大爱。她写道："从呱呱落地的那一刻起/生命，就有了成长的根基/伴随着日月，我们呼吸在/无论白天，还是夜里——父母的爱，绵延无期/我们便在爱河里/徜徉着自己，一样绵延着/血肉相亲的子嗣——年年岁岁，岁岁如一/感恩生活，生命的真谛。"

浓浓亲情，融于大爱的长河中，给人以善的感动、美的享受。《母亲节》一诗中，作者用灵动的心、饱含的情叙述着以提醒和告诉人们："这是一个特殊的节日/可以让久未谋面的孩子们/想起还有母亲在这里——可曾知道，母亲的翘首/可曾知晓，母亲的期盼/可曾闻听，母亲的叹息……"母亲的爱与付出，母亲的慈与祥，对于游子来说，除了间或的思念，还能做到什么？是勤问候、细照料，还是遥相望、长寄情？委婉的语言里，作者诉说着不尽的儿女情长。

人是万物之灵，诗为情致而生。伴随着时代的脉搏，作者的心也在激情跃动。她关注着现实，关注着人生，关注着芸芸众生下命运的悸动。2012 年 7 月北京的那场暴雨，人们遭受了措手不及的苦难，她辗转难眠，用诗句惊呼："殒命、暴雨/如何可以接受/接受这突来暴虐的袭击？只愿/哀伤、痛苦、记忆/灾难与人永离！"四川雅安地震中，作者一首《祈福雅安，共祝平安》："又是一个悲痛的时间/来不及思考，来不及躲闪/一瞬间遍地瓦砾，无家可还。"她悲问："为什么，灾难来得如此残酷？/为什么，如此让人没有转圜？/失去，甚或就在梦里，来不及/和亲人吻别，说声再见。"诗歌一方面表达了对灾难来临的悲愤与无奈，一方面也抒发了对遇难者的悼念和哀痛，揭示了诗人拥有着一颗悲悯、善良的心怀，倾藏着一种博远的爱与情。

诗言志，更言情。诗是心灵的倾诉，更是情感的火花。

诗作，往往"感于哀乐，缘事而发"。在诗歌的王国里，爱情永远是一个永恒的主题。古今中外，诗仙诗翁，无不把爱情写得或惊世骇俗，或小桥流水，或山间幽径，或花开花落，或云卷云舒。作者作为一位现代女性，以她独有的视角，对爱情细微洞察、感触深邃。她的笔下，爱情有波澜壮阔，有细情绵长，有哀怨忧伤，有无奈情殇。汇集了女性诗人细腻、感性、知味以及深悟的全部。她在《青涩的年龄不懂爱情》中写道："漂流的季节遇见你，那么不经意。懵懂中就和你，和你走到了一起。像风、像雨，那么自然，那么浑成，在获得了爱情的同时，毫无顾忌地享受着爱情。”在《梦中私语》中，爱情已柔化为水、变作糖饴：“昨夜又梦见你/身影清晰/脸颊上全是笑意/有一种淡定的神气/笑意、豪气/顽皮、延续/梦中和你/私语。”

爱情，似火、如冰；爱情说不清、道不明；爱情亦如倾斜的塔——脆弱如山崩。在意外发生时，她低吟：“你病了，那么突然/听说时，已经重症护理/错愕的同时，想到你的活力/你怎么会，就这样倒下不起?”她呼唤：“顽强如你一路坚持/用终极的毅力与生命做着拉锯。”她祝福：“不管命运驶向哪里，只要/看到你静静的呼吸/我会含泪祝福/你若安好，我便心息。”

爱是生命的力量。当爱的基石不复存在，思绪就有了长久的隐喻，化作一股心痛——隐忍、凝练、坚持。在《最后的眼泪》中，作者动情地吟诵：“有一种凝聚/就在心底/凝结了/千年的情感/聚会了/万年的依恋/累积沉淀/成为涅槃的岩/一滴晶莹，落作/永久的纪念。”在《哭泣》里：“有一抹牵挂/让人心悸/撕扯中，碎片游离/幻化成，我的哭泣。”

诗歌寄情寄意。即为了抒发自己内心的情感，也为了描述所闻、所见、所感。既是对理想、生命和爱的理解与追求，也是面向芸芸众生对社会中一些不良现象，甚或病态现状的揭露和抨击。作者在《眼神》中写道：“不知道贫困让你和你同龄的孩子/体会着多么不堪的生活境遇/此刻，你的眼神/已经让我泪流不止。你一定需要清水/洗涤无法脱离肌肤的黑渍/你一定需要衣服/衬托美丽的眼神和稚嫩的肢体……”

在《真实，在你心里》中，诗人对几个故事一笔带过，描述了无奈又残酷的现实：“……被车碾过的女孩/灵魂，一定会有记忆/当生命变成了一摊泥/人性的真实，在哪里?”

这是一部有情有义的诗集。

纯真的心灵流淌着对美的憧憬、对生活的诉求、对未来的期盼，闪现着思想的火花，荡涤着生活的浪花，迸发着情感的流溢。清隽淡远，富于想象。往昔的已成往昔，未来充满着期许——相信，诗人的绿洲一定会广袤博远，诗人的笔触一定会意境深远。写到这里，我想用一首朦胧小诗祝愿作者：山那边/有云/海那边/有雾/云雾间/萌出一棵希望之树/愿树，根深叶茂/愿树，常绿长青。

2013年5月20日于济南

散文集《五月的牙山》序

展现在我面前的是洋洋洒洒三卷集：散文集《五月的牙山》、民间文学集《民间栖霞》、新闻报道集《果都花盛开》。作者林新忠同志是一位从事新闻报道的宣传工作者，在殚精竭虑做好本职工作之余，他疏于杂陈应酬，昼作夜思，笔耕不辍，正像宋代大诗人刘禹锡写的那样，“千淘万漉虽辛苦，吹尽狂沙始到金”，集腋成裘，终成正果。鱼与熊掌兼得，令人感佩。

林新忠同志让我作序。序者，需说明写作意图、经过或介绍评论也。这是我的弱项。缘于跟新忠相识相知，情义笃厚，便不揣冒昧，就散文集谈谈我的感受和思考。

散文是读者喜爱的一种文体。写得简约，读起来快捷，特别适应现代人的生活节奏。散文又是一种易写却难工的文体。欠缺精粹的情景和趣味的散文是吊不起读者胃口的，也就失去了艺术的生命力，失去了艺术的魅力。散文作者需要全身心投入，将人生阅历、经历、体验、感悟、情感等方方面面融会起来，化为琼浆，熔铸成篇。由此说来，一篇好的散文的诞生，谈何容易！有人说，写好散文，首先要写父亲、母亲、恋人和爱人，写没齿难忘的骨肉亲情，写死去活来的爱。“散文写爱，要动真感情，作者掉泪，读者才能含泪。”

新忠同志在散文集中多篇写到了亲情、友情和乡情……这是散文题材中的重中之重。父亲、母亲、叔叔、大爷、舅舅、姐姐、儿子、师长、同事……都在他笔下灵动显现，熠熠生辉。写父母，他突出写了两位老人的手。手，生存间一切的操作、建树、实现都是由它来完成的。手也是人生兴衰、轨迹的见证，体现出了人生磨难、处世的艰辛。对于父母的手，由疏淡到亲近、再到领悟和自责，是一个质的飞跃。原本是一双厚实平滑的手，慢慢地布满了老茧，又“本来就布满了老茧的手上，就会裂开长长的口子，多的时候每个手指上能有大大小小多道口子……”透过父辈这双渗着血的手，作者感受到父辈的担当、付出和责任。不禁要扪心自问：我为父亲做了些什么？而母亲的手，也“是一双长满老茧的手，手指的每一个股节都变得异常粗大，看起来像一根根干枯的树枝……”原本一双纤细嫩润的手，为了撑起这个家，艰辛的生活啊，把俊男秀女碰撞成这个样子！作者摸着母亲的这双手，“心里像被什么锋利的东西刺了一下似的，隐隐地疼”。这时，他才领悟到：“这么多年，作为儿子，我却从不知道母亲的手是这样一双手，我觉得惭愧！”谁看了这段文字，也不免心酸！好在来者可追，醒悟了，就加倍去关心父母、爱护父母吧！

读着《父亲的手》《母亲的手》，不禁使人联想到朱自清先生写的《背影》。体魄衰颓的老父亲执意要去火车站送儿子，除了再三叮嘱他一路平安之外，又坚持要替他去买路上解渴的橘子，竟在月台旁支撑着身躯上下攀缘……鲜明细腻的文字，透骨的亲情，令人心碎！不敢跟大师的文章相提并论，只是那触动心灵的父亲衰颓的背影和父母亲布满厚茧的手，颇有异曲同工之妙。

散文家族中的题材挺宽泛。按照规范的定义是：除了小说、诗歌、戏剧外，其他文体都包含在散文家族中，如小品、杂文、游记、报告文学等。换言之，任何无法明确表达的文章都可归于散文之中。

新忠同志把他的散文集分列为七章，近百篇，在散文包含的文体中都有涉猎。去北京出差，短短几天里，繁忙的工作之余，他写出九篇游记，且都有些独特的感受。坐地铁、上车下车，拥拥挤挤，来来往往，人们都习以为常，他却产生了一些奇异的联想：“这北京的地下其实基本上都是一个空壳。错综交织的地铁已经把北京的内脏掏空。人类的繁衍与发展，把自己的生存空间搬到了天上，挤到了地下，也是不得已的事情。”在淡淡的哀愁中，似乎聆听到了地球母亲的呻吟声。“离开北京时，匆匆赶往车站，需要解决饥饿的问题，便进到‘美食苑’，而价格贵得要命，一盘米饭，加一点儿菜就要38元，这还是最便宜的饭。”又是一种淡淡的无奈。没办法，袋子里的钱有限，只好去找方便面了。

新忠同志善于观察生活中的一些细微亮点，善于从平凡中采撷奇拙。路过潍坊，饿了，见到路边一个名唤“朝天锅”的小吃店，花上几十元钱，边吃边同店老板探讨“朝天锅”的历史和发展，并同栖霞的类似的饮食方式做了比较。不经意间，一顿津津有味的小吃，吃出了历史，吃出了文化。

在类似杂文的一篇《朋友为啥皱起了眉》中，作者以小见大，揭示了当今流行的一些劣迹。在镇上当镇长的朋友，愁眉苦脸，闷闷不乐，为什么？原来是上级拨下来一笔钱，要他向各贫困户分发。这本来是一件大好事，用手中的钱分送给他人，也是往脸上贴金的大好事，镇长倒犯愁了。原因是：“找关系、走后门、有头面的人找得太多。找到了，你是办还是不办？办了群众不满意，不办找你的领导不满意。又要保住自己头顶上这个小小乌纱帽，又不能昧了自己的良心，当然还有责任和原则。真难呀！难死人了！”文章篇幅不长，耐人寻味。

栖霞多林多石，水不能说多，但奇，有的从高山涓涓细流蜿蜒而下，有的是从地壳的深处喷涌而出。栖霞有特色的名山，新忠同志都写到了，如牙山、崮山、艾山、方山……描写山水的人很多，但写出山的自身特点、风采和个性是不容易的，写不好，便会落入俗套。新忠同志从小生长在山区，不但熟悉山水的外貌，更能领略其山水的魂灵，以及历史的演变和人文内涵。比如，牙山是一座历史名山。山势挺拔，山形多变，三柱酷似巨牙的山峰拔地而起，故称牙山。明末清初的农民起义于七起义就源于此地，造反者和被造反者刀光剑影，血流成河，并惊动了远在淄川的蒲松龄老人家，他奋笔疾书，写出了《公孙九娘》篇，以示愤怒和诅咒。新忠同志写牙山，除了写它的壮美和惨烈，还把牙山写出了人性化，写出了牙山的魂灵：“大牙二牙这两个牙山最高峰，像一对亲兄弟一样，手扯着手并肩而坐，又像一对亲密的恋人紧紧地依偎在一起。”寥寥几笔，把牙山写活了。在写牙山稀有植物天鹅花时，更为生动有趣：“天鹅花是秋天之牙山的精灵，说它是花，那其实不太准确，因为你几乎看不到它的一片花瓣，远远看去，活脱脱就是一只婀娜多姿、亭亭玉立的天鹅在绿叶之中翩翩起舞。你看那毛茸茸的身子，那一身洁白的羽毛，那自然伸展开来的翅膀，那高高扬起的美丽颈项。还有那眉眼，那神态更令人叫绝，有的引项观望，有的侧耳倾听，有的窃窃私语，有的相互依偎，有的嬉戏打闹……”而且，“这些天鹅花总是成双成对的盛开，真的不知道这其中演绎了怎样的一种至纯至真的爱情故事”。多美呀！牙山上的花，演化成了俊男靓女，引人入胜。艺术本来就是一种内心状态的表白，其目的是在抒发自己的感情，作者将情感融入大自然中，其意境也就升华了。

崮山又是栖霞的一座神奇造化的名山。它既有国画大师傅抱石画中的空蒙灵动，又有陆俨少大师画中的峻美绝奇。但崮山是有生命的，它闪烁着生命之光。新忠同志除了写崮山的秀丽风光外，又把笔墨融入崮山的历史长河中。唐朝一代明君李世民与崮山荣辱与共的历史故事，秦王曾在这里调兵遣将的“点将台”显示着历史威严，还有美丽动人的神话，都在作者笔下跳跃碰撞，熠熠生辉。写山写林写水，作者是以当代人的视角重新照亮历史，是饱含着激越的情愫来写的。

新忠同志的散文平实而无雕琢之痕，他低吟浅唱颂扬人世间美的心灵，歌唱秀美的大自然及其丰富的内涵，让我们感受到生活的芬芳，人间的纯朴。他的散文平中见奇，拙中藏巧，没有华丽的辞藻，没有艰涩的句子，一切都像生活那样朴实，像拉家常那样随便，读起来那样顺畅自然，那么入耳入心，总是执意要在你的思想情感上留点什么。这是新忠同志散文的特色。

这是一部有分量的集子，是奉献给散文读者不薄的礼物。这是新忠同志第一个集子，这应该是开始，应该为向更高水平进取的起点。

2014 年 5 月末于济南

诗集《紫月涂海》序

王栋，一位现役空军军官；一位爱诗、读诗、写诗，为诗而倾情的人。军人的刚毅气质和诗人的盈盈情愫熔铸了他多彩的人生。

诗是美的天使。诗在文学家族中处于掌上明珠的位置。或许是天性使然，小小年纪的王栋便钟情于诗，与诗结缘，只身闯入诗的王国。

读诗，充实人的学养，润浸人的心田；写诗，抒发人的感悟，充盈人的梦幻。中学期间，他熟读《唐诗三百首》和《毛泽东诗词》，一些篇句铭记在心。“润物细无声”，潜移默化，他也渐渐写起诗来。在诗的品种中，他没走较为平缓的路，而是选择了奇峰突岭，写的是古体诗词。

诗歌的本源是触景生情。“景”是诗的土壤，是生活，是生存，是命运。诗人对待万物怀有敬畏之心。军旅生涯给王栋提供了宽阔豁达的视野和空间。他时常奔波于滨海孤岛、边疆陲寨、峻岭旷野，这使他有机缘感悟山川之壮美，留意大自然多彩多姿之瑰丽，眷念漫漫历史之碎片。在参会、调研、培训、游历期间，作者注重山川地貌、风土人情、历史文化……走着、看着、感悟着、赞叹着。灯路星途，丰富了他的阅历，使他由观察者变成发现者、探索者。诗随意生，“电光火石”不时闪过心灵的诗意瞬间，诗情由感而发，且行且吟，诗作涓涓流出，日积月累，结集而成了诗集《紫月涂海》。

《紫月涂海》按照时令分为“春如梦”“夏如歌”“秋如醒”“冬如寂”四部分，这是作者在春夏秋冬对世间万物的感悟和情怀的抒发。

春天，惠风和畅，草木竞发，蓬勃的生命触发出万千思绪：春风有意拂斜柳，万物勃发无所求。临窗静听杏花雨，伏案沉思故乡楼。在参观“楚城”时，作者发古之幽情，写出了冲天豪情：垂柳戏春风，心和轻舟摆。古道荫茵鸟雀鸣，无意将花踩。暗瓦战旗扬，楚市喧声在。飒爽庄王再度征，豪迈心难改。

夏天，热烈而兼有骚动，万木竞相升华宽展，作者在《云海》中抒发出了万千景象：“古刹青松云雾藏，奇峰深壑染苍茫。红日喷薄霞万簇，千堆白玉漾金光。”在军旅生涯中作者有着独特的视角，他把紧张疾行的《夜行军》写出了诗情画意：“山林墨染晚风徐，不慌择路有清渠。小虫飘舞点萤火，月圆映水成紫菊。”

秋天，是丰满收获的季节。霜叶如花，红黄遍野，一年的守望孕育在这个希望的季节，诗情幽然在诗人心中滚动。在《乡雨》中，作者这样写着：“夜深回小楼，心不再漂流。枕上听风雨，醒来已是秋。”秋风秋雨不免触动起诗人的愁丝，《送友人》中，含蓄的伤感油然而生：“古道深宅映日斜，秋风瑟瑟叶如蝶。千里焙茗不热酒，相逢只为要离别。”在《孔林》中，作者怀古于先哲前贤，沉吟漫出：“林郁郁，水涔涔。弟子结庐守孤坟。不忘杏坛得教诲，一部《论语》谢师恩。”

冬天是来年的序幕。酷雪严冬，没能阻挡住诗人的诗兴。《冰途》中尤呈激荡之情：“飘雪寒天风冻冰，征程又踏何需晴。尘泥满面开怀笑，不历艰险不会赢。”军人在任何环境下都呈现出一种凌厉的不屈不挠精神，隆冬数九更增添其满怀豪情。在《雷达兵》中有精彩的描述：“风雪劲，铁心坚守，笑看苍穹。”作者还善于在繁杂平庸的生活现象中寻求美、抒发情。如《小城故事》：“飞雪漫天回故城，归路依然心陌生。站台人畔终相遇，擦肩而过作重逢。”

《紫月涂海》收入210首诗词，是作者多年写的诗稿的结晶。其中除了对春夏秋冬、日月星辰做了多方面的描写外，不少篇章还涉猎了古迹名胜、历史精英、鸟兽草木，也都异彩纷呈，引人入胜。

王栋在诗词方面并未受过专业训练，完全出于对诗的热爱和追求，“算是个人用古诗词表达内心情感的一种尝试”，这就难能可贵了。古诗词有其严格的章法和定义，“格、律、韵、意”是古诗词写作的四种要素，在声律对仗等规则上，要求缜密而规范，这方面，作者尽力在“格”与“律”中守格合律，在大体遵循音律的基础上，对诗词的句法有适当调整，也是诗律、词律所允许的。作者在这方面做了有益的实践与尝试。

梦在前方，诗在心中，路在脚下。王栋在未来峥嵘岁月里，必将敞开胸怀，宽广视野，勇于求索，精于锤炼，让诗的希望之树更加枝繁叶茂，花簇似锦，硕果累累。

2014 年 11 月于济南

诗集《兰香集》序

初识茂海君（我觉得称君比较妥帖。直呼其名吧不合礼仪；称同志吧又缺些文化气息；称先生呢，面对长他几十岁的人来说，似乎他不会欣然接受。君也，敬称）是在一次聚会上。新朋老友间，只是简略地介绍了一下。印象中，这是一位敦实厚重的汉子。他话语不多，只是在倾听邻座人的高谈阔论。继而酒过三巡，耳热酒酣之际，各自才敞开心扉，打开话匣子了。这时才知道，茂海君尽管才步于知天命之年，其阅历却极丰富。他出生在城乡接合部的一个村里，小时候除了上学，还帮老人们操持农活。中学毕业后，报名参军，在“绿色大熔炉”里一炼就是二十四年。从士兵到中校，多次受到嘉奖立功。转业时，应试于济南市中级人民法院，竟考了个状元，从此他便开始了司法工作生涯。谈话间，他掏出一本名为《云竹集》的诗集赠我，而且之前他已经出版过一本诗集《心路集》。近期，他又结集了一本诗集《兰香集》准备出版。这真是一位拥有多彩人生的人。

茂海君在上学期间便爱好诗歌，尤钟情于古体诗词。他爱诗、读诗、揣摩诗，又进而写诗。从少年到军旅再到公务员，他说：“诗歌是我生活的挚爱。”年复一年，日复一日，笔耕不辍，集腋成裘，洋洋洒洒结集汇成三本诗集，令人感佩。“晨读诗书入宋唐/千年诗句酿沉香/痴迷绝句朗朗读/啼鸟窗前也傍腔。”这便是茂海君爱诗写诗的真实写照。也看得出，诗对于他来说已进入如痴如醉的境界。他写诗只是一种个人志向追求，不为名不谋利，是对社会多层面体察的心得，对人生的细微感悟，用诗来点缀灵动的生命历程。

诗是情的化身。诗贵在真情实感，忌轻浮空喊。那些漂浮在外面的、非常简单的印象和概念，只能是诗的薄薄的外壳。茂海君的诗，是从生活中的实处采撷而来，又经过诗心酿造而成；是对纷杂的社会生活多方面的体察，对同学、战友、同事、朋友、亲人等诸多情愫的婉转构思、凝神运笔、抒发心志，像山泉小溪般流淌出来，化成美妙的诗文。他能在现实生活中，看似无意却能有意地提炼出诗题。比如，在漫漫人海的车站里，通常人们只是忙着赶路乘车，他却敏锐地捕捉到一位孕妇冒着风险急切归乡尽孝的景象：“身怀六甲赶车忙/满载孝心归故乡/不畏风霜情作路/艰辛只为孝爹娘。”诗虽平实，却蕴藏着深深的内涵。在茂海君的诸多诗歌中，写了不少有关孝道、尽孝的诗篇，究其实，他本身就是个大孝子。高堂老母常年卧床住院，他与兄妹日夜守护侍候。他在一首《投母所爱》中像是一个长不大的小老孩，满怀深情，变着花样寻求母亲的欢悦和高兴：“常因尽孝费心思/珠宝佳肴不为奇/得遇杜鹃红艳艳/老娘欢喜炫邻居。”真是意深深情浓浓。

茂海君在工作中严谨、敬业，有良知、有担当，富有忧患意识。他踏踏实实安于党和人民赋予他的责任和工作，不奢望，更不异想天开。他曾赋诗自勉：“何曾不想将军当/一统千军万马狂/韬略自知难胜众/自甘绿叶衬花香。”他这片绿叶，体现在对社会的切切关注，体现在对人民群众的冷热感知，体现在对家庭的责任和义务。他在人民法院工作期间，对于那些讨说法理公道和倾诉心声的人群，给予了极大的同情和慰藉。他将现实碰到的真切感受通过提炼的口语入诗，以表达内心的感慨、惆怅和纠结。如在接待有关拆迁中遇到的困境、矛盾和难堪，他用诗来抒发这种无奈的感受。他在《接访窗口》一诗中这样写道：“接访天天听诉冤/将心梳理找根源/怒悲自虐平常事/民苦忧心寝不安/岁长更知责任重/国徽励我心无眠/每逢和解愁容散/自慰尽职不负天。”触景生情，不免使人联想到诗圣杜甫老人家的《茅屋为秋风所破歌》。时空穿越，情景依稀，令人酸楚。

茂海君的诗涉猎的范围挺广，既有时代亮点的铮铮强音，也有对一些默默无闻、弱小卑微事物的称道。面对高山大川，他隔着苍茫的时空和它们对话，倾听它们传来的远古声音。他在长诗《呼唤》中，记叙了一位女人用真情唤醒了深度昏迷的丈夫的故事，颂扬了人间的真、善、美。在一次集会朗诵该诗时，诗声和啜泣声混在一起。触动了多少善良的心。

对于诗，茂海君是位虔诚的追求者。追求意味着趋向完美，而完美又是无止境的。诗是文学大家族中的皇冠，博大精深。如何能将灵感和构思的关系把握好，如何能在抒情的方式上做到意象化和直抒胸臆的结合，如何能在语言的精致上下功夫，这些当是诗人追求的极致目标。茂海君自当会刻苦研习，强取博闻，扬鞭奋进。

2015 年 5 月写于济南

文稿《岁月印记》序

不言而喻，作者秦守政将书名称之为《岁月印记》，便认定了这是一部人生最重要的那段砥砺前行、探索成长的缩影和结晶。40余年中，作者殚精竭虑、克己奉公，在纷繁复杂的年代中，把责任扛在肩上、双脚踏在地上，一步一步从民办教师、干事、副科长……到副厅长、巡视员。对于个人来说，这应该是一段不平凡也是闪光的历程；对于党、对于人民、对于社会，也算画上了一个令人欣慰的句号。

在这本洋洋洒洒近20万字的文集中，篇篇都留下了作者的足迹，倾注了作者的心血。作者是一位追求务实和严谨的人，在经历中所从事的各项工作，不但努力做好，还要做精，并在实践中提炼出经验教训，加以总结，写出扎实较有分量的总结。这并不是每一个从业人都能做到的。作者不但做到了，还始终如一地坚持下去。多年来，在他参与的每项重要工作中，都要认真写出总结，实所不易。在两年乡镇挂职之后，他写出了《在基层实践中锻炼成长》，从三个方面归纳总结出实践的过程、意志的磨炼和思想的升华，最后提纲挈领地概括出："两年的下派锻炼是短暂的。老区干部群众的优良作风给我留下了深刻印象。正是由于他们的言传身教和热情支持，我才能够得到在机关得不到的收获。”话语朴实，体验深刻。《2010年工作回眸》，作者全面总结了所分管的工作，从方方面面总结出得失，还分析了下一年应努力改进的薄弱环节。2008年，作者接受组织委派，赴北川参加抗震救灾工作。这是一项艰巨、严肃而又细致的工作。在险恶、复杂多变的境况下，他出色地完成了任务，还精心写出了工作总结，被选汇到山东大学出版社结集出版。另外，在《回望癸巳年》《难忘的2008年》等篇，作者都是在完成了一年的工作之后而加以回顾和总结，体现了对工作认真负责和善于思考、积极向上的态度。

更难能可贵的是，作者不但在各项工作完成之后加以认真总结，更能结合本职工作的特性从理论上加以剖析、研究和探讨，阐述修身养德和践行敬业的心得感悟。在担任省民政厅办公室主任及分管办公室工作期间，作者写出了一系列有关办公室工作规范性、指导性的理性文章。在《民政部门办公室干部要有好的作风》一文中，作者将办公室的好作风细化到6个方面，提出了加强作风建设的4条措施，使办公室工作既有分工又有协作，弹钢琴式地和谐前行。在《民政干部应加强五项修炼》一文中，作者又从理论层面提出民政干部需努力提高综合素质、严守政治纪律的必要性和紧迫性，从五个方面做了透彻阐述，即增强大局意识、加强思想政治建设；增强学习意识，加强业务能力建设；增强规范意识，加强具体制度建设；增强干事意识，加强优良作风建设；增强自律意识，加强党风廉政建设。总览这五个方面，不难看出，这将是一个人生刚性的坐标。作者自言是“干活的”。他把“活”干得有声有色，又善于将理论同实践相结合，把实践中的经验再归结到理论上，相得益彰。

文集中，还汇集了几篇有关亲情友情的文章。虽然篇幅不多，但倾注了作者诸多的深情和感念。在《念母亲》中，他回顾了母亲在极端恶化的境况中对他的养育之恩，并牢记母亲对他的叮嘱：“做人要正经，不能没正经。”朴实的言语，蕴藏着很深的哲理，可以受用一生。在《父亲》一文中，他牢记着父亲对他的期待和关注：“正派做人，踏实做事，保重身体。”父母的教诲，似一盏明亮的灯，引领他走得正坐得正，对党和人民交上了一张合格的答卷。在生活中，作者也不忘投入理性的元素。他在《儿子婚礼致辞》中，除了衷心地祝贺，还对一对新人提出了未来人生征程的奋进目标，即“牢记当年周恩来总理倡导的夫妻‘八互’精神：互敬、互爱、互信、互勉、互助、互让、互谅、互慰……”作为父亲，拳拳盛意、语重心长。

秦守政在工作中勤勉做事、勇于担当，在思想上情系群众、勤于探索。两者融会，结成文集，是一本有价值的书。

2016 年 2 月于济南

法国影片《勇士的奇遇》（影评）

《勇士的奇遇》这部富于风趣而又惊险紧张的古装喜剧片，是根据法国流传悠久的一个美丽动人的民间故事改写成的。

影片中的主角郁金香·芳芳，是一个英俊潇洒机智乐观的流浪汉，也是一个为人们所崇敬的神勇英雄。他的性格爽朗明快、豪侠粗犷，什么权威、等级尊严、法律禁令，他都不放在眼里，任凭什么事情，他都要去碰一碰，他走到哪里，就把哪里搞得天翻地覆，好像他来到这个世界上，就是为了迎接那些惊人的、不平凡的遭遇似的。

在法国国王路易十五（十八世纪）当政的时候，贵族和有钱人最喜爱的“娱乐”就是战争，一打就是七年！到了伤亡的人数超过活着的人数的时候，军队的实力大大地削减了，军曹们只得到处奔波，一直走到那穷乡僻壤，去招募新兵。郁金香·芳芳就是生长在这样一个动乱的年代。

这一天，芳芳和一个年轻的姑娘调情，却被姑娘的父亲发现了，硬逼着芳芳做他的女婿，芳芳不肯。正在为难的时候，碰上了装扮看相的女郎阿德琳，她说芳芳如果去当兵，将来会立大功，还会娶公主做妻子。芳芳立刻就相信了，在军曹的招兵台上签了从军状。

在半路上，芳芳无意中搭救了公主和国王的情妇，并接受了她们给他的一朵象征幸福的郁金香，由此，这朵花名就成了芳芳的绰号。

郁金香·芳芳相信命运是由意志铸成的。在军营移到国王别墅的附近时，他不顾戒备森严的宫闱禁地，决心要去向公主求婚。他巧妙而神奇地走进了宫殿，一直闯进了公主的深闺，当他刚要向这位金发姑娘表达自己心愿的时候，被逮捕了，并被关进了死牢。世界上本就没有什么事情可以使芳芳害怕和忧愁，当他和他最好的伙计劈山一起走向绞刑架时，他还风趣地说："这是我第一次参加死刑典礼。"影片对芳芳这种豁达乐观的性格做了淋漓尽致的表现。

芳芳偶然得救了。这时他才明白，他要娶的不是公主，而是为了搭救自己、到国王那里去求情的阿德琳。但要实现这个愿望，也有困难，因为国王为阿德琳的姿色所迷，正想要她做自己的情人。

为了能和阿德琳永远生活在一起，芳芳同国王的总管勤贝尔进行了一场激烈的剑斗，但因芳芳受了伤，阿德琳到底被抢走了。芳芳受伤后，在一个意想不到的机会里，立了大功。国王为了笼络民心，便把他永远无法得到的阿德琳作为义女嫁给了芳芳。阿德琳当初诱芳芳从军时所说的话，算是应验了。

影片不仅对芳芳那种大刀阔斧的性格和天生的乐观精神做了突出的表现，而且也在这场情场和战场交织的斗争中，无情地嘲笑了那个外貌彬彬有礼、实则荒淫无耻的路易十五的丑态，并对那些法国元帅们的昏庸和愚蠢，做了尖刻辛辣的讽刺。

这部卓越的喜剧影片中的情节千变万化，它不仅充满了浪漫气息，也鲜明地刻画了像芳芳这样一个追求自由、勇往直前的人物。影片时而紧张地使你提心吊胆，时而又转入抒情诗一样的优美境界，使观众与影片呼吸在一起。

刊于《济南日报》1956年11月23日

令人神往的幻想（影评）

——影片《长夜的秘密》观后

在我国古典戏曲中，有许多是以盗仙丹、取灵芝草作为剧中故事情节穿插的。这些戏曲，大都带着神秘色彩和美妙的理想，引人神往。电影《长夜的秘密》则是以现代科学为依据、描写到海底索取珍贵药物的一部彩色幻想片。

影片一开始，就出现了一个惊心动魄、扣人心弦的场面：在幽静的太平洋西北部，海水突然被一股无名的力量冲起，海面顿时巨浪冲天，红光四射，不久，一个名叫果洛兹的岛被淹没了，人们惊恐地奔跑着。正在岛上进行测绘的海洋学家节尼索夫，在受到这种奇异景象侵袭的第二天，同他的猎犬同样失去了视觉。经著名研究放射线的医学专家诊断，节尼索夫是受到了某种放射线的袭击。虽经多方面的抢救，他的双目得到了暂时的复明，但要根治这种怪病，必须取得海洋深处的一种名叫“阿特兰奇”的植物才行，否则，他在三四个月内就要死亡！

节尼索夫在刚刚双目复明时，他并不知这是暂时的，也不知死亡正在逼近。他欣慰地看着书，散着步，以为病情痊愈了，并幻想着即将投入工作的乐趣。可是，他偶然从护士口里得知自己病情的真相，这像是晴天一声霹雳，给了他十分沉重的打击。

这是对节尼索夫的一个严酷的考验！摆在他面前的只有两条道路：一条是怯懦的、悲观的等待着死亡的来临；一条是趁着生命之火还在燃烧的当儿，去寻求这种几百年来科学家们所幻想的“阿特兰奇”。但是，要获取这种珍贵的植物，必须潜水到近万公尺的海底去，这是一件极为冒险的事情，何况他正在垂危的病中！然而，节尼索夫并没畏缩，他果断地选择了这条斗争的道路。他亲自驾驶着潜水艇，经过多方面的支持，找到了这种贵重的植物，对科学做出了重大贡献。他自己也治好了病，同爱人过着幸福的生活。

与节尼索夫这个坚强勇敢的性格和忠于科学忠于人类的伟大品质相反，影片中还勾画了一个贪生怕死、自私胆小的拉夫林切夫。他也是海洋研究所的科学工作者，有着高超的驾驶潜水艇的本领，但当节尼索夫病了之后，他被放射线的威力吓倒了，因之第一次他同节尼索夫一起潜入海底的时候，由于他的胆小、怕死，阻止了潜水艇的下沉，使得这次潜水没有成功。但胜利是属于有坚强意志和忠于科学事业的人们的，当节尼索夫第二次潜水成功之后，人们更加唾弃拉夫林切夫的这种贪生怕死的个人主义、肮脏龌龊的灵魂。

影片对研究放射线医学专家麦尔查洛夫教授的描写，也是很动人的。这位为了探讨科学上的新发现、拯救病人生命的老教授，不但陪同节尼索夫一起来到了海洋，还冒着生命的危险同节尼索夫进行了第二次潜水。在潜水艇到达海底时，节尼索夫突然晕倒了，在这千钧一发之际，麦尔查洛夫挽救了节尼索夫的生命。

这部影片颂扬了学者们为了探讨科学中的秘密，为了获得在医学上具有重要价值的药物，不惜牺牲一切，勇敢顽强地为科学上的新发现而做出的努力的精神；也揭露了懦夫怕死的卑劣丑象。

刊于《大众日报》1957 年 8 月 14 日

钢铁的人，钢铁的意志（影评）

——《保尔·柯察金》观后

《钢铁是怎样炼成的》这部不朽的长篇小说，是大家所熟知的。《保尔·柯察金》就是根据这部小说拍摄的彩色故事片。从这部有着高度艺术概括的影片中，我们看到了保尔一生宏伟的业绩和鲜明而又动人的形象。

影片保留了原著中的重要情节和色彩，并突出地描绘了修筑通往伐木场的铁道的情景。当时正在淫雨连绵的秋季，要修筑这样一条铁道，困难真是无法想象，但形势要求必须修成这条道路。于是，一支由共青团员所组成的修路队伍出发了，其中就有保尔。

到达目的地后，修路队员们一手拿着枪，向匪徒们进行你死我活的斗争；一手拿着铁锨，向雨雪和风暴搏斗。当时，他们所向往的幸福是多么简单：只要能烤烤火就行了。然而，哪里有木材呢？许多人病倒了，许多人饿得支撑不住身子。但他们暗暗地宣誓道：一直向前，永不退缩。经过几个月的搏斗，路终于修成了。但在路快修完之前，保尔由于身患多种疾病而被送走了。

影片通过这一情节的描写，把保尔坚强勇敢的性格刻画得淋漓尽致。他这种坚强的个性也是在不断自我斗争中成长起来的。他也有怯懦和灰心的时候。那是在听到他即将双目失明、全身瘫痪的当儿，他感到生活没有希望了，“只能吃喝和呼吸了”。因此，产生了用枪“完结”自己的念头，但他一看到用自己血汗筑起来的铁路时，便燃起了生命之火，藏起了手枪，勇敢地投入了新的工作——他的长篇巨著的写作中。

影片同时对他的爱情生活也进行了描述。少年时代，他被一个贵族小姐冬妮娅爱上了，他甜蜜地接受着她的爱。但以后由于走的人生道路不同而决裂了。后来在革命年代里，保尔与一个名叫丽达的姑娘产生了爱情。

由于环境的严酷及其他原因，他们没能倾诉一切。这使得他俩后来没能结合。从影片中，我们看到了他们之间的崇高友谊及内心隐藏着的爱情的痛苦。

保尔的一生，是我们青年一代的光辉榜样。让我们向保尔学习吧！学习他那坚韧不拔的精神，学习他那一直向前的意志！让我们记住他的至理名言吧：“人最宝贵的东西是生命，生命属于我们只有一次。一个人的生命应该是这样度过的：当他回想往事的时候，他不因虚度年华而悔恨，也不因碌碌无为而羞愧。——这样，在临死的时候，他就能说：我整个的生命和全部的精力，都献给世界上最壮丽的事业——为人类的解放而斗争！”

刊于《济南日报》1957 年 11 月 9 日

《生活的一课》影评

“爱情必须双方珍惜，随着年代岁月……有泥泞，也有雨雪……”

这是苏联诗人史杰泮·施企巴乔夫的诗句。影片《生活的一课》就表现了这样一个细致、深广而又复杂的主题。

师范学院女生娜塔莎和年轻的建筑工程师谢廖泽结了婚……后来，谢廖泽被提升为总工程师。随着职位的提高，他渐渐变得专横粗暴、唯我独尊、目空一切。他不尊重同志，把自己看得高人一等；也不尊重妻子，对妻子一再失约；同时对家庭生活也漠不关心。他所喜欢的是拍马屁的人。娜塔莎容忍不了这种狂妄和冷淡，便含泪离开了他，回到了母校。

这是一个令人担忧的问题！他们夫妇能不能再重新和好呢？也许将来谢廖泽能清醒过来，认识到自己所犯的过错，主动向娜塔莎求好；或者，就永远分离了……在我们生活中，类似这种事情，并不罕见哪！

娜塔莎静静地等待着丈夫的转变。痛苦逐渐在她记忆中消失了，她在学校拿到了毕业文凭，当了教师，工作得很愉快。然而，她所等待的那个丈夫，不但没能悔悟过去的错误，却越来越严重地往歧路上堕落。结果，党组织给了他严格的批评和处分，撤了他总工程师的职务。这时的谢廖泽，不像往日那样盛气凌人了，他像是一下子衰老了。他觉得自己完了，失去了工作，失去了妻子，失去了生活中的一切！

不久，《真理报》把谢廖泽犯错误的事刊登了出来。娜塔莎的同学都深深为她忧虑，认为娜塔莎再也不能回到她丈夫身边去了。是的，这正是考验娜塔莎的时候，考验她对爱情的态度，考验她的品质！影片把这个冲突推到了新的高潮。当娜塔莎看到这篇小品文后，她很悲痛，也很难堪，她首先考虑的不是自己的丈夫受了处分、被撤了职，而是作为一个妻子的责任是什么？请听听她在万分痛苦中所说的话吧："这都是我的过错，这一切我都亲眼见过，我也知道这会有什么后果，我应该大声地喊，应该拦住他，可我做了什么？我是他的妻子！我就这样走了，我抛弃了他。"她不是个轻浮的女人，没去理会很早就爱着她的那个同学——科斯佳，她仍然信任丈夫的正直和才干，她知道这正是谢廖泽需要她的时候，因此，她便迫不及待地收拾衣物，离开了朋友和学校，回到了丈夫身边。

连谢廖泽也理解不了娜塔莎这种崇高的道德品质。他见到她突然出现在房间的时候，愕然了。"这算是夫妻的义务，还是宽宏大量的行为，或者可怜？"他问她。娜塔莎极其挚情地抚慰着丈夫，他明白丈夫还会坚强起来，"要是我不相信这个，我就不来了。"她对他说。谢廖泽被妻子这种高尚的爱所感动了，又重新振作起来，投入了工作。生活，又在他眼前展开了广阔的远景。

这部影片，给我们塑造了一个富有感情和理智、具有高尚品德的女性。她不仅仅是一个善良的妻子，还是丈夫忠实的同事、朋友和同甘共苦的伴侣。在她丈夫的错误刚刚萌芽的时候，她就婉转地劝他、提醒他、批评他，最后发展到不可容忍的地步，才不得不忍痛离开他，可是，正是她丈夫跌倒的时候，她回来了。他知道丈夫不是个不可救药的人，便鼓励他、诱导他、启发他，让他再勇敢起来，以至于使丈夫认识自己的错处，重新走上正确的道路。

影片中没有廉价的乐观，也没有粉饰生活中的痛苦。它通过动人的形象暗示你不要那样去生活，教导你如何来生活。它给你阐明了作为一个妻子的责任，也告诉你：既要经得起胜利的考验，也要受得了失败的磨炼。在社会主义澎湃发展的今天，这部影片无疑将具有更深广和现实的教育意义！

这是一部好片子！它给我们上了一堂生动而又实际的“生活的一课”——每个人所必须知道的一课！

刊于《大众日报》1957年1月13日

一支革命的颂歌

——《红霞》影片观后感

在浮云飘动的蓝天下，一位白发老人深沉地唱道："在那天空的彩云上，有一团霞朵在飞翔……那就是红霞姑娘，她在天上看望家乡，她离开人间已二十多年，她的故事还活在我们心上。"

这是彩色歌剧艺术片《红霞》的序曲。从这首富有浪漫色彩的唱词中，引出了一段扣人心弦的故事。

影片讲述了二十多年前在江西老革命根据地，人民群众如何用生命来掩护亲如骨肉的红军北上抗日的故事。片中的主要人物是一个年轻的姑娘——红霞。她勇敢、机灵、俊俏，深受乡亲们的欢迎。当国民党匪军追击红军、乡亲们的性命危在旦夕的时候，红霞为了拯救乡亲、掩护红军顺利北上，便挺身而出，要给敌人带路。乡亲们一时难解她这种突如其来的举动，误认其变节，纷纷责难。红霞也有言难诉，含泪离别，忍受着各种痛苦，把敌人引到深山绝路，被红军一举歼灭，而她自己也壮烈地牺牲了。

《红霞》影片塑造了一个光辉的年轻姑娘形象。她赤心忠胆，舍己为人。对革命，忠诚无限；对敌人，恨之入骨。她所想到的，是人民的利益和革命的利益，从未考虑个人得失，甚至于生命。匪军闯入村庄，她为了全村老少免于牺牲，毅然出来带路。这时，她即下定决心用自己的鲜血换取更多人的生命。后来，狡猾的敌人中了她的圈套，被引上空谷悬崖，惊惧万分，匪徒们在绝望的当儿，竟想以死来胁迫她重新带路，红霞却坦然地说："来的时候，我就没想到回去。"她兴奋地唱道："我把青春迎光明，断头流血不悲痛，但愿山里人欢笑，不愿人间有哭声。"这种视死如归的英雄气概，这种革命的乐观主义精神，强烈地表现了红霞的高尚人格和烈火红心。

影片中的故事情节曲折动人，许多场面充满着诗的意境。在红霞带路之后，矛盾与冲突接二连三出现，越出越高，越来越尖锐，真是一个浪头接着一个浪头。这对红霞是考验，也是锻炼，但终究被这个机智的姑娘一个个战胜了，直到最后的胜利。影片中既有对敌人深切仇恨的高歌控诉，也有柔和动听的抒情曲调，这一切都使影片获得了成功。

应该特别一提的是影片中的音乐与演唱的成功。该片音乐是植根于民间戏曲之中，结合了新的生活节奏发展、创造出来的，使人听了感到特别亲切，具有浓厚的民族风味。在演唱上运用了土洋并用，使得语音清晰，感情丰富而又多变，很动听、入耳。而在表演方面，则更多地吸收了古典戏曲的表演技巧，因而使得人物——例如红霞——的手势与身段，显得较为优美而富有节奏感。这些创造性的运用，使影片增色不少。

这部影片，对我们是有深刻教育意义的。它能使我们理解到：胜利果实是无数先烈用鲜血换来的，我们必须加倍珍惜。

红霞用她年轻生命的鲜血，写下了一首壮丽的诗篇，让我们紧紧地跟着党，奋发工作！

发表于《大众日报》1959年2月12日3版

文道艺途

WEN DAO YI TU

巴金老的激励

茅盾谈短篇小说创作

叶圣陶老谈创作

吴组缃畅谈古今文学

周立波谈创作要素

也谈怎样写作

创作断想

生活是创作的母体

作协山东分会第一期青年作者读书会总结

对选材的一点体会

为《作家报》编辑寄语

《作家报》寄语

《当代企业家》停刊致读者

巴金老的激励

每当捧读巴金老的鸿篇巨著的时候，面前总浮现出一张溢满睿智聪慧的脸庞，一副菩萨般极其敦厚慈祥的容颜，以及在山东汉子看来略显纤弱的身子。我在想，如此单薄的身躯，怎么能这般充满无限活力、喷薄出一部部飞扬激奋、厚重浓烈的、警醒世人的宏伟作品?

自然我得不出明晰的答案。这只有巴老自己回答了，但我猜想，这是历史赋予他对文学的赤诚，时代所赋予他对文学孜孜不倦的追求的结果。

我跟巴老只是见过一面，却给我留下了极其深刻的印象。

那是1981年一二月间，我同时任山东省文联党组书记、中国作家协会山东分会主席的著名作家刘知侠同志去北京参加中国作家协会工作会议。一天，在会议进入讨论阶段时，巴老来到华东组看望大家。大家看到巴老来了，都礼貌地站了起来。这是我第一次见到巴老。巴老向大家点点头，眼神里坦露出真诚和纯洁，表情里没有他在作品中展示的那种风雷雨电般的激荡，更多的是平和、慈祥。他微笑着，一一同大家握手。只是在见到相识的熟人时，便轻轻地点点头。

知侠同志在上海的华东创作组待了几年，自然同巴老很熟，交情亦深。在巴老临离开时，他拉着我，特地介绍给巴老。知侠道：“这是牟崇光同志，担任山东省作协副主席，具体主持山东作协的日常工作。”巴老望着我，也“呃呃”地回应几声。我忙道：“希望巴老到山东走走，指导我们的工作。”巴老含着笑，又“呃呃”地点点头。在巴老要离开时，我忽然想到了手头有一本人民文学出版社印制的纪念册，内中插页照片有鲁迅、郭沫若、茅盾、叶圣陶、朱自清、郑振铎、老舍、夏衍、冰心、丁玲、赵树理等大师、巨匠等人，自然也有巴老。正好本子还没有用。我展开本子的首页，请巴老题字。巴老似乎也见过这种本子，便微微含笑，坐下来写了“永远前进”四个字。

“永远前进”这是巴老对我的激励，也是一种对人生追求的极致。巴老一生向往光明，追求真理，他从23岁开始创作，写出了那么多脍炙人口的巨著，直到90岁高龄时，仍笔耕不辍，史诗般的文章在他心底流淌出来。巴老啊，我们除了对您的敬重，更重要的还应做些什么？

发表于《齐鲁晚报》2005年10月28日4版

茅盾谈短篇小说创作

近期，我重温了1963年8月在《人民文学》杂志社举办的短篇小说作者座谈会上茅盾老讲谈短篇小说创作的笔记，仍感非常亲切，大有常读常新之感。茅盾老对面向全国各地选拔了7位青年短篇小说作者，讲了一个上午，没有深奥的理论，没有八股式的说教，深入浅出，对文学创作普遍与独特的规律，创作技巧与生活的关系，他本人的创作体验等方面，都做了精彩的阐述，现整理如下，愿与文学界朋友共享。

我来谈三个问题。

一、短篇小说为什么不短？现在，一般的小说，总是在一万字以上，也不是说长的都不好，但有些是中篇小说的压缩。为什么不能短些呢？我看，一个是技巧问题，但又不光是技巧问题，更重要的是思想方法问题——包括内容、如何观察和概括生活现象、如何从小的角落看到大的全局、如何从生活中提炼本质的东西……我们观察客观的时候，一定要看全面，从历史发展过程中，全面理解所写的对象和本质，而写的时候呢？就只截下其片段——关键性的，问题最大的一段，道理是这样，做起来便不容易了。我在新疆学骑马，摔了两下子，才能稍稍行了点。写作也是如此，要多练。刚才说过，有的短篇是中篇的压缩。那么，能否以字数多少定出哪是短篇，哪是中篇？一般不能。短篇小说，它不是连写几天，而是在短短几天之内或一个时段，集中来写，使人们能联系到以前，想到未来。短篇小说的特点是：一条线索，一个主人公，一个时间。结构不像中篇那样复杂，矛盾冲突的过程不像中篇那样长。短篇中的人物性格可以从头到尾不发展，不像中篇那样必须得发展。要找出一个片段，牵连全局。写短篇的吃亏，你看的东西有许多用不上，长篇则都能用上。照以上所说的去写，还是不能短，又是什么道理？这就是第二个问题，作家在写作时不舍得剪裁。有的作家把回叙写长了，只好再把其他方面也拉长。短篇中是不能没有陪衬人物的。有的可以多几个，有的可以少几个，但陪衬人物多了，就得拉长。在我看的好短篇中，陪衬人物都与主人公发生联系，这些人物的历史，可以点上一两句，但不能太长。又要用细节描写，又要写点环境，这个写点，那个写点，不知不觉就长了。最好将主人公放在动作、发展中表现性格，不要另外再加上些东西。法国作家莫泊桑的《羊脂球》近两万字，但的确是短篇小说。我翻译过它，去一句话都困难。一切都在服从一个主题。法国那时受外国的侵略，莫泊桑写了一个城市里的各种人物的活动，共二十四小时，作品中的主人公只有一个——妓女，陪衬人物七八个。但你不能说它太长了，而有的则用一两句话点出人物性格，文字又很简练。

二、题材问题。可以说有些题材是没有多大教育意义的。如你们举出的《社戏》《鸭的喜剧》等，这个问题是存在的，对短篇小说，也不定要求都得有较高的社会意义。有的写得高些，如《李双双小传》。有的说《学芙任炊》写的深度不如前者，我不是这样看。《学芙任炊》写得有特点，又风趣，恰到分寸，但不透，没有从她与丈夫的关系上作文章。《李双双小传》后来改了，我倒觉得改得差劲了，光是从性格上钻，是不会有多少艺术力量的。你们都写过婆媳之间的关系。这是新的婆媳之间的关系，短小精彩。陆文夫的《荣誉》写得好，《葛师傅》用学徒的嘴说出来，不落俗套。赵燕冀的《老官布小传》有点浪漫主义色彩。牟崇光的《邮鸡蛋》，在写新型婆媳关系中，有特色，写得不错。

三、关于向古典文学学习的问题。我国古典文学中，长篇很多，短篇不多。宋元的话本，只余下了几篇。再有明代的三言二拍、拟话本等。话本是说书人的底稿，多为短篇形式。有的把话本弄长了，成了另外一种东西了。三言二拍是文人写的，拟话本是民间艺人写的。到了清朝，又有了发展，出现了《聊斋志异》，用的是文言，很短，多写狐鬼，但寄托的思想是深远的。比宋元的话本深刻多了，《聊斋》中只有一两篇讲的是奇怪的事情。内中有一篇写科举，活着没考上，成了鬼还去考，把秀才骂了一顿。学习古典作品，主要是学习文学语言。中国小说的结构同西方小说不同，但也不要去复古。《聊斋》用的是司马迁的笔法。宋元话本上的《快嘴李翠莲》，是否与《李有才板话》相似？当然后者发展得多了。古典文学中写人物性格，主要是从人物动作中写，配合环境来写。

《红楼梦》中的人物，大概有两种写法：一是从各个方面去写，配合上点环境；另是从一个点上，用上一个小故事展现，几笔写出来，生动得很。写林黛玉，都是用陪葬、烘托的方法。写晴雯，是散见于各个方面。有一章写贾母因傻大姐发现了一个荷包，而准备搜查大观园时，是从三个方面着墨：一是写晴雯把东西全翻倒了出来，这是符合晴雯的性格的；再是写探春的丫头也厉害得很，竟然打了搜查者一耳光子；三是写司棋，她是管家的外甥女，搜出了很多禁物，倒是一点不慌。曹雪芹很少写司棋，这里着重写了她，写她有心性，什么也不怕，后来自杀了。这些地方，都是很少的几笔，把人物性格全托出来了。写人物大概就是这两点。中国古典作家一是能写幽默的情调，另是喜欢写紧张惊愕的场面。凡是大作家，总能写各方面的生活。有人说托尔斯泰会写女人，写马，写农民，写跳舞等，就是不大会写小孩，他写过一个孩子，不像。现在好像写女的比写男的好写，写老的比少的好写，儿童写得最不好。

你们现在写的作品，都有一定的水平，而且在向高的方向发展。目前你们接触的题材大部分是人民内部矛盾，又大都是先进与落后之间的矛盾，敌我矛盾很少。在技巧方面，尽可以大胆一点，如《荣誉》有新的尝试，可是人物没写透，韩统良的《龙套》《家》《嫂子》，讲意义后者教育更大，但没有写深。《家》写得好一些。《嫂子》有点拖泥带水的样子。

再讲讲我写短篇小说的经过。我的一些短篇，都有点中篇压缩的性质。我本来不想写小说，原本是当编辑的。那时，由于认识上的不一致，与另一家对骂起来。老板不让骂，我说那不行，你另请高明吧，商务印书馆便请了郑振铎去了，我便走了。大革命以后，没有职业，便靠卖文章为生，小的不解决问题，便写起了小说，只是为了吃饭。第一个短篇叫《创造》，主题有些积极意义，但很难说是短篇。后来写了《春蚕》，是写家乡的事情，两三天即写起来了。我二十岁以前常住乡下，天天接触农民，以后定居上海，其中的细节，人物形象也都熟悉，何况那时这方面的生活没人写，所以引起了人们的注意。拿现在同五四时期比较，人才比那时多，题材也广泛，作品数量也多，质量比那时的也高。鲁迅的短篇小说，就题材范围来谈，是不够宽阔的。但写那个时代的，也还没有能超过他。如果挑出现代的几篇来，也能与他相比。但鲁迅有他的风格，而现在的作品，风格都不明显。你们可以慢慢创造自己的风格，这同题材是两回事。一方面靠自己的创造，另一方面也要多看一些别人的东西。

关于地方特色，首先靠环境的描写，人情的描写。你们的小说很少写环境。现在有几个写环境不错的，如峻青、茹志鹏。描写环境，要向《水浒》《红楼梦》学习。《水浒》写黄泥岗的大热天，只用几笔就出来了。

王汶石的一些作品开头写得也很好。

发表于《作家企业家》报2008年5月10日

叶圣陶老谈创作

聆听文学泰斗、大教育家叶圣陶老谈文学创作，那真是一种醇厚的文化享受。耄耋之年的叶老，身板挺实，耳聪目明，声音洪亮，操一口夹杂着苏州话韵味的普通话。特别是他双耳窝里的一束长鬓，犹如高山岩石中生出的两蓬仙草，更增加了他眉目中的灵灵仙气。

叶老面对全国的7位短篇小说作者，并没有列出大题目，而是驰骋文坛，统体强调语言功夫。叶老幽默地问："很抱歉！诸位写的东西，我都没看，因为我主要是搞教科书，没时间。诸位都年轻，恐怕都是从大学里出来的。都上过大学吗?"大家都笑了，回答说："没有。"叶老道：那语言功夫恐怕就要差些了。鲁迅先生最早的小说叫《怀旧》，用的是文言。茅盾先生在北大没毕业，最早写出了《幻灭》，写之前，文字上就有些功夫了。能在写作之前练练语言功夫最好。你们现在是一方面工作、写作，一方面要练。如何练法?

一、看别人的文章来练。读文章时，既看它的好处，也看它不足的地方。我看别人的文章，不管是谁，不看名字，都是从两方面看。你看这文章中这段很好，很生动、形象，这还不够，要找出这段为什么生动形象，只凭感觉是不行的，自己要有另外的设想、比较。通过比较，才能看出人家的文章真正好在什么地方。

二、通过自己写文章来练。写作前，脑子总要想一些东西，表达一个道理（主题就是道理），但这还是靠不住，因为那只是朦胧阶段。最好是写出提纲来，列出一个程序——材料、目的，然后再加以整理，再总体一看，看看缺什么、多什么。我晓得写小说的人先写提纲的不多。纸面上不写不要紧，但要写在心里。茅盾写小说是要写提纲的。中学生有句老话：我想得很好，可写出来就不行了。所以写作前，精心安排是最重要的。如果写出一段还不如下一段，就不行了。动笔之前，最好先酝酿一个时期。

在语言上，不要浪费一句话。当今的小说，大都不短（在座的李季插话：一万字以下的很少）。我说一万字也没有关系，关键是要看看你这一万字有没有必要，说不定一看就去了三千。一句话、一个动作都要有道理，都要讲出道理来，随便写是不行的。写小说要用普通话写，有的作者喜欢用点方言，我是主张用普通话的。普通话是以北京话为基础而去掉了那些太地方（太土）的东西。侯宝林说相声听得懂，而有些相声则听不大懂，主要是侯宝林用的是普通话。语言的单位叫词，要知道它该用到什么地方。我看到一些报刊，有的意思是相同的，但用到这个地方就不行了，这样一来，懂得的人知道是用错了，不懂得的就是一误再误。写作品的工具只有一个：字，这是唯一的工具。中国四个字的词，往往使用错了。成语中，有的是有地方性的。苏州有句成语：像煞有介事。后来别人写小说、文章，用进去了，把个“像”字抹去了，便成了现在的“煞有介事”，也收到辞书里了。“怒发冲冠”是岳飞说的，你如果说成“怒发冲帽”就不行了，理由只有一个：是成语。但有的也可以改，但我还不知道是哪一句。文章写出来后，最好是读几遍，这么一读，就把不适当的东西看出来了。文章要能念、能听。我所看的文章中，有的可以删去很多。最近沙汀同志在《人民文学》上发表的小说《一场风波》，用的是文件上的语言，我只提出一点意见，写小说不适于用文件上使用的语言。看文章，要注意它的思路是怎么发展起来的？一、二、三各段都存在什么关系？最后要达到一个什么目的？看完一本书后，最好能写出一段提要。鲁迅先生写的《一件小事》很简单，需注意几点：他最后看到车夫的身影变大了，而他自己却觉得车夫的身影对他“渐渐地又几乎变成一种威压，甚而至于要榨出皮袍下面藏着的‘小’来”。这是描写鲁迅急于去上班，一切都是从自私方面出发的，而他又料定倒地的这老女人并没有伤，又没有别人看见，便对车夫说："没有什么的，走你的吧。"而车夫并没理会他，但放下车子，挽着老女人向就近的一所巡警分驻所走去，也就是主动去承担自己的责任。从而对比出车夫的磊落，而他自己的自私，因而衬托出自己的"小"来。这是鲁迅先生通过这篇文章的对比面对自己的严肃批判。论写作技巧，契诃夫有几个短篇可以重点看看。中国最初的电影，是商务印书馆出的，那真是啰唆。我看到的小说中，也有这种情况，不需要讲的也讲了。鲁迅先生的《孔乙己》，如果不是用小伙家的口气说出来，那将会换成另外一个样子，因为小伙家讲的"孔乙己"，只是限于孔到小店里的活动，是通过小伙家的眼睛来表达的，即鲁迅是站在什么立脚点来讲述这件事情的。我看到在一些小说中，是"我""他"人称混合，这是很大的毛病，属于立脚点不统一。第三人称可以是"无所不知、无所不晓"，什么都可以讲，是"上帝"，而第一人称，就不能那样了。写小说的人，要懂点杂学，自然科学也需要懂些，天时地理，都需要知道一些。小说中的对话很重要。《红楼梦》中的对话是有一套。曹禺同志早期的两个剧本我喜欢，后来的就差了，如《短剑篇》。朱自清有两本游记——《欧洲日记》《伦敦杂记》，语言都很好，而他早期的一些东西，就不太好，有些做作。

发表于《中华名人艺术家》2009 年 4 月 20 日

吴组缃畅谈古今文学

（吴组缃，1908 年出生于安徽泾县。历任清华大学、北京大学教授，中国作协书记处书记，《人民文学》编委，第四届中国作协理事、顾问。1929 年开始发表作品。著有短篇小说集《西柳集》《饭余集》、长篇小说《山洪》、小说散文集《吴组缃小说散文集》《吴组缃选集》。该文系 1963 年 8 月 27 日《人民文学》在京举办的全国青年作者短篇小说座谈会上的讲话。）

谈民族化的问题。鲁迅先生最初写的小说，是受外国影响。后来他在《新文学概论引言》上说，从《肥皂》《离婚》中便摆脱了外国技法的影响。但他说“又不被人注意”。《离婚》中，他把中国古典小说的一些优秀表现方法接受过来。鲁迅先生反对作品中的“浅露”，即直接把话说出来，而强调写作要靠形象，不要靠说明、叙述。浓缩是中国小说很好的传统，每篇作品中安排一个人物，很巧妙，如同鱼肝油丸。外国有许多小说写起来不费心思，它可以把章节互相剪接，有时把一个人物中途扔掉了，随便来。《儒林外史》中的人物，有许多连肯定或是否定都搞不清楚，这就不太好。《三国演义》《水浒传》《西游记》都是大题材，开始是民间文学，在民间流传很久，后来经过大作家加工而成，影响也就大了。之后出来了《金瓶梅》，是从《水浒传》中借来的人物，但内容却转成了家事。《红楼梦》也是走的《金瓶梅》的路。大学生有迷《红楼梦》的，也有不愿意看的。而《水浒传》却是家喻户晓。《红楼梦》开拓了现实主义的路子。风花雪月可以写，但写太多了就不好。味精虽好，吃多了就会呕吐。清代有位诗人写“苔花如米小，也学牡丹开”，说明什么都在变。《水浒传》中写了那么多的英雄人物，也写了李逵、鲁智深的缺点，却感到他们更可爱。现实中的舞台上把武松、李逵的转变却丢掉了，只写他们的英雄面。武松在以前主要是报恩报德，谁对他好他就感动得流泪，后来是在卑微路上写他成为英雄。林冲是从奇耻大辱中站起来了。《红楼梦》中，对男孩子都是丑化，对女孩子都写得理想化，活泼、有见解，很可爱。书中主要写他们的客观地位。《红楼梦》的宗旨是引导人们去爱什么，恨什么，这在当时的指向是很清楚的，现在就不那么清楚了。书中是写南方的生活情景，却以北方为中心地点——北京。它是将南北糅合在一起的，如北方的炕。书中所写的诗社，那时北方不会有，因为皇帝统治得厉害，而南方的诗社很活跃，如《随园诗话》中所写的，苏州许多女子也参加诗社。在当时，这就是反封建的行为。把贾宝玉——带上歪路的，不是晴雯，而是袭人，但作者不加以评论，是用形象来说明的。把薛宝钗写得很深，主要是阶级属性高。中国的作家往往单刀直入，手快得很，一开始就把冲突提示出来，猪八戒的形象不能使人容忍，为情、为吃，又对孙悟空捣蛋，还没走出去就要回去，说穿了那就是三十亩地一头牛的思想。孙悟空英雄得很，小事他不干，而猪八戒可以去用嘴把烂泥地拱出一道路来，他还能挑担子。大胆地在批判、提示，正是中国古典小说的特色。

如何运用批判的接受？要达到这一目的，有一套手法。即不要采用主观叙述、判断来代替形象的描述。过去有的作家的个别作品，的确有叙述的倾向，不是通过形象说话。武松，主要面写他英雄，侧面写他的缺点，对他的缺点，是不声不响地写了出来。《红楼梦》中作者有时出来讲些话，使人感到混乱，有些地方又过于隐晦，贾宝玉是从母亲的肚子里生出来的，那么锁从哪里来的，有说是和尚给的，有的地方又写是带来的，但实际上是打的。薛宝钗与林黛玉争夺的是政治势力，而林黛玉最反感的就是这一点。《红楼梦》20 回前，写宝钗跟宝玉跑，那时宝钗刚来不懂贾家的规矩，后来就明白了，也不跟着跑了。写宝钗扑蝶，很美，却又写她说谎而不露的一面，这又揭示她的老练。薛宝钗的性格写得很丰满，22 回中，她既要讨家长的喜欢，又要去讨宝玉的喜欢，再以后就主动追随宝玉了。28 回中，她就敢于批评宝玉，这时候她不顾宝玉喜欢不喜欢她，而只要讨好于家长就行了。所以说宝钗是个势利眼。《儒林外史》中，有许多意到笔不到的地方，这也是中国古典小说的特点。现在中文系的学生对沙汀的作品看不懂，他主要追求的是隐晦、含蓄。太明朗了不好，太含蓄了也不好。《红楼梦》写日常生活，与过去的小说不一样，他抓出人物的意识、活动和情绪的起伏，这很像中国的古典诗词，如“送别”等。《红楼梦》中的意境是中国诗词的意境，并从中塑造人物形象。江南有句话：蒙蒙雨，洗衣裳。《红》书中是用艺术感染力将你引入特定环境中，铺垫得很大，必须得慢慢咀嚼，不能大口吃喝，这种写法是否就好，我也搞不清楚。《红》书中的丫鬟，不能互相调换，一调换就全变了，《红》书中写宝玉、黛玉开始都不自觉有爱情，当看了《牡丹亭》《西厢记》后，便改成自觉的了，这时正值春天，气候温和宜人；后来写二人大吵大闹，这时是夏天，气压低，人的情绪不稳，烦躁，后来又好了，二人畅谈了一番，融洽了，这是秋天，天高气爽，气候舒适。《红》书中主要运用对比的手法来写。以前我写小说，跟天翼、沙汀、艾芜交谈起来，都有个共同的苦处，即苦于构不成个好情节。《红》书中六七回前，是一道道往外端，到第八回，把宝玉、黛玉、宝钗的恋爱纠葛一下子都端出来了，好像是古代的园林建筑如颐和园，往里走了几道门，仍不见全面，再进入一道小门，啊，豁然开朗了。《红》书的特点，是绘画，有许多场景就是画面，如“葬花”等。所以，艺术要广泛一些。

中国古代的短篇小说很多。宋元以来，为了适应说书人的要求，要有头有尾，《史记》里的列传，有的一篇写一个人物，有的写两个，《战国策》里就写开了，一方面是历史题材，一方面又是艺术作品。司马迁写《史记》，是通过历史的记载，自身的调查，再进行提炼、加工，写出来都是活生生的，因而更典型化了。《聊斋志异》中写的都是有头有尾，有的只是几句话便写出一个人物，很精道，使人不能忘怀。凡是人民喜欢的东西，必然是精致的。《聊》书中有篇叫《于江》，文字很短，是写一个少年替被狼咬死的父亲复仇。蒲氏将狼写得很有个性，很生动，像托尔斯泰写马、写狗那样，都写活了。中国小说是讲究章法、手法的。

中国现代小说的民族化，情节是个很重要的问题。林黛玉在意识到自己是在搞恋爱后，坚决不承认是在搞恋爱。贾宝玉一说有关爱情的话，她就生气。《红》书把恋爱婚姻问题与现实环境结合在一起，揭露封建统治阶级。结构不是个外在的东西，是对现实的认识问题。我则把结构比成春夏秋冬，有开始、发展、成熟、结束，这是中国文学民族化的正反面。过去的大学生，一年级新奇，二年级热情最高，三年级即懒洋洋的了，到了四年级，即是冬天的味道了。不信在座的想想，你们结婚是否也是这样发展的？孙犁《荷花淀》写得很好，但也有些遗憾，即妇女们的思想一直没有变，还是以落后的意识起来组织妇女游击队的，这便没有了起承转合，也就没有“春夏秋冬”了。赵树理的小说《结婚》很紧密。《阿Q正传》中，先提出不准姓赵，后又不许恋爱，最后又不准吃饭。鲁迅当时是进化论思想，视“食色”为大事。这篇看起来很散，但结构很严。茅盾的《春蚕》结构就很饱满。现在有些小说，没有明显的发展过程，使人认识上模糊，不清楚，这样现实主义就打个问号。李准有些作品，概括不够，不能通过几个情节发展起来，俞平伯的文章受了批判，我有一点不同意，即《红》书62回，他画出了个图，这个住那儿，那个住那儿，我觉得这个考证有意义。

关于语言问题。中国小说的语言是讲究景物描写。《红》书中，写人物的面面观，从各个方面表现这个人物。中国小说中开始有些小情节，后面便逐级展开、发展。中国小说讲究有头有尾，但也不是绝对的，主要还是情节、人物、精细。现实主义，应该是面对现实，不能去臆想、离奇。海明威说他就站着写东西，而且还是一条腿站着，这样才能迫使自己一气呵成，不会因为舒坦而写得冗长，然后再躺在沙发上修改。

发表于《中华名人艺术家》报2010年4月20日

周立波谈创作要素

周立波是一位在现代文坛享有盛誉、深受广大读者尊崇的著名作家。他于 1934 年（26 岁）开始发表作品并参加左联。他的长篇《暴风骤雨》在现代文学中占有重要位置，荣获斯大林文学奖；长篇《山乡巨变》全景式地展示了新中国成立初期波澜壮阔的农村改革，深受读者喜爱。

1963 年 8 月下旬，他由湖南返回北京，应邀到小说座谈会上谈创作，他以自身的创作实践和对文学领域独到的探索，追古论今，收放自如，紧紧扣住写作这个主题，论及多方面创作经验的真谛，令人耳目一新。兹将他当时的讲话整理如下：

我在湖南对初学写作者讲了三个字，发挥一下要写几千字，一是经。必须要有经历，没打过仗，就不能写打仗。二是练。要有基本功。李太白很有天才，但他很用功；莫泊桑 30 岁后才发表东西，之前老师只让练笔，不让发表；曹雪芹对于诗词歌赋很有修养，40 岁前就是练。三是阅。多看文艺作品。这些是对初学者讲的，现在你们都成了作家，我再讲四个字：

一、广。在座的同志都寄了些作品，有些形象，有些性格，如牟崇光同志的《在大路上》，方之同志的《出山》，照你们的年纪，能写出这样的作品是很不错的。如果要求再高一些，严格一些，就不够了。不够在哪里？就是社会知识、生产知识不够广泛。曹雪芹写了几百个人都像（只有一个瘸子不太像），这就是知识广泛所致。我们的小说，思想光辉已经超过前人，就是知识不广。社会有社会的逻辑。有个人写小青年求爱，把腰里装的信拿错了，这是真的，后来又拿错了，这就不合情理了。文学离不开幻想，但一定要建筑在现实的基础上。不然就不真实了。要对社会上各种人都有所了解，观察所有的人。农村有各种年龄的人，有各种性格不同的人，要写他们，就得去了解他们，去调查他们。我在东北农村观察到，有一匹马的农民和有两匹马的农民讲话就不同。在乡下，落后的人，多半是老头子，但也不一定，还要看具体的人。我在乡下喜欢多看。有时听到故事很好，但写不出来，看到的没什么故事却能幻想出来。过去每年写创作计划，都没有完成，现在我就不做计划了，要是问我今年写什么？我只能说下乡，从实际出发。搞写作的人，要从长远打算，有些材料，不一定能用得上。最近我写了篇小说，是 10 年前的材料。要经常出去看看。下去后，要甘当小学生，不要教训人。五四时期的才子气、英雄气，不到群众中调查，就是失败的道路。楚霸王就是死于英雄气，刘邦是什么事都问人家。那么有了广泛的社会知识，是否就排斥幻想呢？不是。如《聊斋》，没有幻想就没有作品了。

二、深。要有深刻的社会经验，挖掘得要深。我十几年前写过一篇有关护士的小说，因为不熟悉护士，没有写成。说起来，我对工农兵是熟悉的，但就是了解得不深。生活中的模特，不要照抄，如果写的这个人一点都不假，往往写不好。文学要反映现实，但不能照抄现实。作品要求更高更集中。比如《三国》，张飞做的事情，实际是刘备做的，这样就突出了人物性格。我 50 多岁了，感到知道的东西很少，“书到用时方恨少”嘛！这次回湖南我看到五八年涌现出的穆桂英，如今都变卦了——出嫁要坐花轿，要坐又感到不好意思，这问题就复杂了，女的就怕人家说“你是自己走来的”，坐了花轿，将来就可以说“是你把我抬来的”。以前湖南男子当兵，家里人总是哭哭啼啼，像塌了天似的，“好男不当兵，好铁不打钉”嘛！现在情况全变了，都争抢着去。仔细分析一下，也是很复杂的。

三、细。观察要细。“才大如海，心细如花。”题材大，写起来要细。《红楼梦》写得那么细，却写出了大的阶级矛盾，每个人都参与到了这个大矛盾中。最近我看了《甲午海战》，这是个大矛盾，但没有细的材料，便逊色。尤其是现代小说，讲究心理描写要细。细要下功夫。以前我观察，牛常常把尾巴翘起来，是为什么？原来是它要踢一下。《红楼梦》里，写林黛玉类似性格的有几个人，但都不相同。对人的观察要五官俱到，“细细的眉毛，大大的眼睛黑头发”，这是不细。我们笔下的司令员都一个样子，主要是不细，没有特点，最多插上个恋爱故事。我知道有一个司令员好摔电话，一发急就把电话摔了，秘书就多准备几部机子，摔坏了，马上再换上。我不是东北人，不知道东北的鸟的出没规律，原来想在7月间，写一只野鸡飞到路上，被一个背枪的人打了下来，写成后觉得没有把握，便下去观察，结果恰恰相反，7月野鸡恰恰不出来。最近我写了个长辫子姑娘，写的那两个辫子飘了起来，后来观察也不是那样。幻梦与细心的观察要区别开来。“吴刚捧出桂花酒”，这是幻想，你又不能说没有。有的实反而不实。最近我看到一首诗，其中一句“把心一下泼出来了”！我看了可怕极了！写得实，看起来并不实。《聊斋》写了不少狐狸精，许多是写的少女的心情。

四、博。文学修养要渊博。中外古今的著作都要看，也不必全看，可选代表作看。《红楼梦》100多万字，过去看的人还要自己抄。天才不是从天上掉下来的，是刻苦用功所取得的，有一定创作经验的，不管是成功或是失败，都要看。写小说的，要看电影。电影简练，结构严谨，读读诗，旧诗词，用字精炼，对我们有启发。柳永的词，百多字，包含了很多内容；听听音乐也有好处，听《黄河大合唱》对写长篇有启发，一会儿声音高，一会儿又低下来，有起伏；观赏画，对写作也有好处。画家讲究素描。有人说曲波看书很少，但也写出了《林海雪原》。如果他看的书多，知识更丰富一些，能否写得更高一些呢？

我的风格的变化，首先是题材的不同。《暴风骤雨》是用了激烈的手法，而《山乡巨变》，写得既复杂又温和些，用说服的笔法多，有点微笑。年纪也不同了。原来年轻，激烈性强。语言也不同，在东北住了三年，学了点，但还不够，我自己觉得，《山乡巨变》的结构不及《暴风骤雨》，但前者人物写得深一些，我观察生活的深刻度不如赵树理、柳青二位，柳青在《创业史》中写的梁生宝就很好。

我们现在的短篇，需要研究一下，可以多学点民族化的东西。现在的小说，好像西式的多，但描写比五四时期是好多了。

在经历了复杂多变、狂风暴雨的20多年后的1984年3月，《人民文学》与《文艺报》在京召开了全国农村题材小说创作会，在会上，一位与周立波极熟的作家介绍说，周在病重期间他前去看望他时（周于1979年辞世），周对他说过这样一段话：“如果我将来能再写作，就不以历史作线索了。”可见周立波在创作实践中也是在不断加深认识和探索的。

发表于《作家企业家》2008年7月20日

也谈怎样写作

大凡对于搞写作的人来说，倘若非逼他拿出篇东西，总还可以应付一下；如果硬要他写出如何写作或写作方法之类的文章，大都要诚惶诚恐了。我曾孩提般地遐想：古代中医有秘方在握者，可以一代传授一代，代代不误，经久不衰；高超的工匠，能使自己精湛的技艺辈辈相承，辗转几世，仍负盛名，如张小泉的剪刀，王二麻子的膏药等。然而，古今中外，还没听说哪位文学大师将自己的秘诀传给他自己的后代而使众目睽睽。我想，假如存在这种可能，总会出现这般事例的。因为这是合乎情理的。这个滑稽的联想，能否反衬出写作是一种比较复杂的精神生产？别林斯基曾这样说过："两个人可能在一件指定的工作上面不谋而合，但在创作中绝不可能如此，因为如果一个灵感不会在同一个人身上发生两次，那么，同一个灵感更不会在两个人身上发生。这便是创作世界为什么这样无边无际，永无穷竭的缘故。"

工人师傅拿起图纸，能熟练地生产出同规格、同质量而数量不限的产品；农民兄弟今年会种庄稼，明年仍然会种，工程师认清了某种物质的化学结构，便能准确地分解或合成这一物质。唯独写作，虽然有成堆成岭的写作方法、写作经验的论著，但只有白痴才在写作时照着写作方法之类的书去写！不！一篇也用不上，一条也用不上，只有望而生叹而已！谢天谢地，直到如今，还没有发明出写作上的公式。不然，也要不了那么多搞写作的人了，只要有人制造出一个模式，便可成批生产了……当真那样，文艺也就消亡了。

作品不论大小，卷帙浩繁的长篇巨著也好，言简意赅的短文也好，都同科学家的创造发明一样，而不是制造。

那么，写作竟是这般虚无缥缈、玄而又玄、无章可循、无路可认的吗？也不能这么说。

鲁迅先生在提醒人们不要相信“小说做法”之类的东西时，还是提纲挈领地谈了写作中应遵循的准则。可见，写作还是有其共同规律的。我在初学写作时，没有也不可能进行写作方面的训练，只是觉得要写，便去写了。后来，才读了一些前辈的经验文章和这一方面的论著，感到茅塞顿开，心眼明亮。许多模糊的观念逐渐清晰了，许多不自觉的东西逐渐变为自觉。别人的经验代替不了自己的创作，但也能起到举一反三的作用。结合我的写作实践，主要在五个方面做了一些努力。

哪五个方面？即：多看、多听、多读、多想、多写。

多看：即深入生活、接触生活。写作的前提是生活。巧媳难做无米之炊。即使那些生编硬造的荒诞、离奇、鬼怪……也不能全脱离实际。电视片《大西洋底来的人》，是在着力描述另一个世界，又通篇脱不开现实。随着科学文化的日益发达，当今世界探讨地外生命的学者风起云涌。但还没有一位能准确断定地外生命有些什么、想象中类似地球上的人似的高级动物又是什么模样。只有宇宙飞船从月亮上带回石头，才知道月亮上的石头是什么样子。但也只是认识这一块或几块，是否还有其他样子或其他成分构成？仍是个谜。理由很简单，缺乏这方面的生活。所以，生活是写作品的物质基础，宛如搞建筑所需的种种建筑材料一样，没有是不成的。

科学家倾心于认识和揭示构成世界万物的诸种因素，并进而利用、发展和突破。虽然刻板，却又十分缜密和准确，绝不能任意随想、夸大和缩小。由于文艺是社会教科书这一崇高使命，从而决定了其研究和熟悉的对象活动是这个世界舞台上的人——各阶级、各阶层、各种类型、各种身份的人，而着重探求的又是他们的思想、感情、精神、苦乐、关系、变化等。而站在作品中的人物已经成为这一种人的典型而不是泛指的哪一个人了，因之写作中又必须采用集中、概括、想象、夸张、取舍等手法。

对深入生活、熟悉生活既要有目的、有选择，又不能猎奇、硬找。要切切实实、自然而然地体会、吸收。“长期积累，偶然得之”。我在写短篇小说《在大路上》之前，并没专门去搜集在前进道路上产生骄傲自满、停滞不前的事情和形象，也没有这样的写作打算。在生活里泡得时间长了，万花筒般的生活向你闪现出各种色彩，渐渐地，有一种色彩在你视觉中显得突出了、浓厚了、鲜亮了。这使我越来越强烈地感受到，在社会生活欣欣向荣地发展和进化中，还潜存着自满、惰性和畏缩等腐蚀剂。这是危害事业不断前进的大敌。高速航行的船体要定期清除附着在船底的贝类，不然就会影响速度；机械需要不断保养和除锈，否则就要影响转速。前进中的人是否也要不断注射“防腐剂”呢？随着感受的不断加深，生活中类似的事件和人物都更清晰地来“拜访”你了，而你又更明确地去和他们结交——这种精神状态的、那种精神状态的，都围绕着一个意境。瓜熟蒂落，写作冲动开始“咬”你了。没有办法，只有拿起笔来。

生活本身是文艺原料的唯一富矿。在对生活感受与熟悉的过程中，主题思想、故事情节、人物形象、语言……是作为一个整体注入你的脑海之中，很难也不可能进行分切，即这一次我了解什么，那一次又熟悉什么……《在大路上》在揭示那个取得了一定成就而又自我陶醉得飘飘然的生产队长的精神状态和心境时，开始只围绕着“得意”“高兴”“兴奋”“洋洋自得”“沾沾自喜”“了不起”等字眼去考虑，但总觉得平淡，不突出，缺乏个性和立体感。忽然想到生活中的人们经常把某人得意的心境说成“脆”，——“看脆的你!”“真脆!”，觉得能更切实地吻合人物身份和意境，便采用了。于是在形容了一番那个生产队长的傲慢自得的动作之后，这样描述道：“说得是！要论赵建明时下的心境，一个字：脆!”这样就把这个生产队长的形象推到他应占有的位置上了。

积蓄生活要坚持不懈、兼容并包。不能需用什么才去寻找什么——那样就来不及了。要“养兵千日，用兵一时”，到你最需要的时候，自己就来报到了。我在写长篇小说《烽火》的时候，连儿时的许多感受都用上了。

写作有专业和业余之分。对深入和体验生活，也就各有所异。一个农民作者能撂开农田去深入工厂？一个教师能脱开班级去深入战士？但这并不防害争取多接触各方面的各种人。写作应该写自己最熟悉的生活，又应该创造各种条件不断获得不熟悉的生活。

多听：即使深入和接触生活再广泛，对于宽阔无垠的生活面来说，也只能是管中窥豹、沧海一粟。当然最好是亲自体验、亲自感受，就其生活容量来说，有些可能，有些绝对不可能。男作者能亲自体验妇女分娩的痛楚？即使不孕的女作者，也无法感受。因此，要多听广采。这样感官神经将不受时间、地点、空间的制约。视野宽敞了，“触觉”可以超越各种障碍伸展开去。

作品既要给人以激励、振奋、鼓舞、促发以及美的享受，又应该是知识和哲理的海洋。写作者在这一方面过于狭窄是无法达到这一目的的。

把听到的各种有兴趣、吸引人的人和事，同亲身体验、观察、感受的人和事融会在一起，相互补充，使之丰满。在看和听的过程中，做做笔记是值得的。一是帮助记忆，二是这本身也是一种写作锻炼。要把客观的事物记到本子上，实际要有一番展示表达能力和加工本领的过程。有时候，一篇笔记竟然成为一篇作品的雏形——因为在做笔记时已经不可避免地进行艺术加工了。不过，在真正进入创作时，对笔记本的观念又淡薄了。最深刻的东西是印在脑子里的。

多读：写作不能沿袭，不能照搬，否则要跟社会上的小偷相提并论了。但写作又离不开继承，离不开借鉴。写作者本人更要富有艺术素质。如何打好这一坚实基础？多读书是一正当的捷径。一本书，就是向你展示了一个世界。这里面可以说无所不包。古今中外，有影响的，有争议的，有代表性的，争取读多一些。不必强求一致，有的粗些，有的细些。也不必强迫自己非说出读了一本书后取得了哪些收获。人不吃饭不行。不吃饭肌体就要萎缩以至死亡。但谁能说出吃了这一口或这一顿饭长在身体的哪个部位？

读书对人能起到融会贯通、陶冶磨炼的功能。

我在读作品的时候，如果发现有这方面的评论文章，尽量找来一起读。有时先读作品后读评论，有时先读评论后读书。我觉得这样能帮助理解和消化。如走路一样，原本还不知道这是怎样一条路，有人领领，就方便多了。不过，有时领路的人说法也不一样，这个说这样，那个说那样，相互矛盾甚至对立.那更好，更能帮助自己去分析、思考。

“读书破万卷，下笔如有神。”“熟读唐诗三百首，不会作诗也会吟。”听说外国有一位电影导演大师，在他成名之前，剪辑了几十部故事影片。电影制作中的剪辑，有些跟裁缝师傅相似。根据导演的意图，将影片一个镜头一个镜头剪裁连接起来。这位大师对于电影的技巧、特性、结构太熟了，所以一旦从事导演工作，便轻车熟路，一举成名。

古人以“学富五车”为饱学，也是在论证书是知识的海洋。

我还有个笨办法，有时做做读书分析。一个作品读后，把主题思想、人物和人物关系、情节、结构、语言等加以剖析。看看人家是如何突出这一主题的？为了突出这一主题安排了一些怎样的人物？这些人物为什么存在这种关系？如何运用情节来揭示典型的特征？如何运用生动、准确的语言推动人物的个性发展？为何这般穿插、起承转合？虽然笨，有时也能笨中取巧。

我喜欢在一篇东西写成后，先放下，读一气书。书便成了眼前的无形老师。读着读着，像照镜子那样，反衬出自己写的东西的不足和弱点，进而再补充、加工。反反复复，有时虽面目全非，但受益匪浅。

多想：看到听到的东西，不一定能理解，也不一定能吸收，更不一定抓住其本质。列宁说：“社会生活现象极端复杂，随时都可以找到任何数量的例子或个别的材料来证明任何一个论点。”作品是时代的镜子，是现实生活的再现，但又不是生活本身的原原本本的复制或照搬，也不是生活的流水账、清单。文艺要反映生活的真实，生活的原样又不能称其为文艺。长期以来，在文艺要反映生活的真实和生活的真实是否就是文艺这一问题上，搞得够复杂的了。不管怎么说，作品是要经过写作者的头脑这一加工厂而产生出来，这就不可避免地要经历一个加工过程。一件机械成品，要经历一个选料、浇铸、锻冶、切削、搓磨等工艺，作品的产生是否也是如此呢？

多想，是摄取外界事物后的消化过程，是艺术形象在头脑中孕育和诞生的过程，总之是形象思维过程。有时肯定，有时否定，有时立起来，有时又打倒了。经常不宣而战。经过一番搏斗，有时甚至是长期的搏斗，有的消失了，有的立了起来，再也不倒了。

想，是生活原料升华至艺术形象的必由之路。

多写：听说写作上有奇才，一蹴而就，一举成名！不知这个“一”是在什么条件下产生的。一切事物都有它自身的变化发展规律，文艺也有它自身的规律。要想获得成功，除了在认识上，对它有一个逐步从不知到知，从不完全的知、不确切地知，到比较完全、比较确切的知的过程；在实际掌握上，更有一个思想水平不断上升、生活积累不断增加、艺术技巧不断提高的过程。所以，在“一”字后面，还包含着大量还没构成“一”的因素和准备。

大多听说过的是，许多有影响、有成就的名人，都是经过艰辛、刻苦的努力才达到的。被誉为“短篇小说之王”的莫泊桑，开始写了许多文体的文章，几乎都成了废纸，后来他改为从踏踏实实观察社会的基本方法入手，练习刻画各种不同人物的面貌，并把他们各自的特点写出来，直写到稿纸叠起来有近一人高时，终于写出了《羊脂球》这样的名作，震动了文坛。这是勤奋的范例。

只要功夫深，铁杵磨成针。

文艺是写作者通过形象思维反映客观现实和人类生活的。从头脑加工厂的思维过程到奉送给社会上的精神食粮，这中间不经过反复实践是不可能的。只讲游泳章法而不下水练习，不是永远只能当一个“旱鸭子”吗？

要下水就得准备喝上几口污水，甚至还要灌个半昏。不喝几口水是不可能的。有从诞生到会走路没跌过跤的吗？多写不是盲目地瞎写、生写、硬写。多写也要严谨，但不要怕失败。失败是通向成功的必经桥梁。俄国近代文学奠基的巨子果戈理的处女作，曾受到批评家的非难和嘲讽；著名法国科学幻想作家儒勒·凡尔纳的处女作《气球上的五星期》，一连被退稿十五次之多，一气之下，他把手稿扔进火中，幸亏他的妻子抢了出来，劝他再试一次，到第十六次投稿时，才获得成功。

当然，也会碰到一些怪事：《青春之歌》是一部被广泛赞赏的著作，然而，最初给予它的待遇是退稿。幸亏一位编辑追回，才得以问世。要是没有那位别具慧眼的编辑怎么办？那就得靠写作者不怕失败、坚忍不拔的意志了。

失败了，要找找原因，假如能找出原因来，就是朝成功的阶梯上攀登了一步。

写多了能熟，熟能生巧。

刊于《济南文艺》1980年五期

创作断想

文学创作如同一座时而明晰时而又扑朔迷离的巨峰，古往今来的文豪和巨匠争先恐后沿着各自踩出的途径奋力登攀，都达到了令人惊异的程度，却都也没触摸到极顶的曙光。看来这个极顶是无限的。文学的皇冠，不是哪一代或哪个人就能轻易摘下的。

多年来，我一直在这座巨峰下踯躅练步，或跃跃欲试，或望而生畏，大有“不识庐山真面目”之恼。烦闷之余，时常提问自己：究竟怎样才能搞好文学创作？如何才能写好作品？

这是一个不少人关心而又难于回答的问题。

随着人类社会不断进展，产生了体力劳动与脑力劳动的分工。事实是，任何体力劳动都脱离不开脑力劳动，而脑力劳动也不可缺少体力劳动的支撑。随着现代科学与现代技术的迅猛发展，这种分工程度越来越将缩小，最终必然达到水乳交融的地步。而这也只能就物质生产范畴而言。

文学创作是精神生产的一个组成部分。这应该而必须同世间其他一切事物一样有其共同的规律，但又具备不可忽视的个性很强的个体劳动的特点。即使到了科学技术高度发达的自动化时代，文学创作除了一些技术手段能够吸收先进方法以外，其劳动的本质不会有些许改变。无怪乎急于追赶时髦的发达的资本主义国家有人读了电脑写出的“文学作品”而垂头丧气哩。

物质生产强调的是标准化、规范化、通用化、系列化，要求严格的模式。同一类产品、同一种部件，从设计标准、原件质量到机件结构，不管天南海北，必须严格统一。一种新产品，经过试制成功到投产，可以通过合理的工艺流程连续地、大量地生产。而文学创作则最忌任何方式的重复。它要求每个作家每一时期的每一篇（部）作品，都应该具有强烈的新鲜感。花样翻新、标新立异才是文学创作的标志。这一篇（部）跟那一篇（部），不管题材选取的角度、意境、人物、情节以至语言，都要求是独创的、第一次的。如果文学作品像物质产品那样千篇一律、千人一面，那就糟了，也就不成其为文学作品了。

文学创作永远意味着开始，而不是重复和结束。

古往今来的文豪和大师谈论创作经验的文章浩如烟海，悉心体察，也只能“会意”，不能“言传”，谁也搞不出一个具体的写作方法和尺度。包括诸多大家在内的文学作者，在从事于每一篇（部）作品的创作过程中，仍然需要经受那种自头至尾、重新开始的、苦楚的探索和实践。所以，文学创作不能传授。它既不能像王二麻子的膏药那样将配方秘传于子、媳而不传闺女，也不能像木工、铁工那样，学上三年两载，便可出徒。

在科学技术发达的今天，我们在使用电灯的同时，绝不会再去留恋豆油灯和松明的幽暗光色；在使用汽车、火车、飞机、轮船等运输工具的同时，也不会再去迷恋木轮手推车的吱哟声；在使用电话、无线电传真及卫星通信的同时，也无须再去怀念驿站、驿骑和驿马……这一切，都是作为人类社会发展标志而交付给历史，没有人再去为落后、幼稚和拙笨而喝彩。而文学作品则又是另一种情况。例如反映隔绝了多少个时代而又完全陌生的生活的著作，如今的读者读起来，不但“似曾相识”，还能心领神会，一脉相通。被征服了的读者，简直可以说产生了望洋兴叹、望尘莫及的感觉。由此，文学作品也不能用人类社会发展由低级到高级这一公式来套用。

文学创作还呈现一种看来矛盾实际存在的不好解释的现象，即从事这一劳动的人，极少是经过阶梯式的教育、培养而成才的。大学文科能造就出极其广泛的“文”这方面的人才，但不好说能栽培出作家来。苏联的“高尔基文学院”和我国的“中央文学讲习所”，也都是选拔那些在创作上有了成就的人再去深造的。同时，古今中外也不乏这样的事例：一个没进过学校大门、文化水平较低的人，却能通过大脑的思维活动流露出感染力很强的作品（这肯定离不开其他人的劳动）。

文学创作不是一剂药方的搭配，也不能用化学构成的方式来合成或分解。文学作品像一条结构繁杂、捉摸不透的“基因”，在作家那座头脑加工厂里奇迹般地孕育和形成。

这些如坠五里云雾的复杂现象，究竟应作何种理解？应作何种解释？怎样才能抓住文学创作的牛鼻子，抓住其精髓？

我们可以从中外文学史、现代诸多有成就的作家的创作活动中得到启示：文学作品的产生，首要的、第一性的、根本的决定因素不是技巧和手段，而是社会生活。作家是社会大学陶冶和造就的骄子，社会生活是作家的导师和摇篮。

不是吗？十九岁开始写作不朽巨著《红楼梦》的曹雪芹，如果没有体验不幸的人生各种滋味，如果不是经历了生离死别、悲欢离合、兴衰成败、贫富荣辱的人生全过程，是不可能写出这部传世之作的。《红楼梦》本身不是作者的自传，但作者的坎坷经历赋予了这部巨著以精髓与风韵。蒲松龄如果没有将毕生精力投入体察、了解人民生活疾苦，也不可能出现《聊斋志异》这一辉煌成就——绚丽多彩的民间传说、民间故事、民间语言，对蒲松龄来说，这些无异是营养丰富的乳汁。鲁迅先生的《故乡》《孔乙己》《祝福》等名篇，也都是他的亲身感受和经历。高尔基如果没有艰辛流浪的童年生活，也很难能出现《我的童年》《我的大学》和《母亲》等名著。列夫·托尔斯泰创作的不朽典型，几乎都有生活的原型。托尔斯泰在写完了他所熟悉的生活之后，不得不积极去熟悉其他领域的生活。巴金的《家》《春》《秋》三部曲，我们从这位著名作家的记叙中可以窥见，它们跟那个时代的生活有着多么紧密的关系……

眼前的许多事例也印证了这一规律：若一位作家对某一历史时期的经历丰富、感受深刻，他反映这一历史时期的作品便扣人心弦，受人重视。反之，或是原来的“源泉”枯竭，或是长期脱离时代的脉搏，便“吐”不出“丝”来了……即使间或有些微作品问世，也多是苍白无力的应付之作。

社会生活对作家来说，是水与鱼、土地与树木、花粉与蜂蜜的关系。

即使在文学造诣上达到了炉火纯青之境界的作家，也只能告诉你一些创作上的规律性问题。而对于作品的血肉和灵魂——社会生活，他是无能为力的。

创作的营养钵是社会生活。生活只有通过创作者本人去体察、感受（由于体察、感受的程度和色泽不同，便产生了迥然不同的作品）。从广义上讲，文学创作的果实，得靠本人去一颗颗采撷。

浅水养不成大鱼。作家的生活底子越雄厚，他在作品中越能驰骋纵横、运用自如。只有熟悉生活并从生活出发，才能写得深，写得热，写得逼真与豪迈，他在作品的深度与广度上才能得到最大限度的发挥……作家只有写自己熟悉的东西，才能写好，这可以说是不可抗违的规律。“捉襟见肘”是因为布料窄少所致；“无米之炊”的主妇也是难当的。生活之于作家何尝不是这样？

一个有出息的作家对于社会生活的吸收不能只是权宜之计，而应该是长期积累，这就要下一番苦功。一个创作人员的大脑应该是一座大型仓库——这里面堆积着人世间所需用的各种材料、各种部件和各种原料，而且要能达到“呼之即来”的程度。很难说什么时候发挥作用。可能儿时的储存，老年时期才用得上，也可能永远用不上，但必须积累。文学是反映时代的镜子。这面镜子对于人类所赖以生存的四种基本关系——人与社会、人与人、人与自然（包括大自然、人性和物质世界）、人与自我都无所不包。为储藏这般广泛的原料而设置的仓库必将是博而大之的。巴金先生在多次重要的文学集会上强调创作人员要熟悉生活、积累生活，这是他发自内心的呼喊，也是概括了一生创作道路的肺腑之言。传说老舍先生在北京住所不远有一家餐馆，先生时常步行去用餐，很短的一段路，往往要走上几小时。他沿途跟所有的熟人打招呼，闲聊，了解他们的得与失、疾苦与欢乐，人们将他视为朋友、知心人，打开心灵的大门让他窥探，无怪先生笔下的北京城能如此这般地广阔和真实。

搞好文学创作的真谛是：既要间接丰富自身无法亲自感受的生活，又要直接投身到生活的激流中，聆听新的声音，呼吸新的空气，观察新的人物，感受新的脉搏，敏锐地捕捉新的萌芽和新的变化……扎实、深厚、凝重的力作不会是浮在水面上的。

社会生活是文学创作的根基，但生活本身不等于是文学作品。正如蜂蜜来自花粉，而花粉并不是蜂蜜；奶牛吃草后能转化成牛奶，而牛奶也不等于饲草。一个创作人员，必须具备这样的素质：对原始生活经过头脑加工厂的消化、融会、想象、扩展、升华……使干瘪变为丰满，将凌乱变为统一，将单薄变为厚实，将浅显变为深沉……这是创作人员区别于他人的特殊功能，也是作家独具的“武器”。不然，社会上拥有大量熟悉生活的人，为什么不是每个人都能写出文学作品来呢？

作家从吸收生活到运用生活，不是直接的过程，而是曲折、酝酿与酵发的过程。不可能在写一篇（部）东西之前，简单地到生活中走走，就可以找出完整的人物和故事来。生活蕴藏着文学，生活中又没有完美的文学珍珠。你必须按照你的意愿、倾向和美学追求，将这些不完美的珍珠分解，取其质，重新化合成一颗满意的珍珠。这便是从生活到文学作品的质变过程。一个人具备了这种素质，便具备了创作的第一性条件；如果不具备这种条件，也就不会产生创作的冲动。

通常所说的灵感是不可捉摸而又实际存在的。灵感产生创作冲动。一篇（部）作品在作家头脑中“孕育”，往往产生在一瞬间——有时是由于一个意念而引起的；有时是由于一个人物而触发的；有时是由于一个故事而联想的；有时甚至由于一句话而起了连锁反应……偶尔得之，触发燃烧，熊熊大火越燃越旺……

熟悉、积累生活的过程，也是认识、鉴别、筛选的过程。不可能什么都塞到仓库里。那些色彩鲜明、印象深刻、激励人心的人和事必然会在“仓库”里“安家落户”；那些平淡无奇、黯淡无光的东西也必然会自行消失。任何人对客观事物的观察、理解都将有自己的角度和立足点。同一个事物，从不同人的头脑里产生出决然不同的看法与结论，这是常有的事。这就必然联系到每个人的思想、立场、观点和倾向。所以作家还得学学社会科学，以掌握正确的思想方法，以便正确地理解、吸收生活。

社会生活决定作品的成败和质量的优劣，但并不排斥经验、技巧和表现手法。恰恰相反，创作人员必须加强这一方面的修养。一个人的文学修养越高，他的创作本能便越高，这是正比。即使前面我们讲到的一些文化水平不高的作者也能产生有影响的作品，也存在着亟待提高文化的问题。他在特殊情况下产生的作品只能说明生活在作品里起着决定性作用，而不是说文化水平低是产生作品的因素。不难看出，在这种情况下产生的作品，必将经过文学修养较高的“无名英雄”的扶植才诞生的。同样一团泥巴，在不同人的手里，将会出现神态各异的形象。

不熟悉生活或脱离生活而去强写生活，必将受到严厉的惩罚而身染不治之症——或虚假做作，或装腔作势，或无病呻吟，或苍白无力……这样的作品是劳民伤财令人厌烦的，这样的教训，在我们面前也是俯首皆是。

或许有人会提出这样的问题：不是也有人写出了离他自身的时间、空间较远的作品吗？这是有的。即使是写历史，写完全陌生的事物，也有个熟悉生活的过程，只是其手段不同罢了。熟悉生活有直接和间接两种。大量的是直接熟悉。即使采用间接的手段，也必然吸取前人所直接感受的成分。

创作人员对生活的熟悉形式，也应该是多种多样、因人而异的。过去在很长的一段历史时期强调深入生活的实质是对的，但在具体做法上，肯定有生硬和不妥之处。以往，一个政治运动来了强调要去深入配合；熟悉农村生活的强调要去写工业；把题材分成等级并设置禁区……这就迫使创作人员不得不产生一些政治加技巧的应景之作。这类货色，既无生命力，也不能赢得读者的信任。

当然，也应该看到，时代在发展，生活在波澜壮阔地轮转推移，现实要求我们更广阔地开发和表现生活，我们不能像古代文人那样局限于自我那块小天，应该努力去熟悉那些我们原不熟悉的、重要的生活，以讴歌时代的强音，这也是人类灵魂工程师责无旁贷的义务。

1983年5—6月间于济南

生活是创作的母体

在生活面前，我永远是个孩子；在创作面前，我永远是个学生。

生活是慷慨的，她毫无保留地将乳汁馈赠给辛勤探求的劳动者；生活又是吝啬的，她鄙夷那些浅尝辄止之人；生活更是无情的，她鞭笞那种投机取巧、将攫取的点滴生活加以扭曲而变为个人资本的无耻之辈。

生活是无边无际的海洋。生与死、苦与乐、善与恶、恩与仇、破与立、进与退……构成了洋洋洒洒的生活画卷。谁在这个海洋里下的功夫深，谁的收获则硕。

生活的发展是迅猛的。生活的变化是急骤的。生活的色彩是多变的。一个真诚的创作者，应该执着地追赶生活的脚步，把握时代的脉搏，以期写出无愧于我们伟大时代的篇章。

很难说清我是怎么开始创作的。既不是朦胧，也无明确的安排，大概还是生活引导的结果。生活中的强音、色彩不断在头脑中集结、凝聚、丰富，最后迫使你再现出来。有的用口述，有的用笔写。我属后者。

开始创作之后，我不敢怠慢于生活。做编辑或其他工作的时候，我总是想方设法挤出一些时间，到生活中去，到我熟悉的家乡中去，跟父老兄弟一起滚打，跟时代一齐前进。五十年代中期的一批短篇小说，便是在这种情况下产生的。前年，我见到了二十多年前指导过我的、从未谋过面的上海的一位文学界老同志，他开口说：“我记得！你的稿子很有生活气息!”我感到慰藉。我感到这是对我的最好的鞭策与鼓励。

我还要说，尽管我们党在几十年文艺发展历程中有着这样那样的失误与挫折，但党历来重视文艺工作者的深入生活问题。党召唤作家深入生活、接触生活。我有幸在党有组织有计划的安排下到家乡一个公社任职。还要说的，是我有一个支持我在事业上驰骋的家庭。爱人甘愿离开从未离开的城市随同我到艰苦的乡下一待八年。老母也情愿同往。虽然那是大动荡的年代，由于身在基层，我还是接触了人民。在那人鬼难分的岁月里，我认清了哪是善的，哪是恶的，哪是美的，哪是丑的。透过现实，也深入地了解历史。描写抗日战争的长篇小说《烽火》，许多营养是在这段日子里汲取的。就说《站在历史面前》这篇小说吧，也同样是生活的结晶。我奉《人民文学》之命前往牟平县采写报告文学，无意中听到一个老支部书记的一段插曲。没有生活的启迪，就我目前的思维范围，怎么也想象不出小青年希望支部书记有专用直升机那种意境。

一个正直的、有良心的作家，应该扎根于生活；应该是一个善良和美好事物的极致境界的追求者、发现者和歌颂者；应该为人民立言、为民族振兴而呐喊呼号。正如俄罗斯文学大师托尔斯泰所说的：“如果把笔尖放进墨水瓶里的时候，不能够留下你的血和肉，那就不要写。”

1984年5月于胶东

作协山东分会第一期青年作者读书会总结

我们全省文学青年读书会，历时一个月，今天就要结束了。文联和作协让我做个总结，现在主要想就读书会本身的情况，我们在学习中讨论的和当前大家比较关心的几个问题，以及对大家今后的希望，谈谈个人的几点意见。错了，我自己负责。

这次读书会是从培养文学人才的长远利益着眼，按照作协的工作计划，根据我省文学青年的学习、创作等方面的具体情况组织的。在筹备过程中，省文联党组非常重视，专门开会研究了读书会的内容、程序和其他准备工作。文联的几位领导同志，在百忙中为我们认真备课、亲自授课。各地、市、军区有关部门和一些报刊编辑部，以及学员所在单位，都对这次读书会给了大力支持。保证了我们读书会得以顺利进行。

我们这次读书会的 32 名学员，来自全省各地的各个阶层。其中工人 8 人，农民 4 人，解放军 4 人，文化系统（包括从事专业创作者）12 人，机关干部 3 人，教师 1 人；男 26 人，女 6 人；年龄最大的 36 岁，最小的 22 岁。在创作上，有的同志起步早些，有的起步晚些；绝大多数同志都已发表过作品，并且有的已在全国产生一定影响。

一个月来，我们按照学习计划读完了 7 种书，听取了 5 位教授、7位作家的辅导报告；《人民文学》编辑部的同志到会介绍了全国当前的创作情况和编辑部的工作情况；除我们自身的创作体会交流之外，还和一些报刊文艺编辑、大学文科学生进行了交流。此外，还学习观摩了一些优秀电影、演出、电视，听取了有关电视文艺创作的介绍等等。

在整个学习过程中，大家认真刻苦，积极努力，体现了“侧重读书，增长知识，打好基础，开阔眼界，总结经验，鼓足勇气攀登创作高峰”的指导思想，达到了预期的目的。

下面，结合一些个人的想法，着重谈一下这次读书会的主要收获和不足的地方。

一、打好基础是搞好创作的前提。作协在请大家来济南之前，考虑到我们可能选择的形式，不外乎这么几种：一是侧重于读书学习；二是形成一个创作学习班，专门加工稿子，或选取中、长篇中的一种进行讨论修改；三是采取参观采访的方式走出去；四是搞一个创作座谈会，讨论研究当前的创作思想和作品。最后，经过再三考虑并通过去北京取经，才选定了侧重读书这种形式，所以叫“读书会”。因为多读书，读好书，打好基础就等于给创作施“底肥”，有利于今后长远的创作。如专门就稿子改稿子，固然当时能见成效，那只能是施“激素”和“化肥”。虽然也有好处，但长期用这个办法，土地就会板结，不利于长远的“种植”与“收获”。打好基础读好书，正如同志们在讨论中讲的，是“带有战略意义的学习”。尽管时间短，我们还是有选择地精读了一些优秀作品，对古今中外创作和理论的一些方面，有了一个初步的了解。尽管同志们的基础、经历和创作实践不尽相同，通过这次活动，还是各自有了一定程度的提高，不同程度地增厚了创作基础，加深了艺术修养。有的同志说：“这次读书会，是我今后继续创作的加油站，将对我今后的创作道路产生极大的影响”；有的同志则通过读书学习和创作交流，看到了自己创作中的长处，找出了不足，明确了奋斗目标，决心大干一场，创作出无愧于时代的作品来。总之，大家普遍感到，通过参加这次读书会，无论在思想上还是创作上都有较大收获。

二、搞创作要站得高，看得远，写得深。高尔基在《和青年作家的谈话》中指出：“我主张文学高于现实，能够稍稍居高临下地去看现实。光描写现存的事物还不够，还必须记住我们所希望的和可能产生的事物。必须使现实典型化，应该把微小而有代表性的事物写成重大的和典型的事物——这就是文学的任务。”这里，实际上高尔基就是谈了一个搞创作要站得高、看得远、写得深的问题。由于大家长时期生活、工作在一个地方，较为闭塞，对生活的现实和感受，受到了一定程度上的局限，加之在理论上对如何真实地、本质地反映生活存在着不同认识，这就不可避免地会在创作上产生某些方面的片面性，妨碍了对客观生活的正确反映。如有的同志在交谈中提道：过去，考虑的老是今天该写这，明天该写那，往往自觉不自觉地受创作上的动向、气候的支配，而单单追求现在写什么最吃香，致使创作上形成赶风向，赶潮流，结果作品流于概念化，赶来赶去还总是赶不上。什么原因呢？这就涉及一个作家要在忠实于生活的基础上，努力提高观察、分析生活的能力，概括生活和揭示生活本质的本领问题。文学的真实性要求作家从社会生活的各种联系和矛盾的发展中去把握生活真实，去揭示这种生活真实的必然性与合理性。通过学习座谈一些名著，以及进行理论辅导，使大家在对这个问题的认识上，有了较大的提高，认识到所阅读的这些文学名著之所以成为名著，就是因为这些作家站得高、看得远、写得深，就是因为他们在忠于生活真实的基础上，深刻地揭示了生活的本质及其规律。有的同志讲：今后不能单单追求写什么了，要好好考虑应怎样写，怎样才能提高观察分析生活的能力，提高概括生活和揭示生活本质的本领，以期写出脱离公式化、概念化，给人以激励，给人以美感，促进“四化”建设的作品来！我们说，这个转折本身就是一大进步。

要做到站得高，看得远，写得深，深刻地反映生活及其本质规律是很不容易的。通过读书学习，大家意识到从事精神产品生产、做“灵魂工程师”的艰难感。有的同志谈道：过去发过一些东西，有时自己认为是比上不足，比下有余，也还说得过去，通过这次学习，感觉到自己不行了，要求太低了。起点低了，就很难向高处发展。这里，我送给同志们两句话，创作是“苦海无边，其乐无穷”；创作有甘苦，甘在苦之中。每个搞创作的人都有自己的苦衷，这是共同的。“屈原放逐，乃赋离骚，左丘失明，厥有国语，孙子膑脚，兵法修列”。成功的因素，百分之一是天才，百分之九十九是汗水，是勤奋。

三、文学青年要有事业的紧迫感与责任感。这次读书会后期，无形之中，大家都觉得有点坐不住了，都感到了一种潜在的压力。有的同志讲：“参加读书会，就像给自己狠狠地抽了一鞭子，逼得你非向前猛跑不可，再不能麻木地看待自己了”；也有的同志找到自己起点不高、作品思想性不强、表现力差的弱点后，充满信心地表示非写出好作品不可。总之，大家在思想上都进入了“起飞状态”，这是很好的。作为一个文学作者特别是青年作者，应该有点雄心壮志。我们山东，自古是英雄辈出之地。春秋之际孔夫子，举世闻名；三国之时诸葛亮，名传千载。我国诗歌长河中的两大潮流“豪放派”和“婉约派”的代表辛弃疾和李清照，再加上后来的小说大师蒲松龄，都是山东人。魏晋南北朝时期的大文艺理论家、《文心雕龙》的作者刘勰，虽然“世居京口（今江苏镇江)”，但其“祖籍东莞莒（今山东莒县)”，还有清代名著《桃花扇》作者孔尚任，现代文坛上的一代豪杰王统照、臧克家、杨朔、赵丹，当代的贺敬之、骆宾基、冯德英、雁翼、严阵、峻青、胡可、吕剑、陶钝、马少波、刘真等，都是我们山东籍。我到北京，好多人称赞我们山东人才多，有力量。作协有个初步想法，打算在适当时机请些山东籍的作家来走走“娘家”，推动一下我们的创作。在创作这方面，我们是有信心的。我们现在的情况是群山嵯峨，缺少异峰突起。希望大家创造这个高峰！

四、博采众议，航线才能开阔；独立思考，方能借风扬帆。这次读书会的辅导，十几位老作家、老教授从各个不同方面给我们讲的课，仿佛让我们饱餐了一顿内容颇为丰富的盛宴，真是花样齐全，风味各异，美不胜收。这样安排，目的是想使大家从多个方面受到启发，从多个角度开阔视野；学术讨论中的观点并不等于读书班的指导思想。至于如何理解，消化其中自己最易于吸收的营养，来进行创作实践，则要经过自己缜密的思考。艺术的各种样式、各种领域都是互相联系、互相交织着的；对授课辅导中的同一事物的不同解释，都要经过自己的分析比较和独立思考判断，才能获得最大的教益。这次读书会，我们事先就讲不划框子，不定调子。应充分发挥自己的主观能动作用，可以博采众议，也可以各取所需。

五、关于生活和艺术的关系。生活与艺术的关系，生活真实与艺术真实的关系，生活美与艺术美的关系，是大家在写作中处处碰到的，也是一个一直不好解决的问题。这个问题，虽是“老生常谈”，但多年来一直是一笔糊涂账。有人强调我是从生活出发的，我写的就是生活，但是作品出来为什么还会遇到各种各样的质疑？如果写了一个医生，医务界就有人说：“我们医生难道是这个样子吗？”如写的是教师，教育界马上会有人出来反对：“我们教师难道就是这个样子吗？”五十年代，六十年代，用“生活真实”的幌子，棒杀了不少的作品，这当然有文艺上的极“左”思潮的影响，但也同时说明，艺术与生活的关系，长期以来未得到很好的解决。我们说，生活并不等于艺术，生活的真实并不等于艺术的真实，生活中的美也并不等于艺术的美。生活的海洋无比广阔深远，无比丰富生动。但是，生活是丰富的，它又是芜杂的，是有待于分析鉴别的；生活是博大的，但也是分散的，是有待于集中的；生活是深厚的，但也是有待于开掘的。总之生活是复杂的。在生活中，真和假混在一起，新生和衰老混在一起，激流和泡沫混在一起，出类拔萃和平庸俗凡混在一起……因此只有经过作家、艺术家的感受、理解、选择和改制，才能围绕着生活的本质把有关的现象组织在一起，保留生活的真实性，去掉它的芜杂性，从而使固有的真、善、美能够更清楚、更明确、更强烈地显现在人们面前。这也就是通常所说的对生活进行加工提炼，从而提示出生活的本质规律，把生活中的美集中概括地通过艺术形象表达出来，从而使美的更美，丑的更丑，使美丑交织在一起的事物显示出美代替丑的趋势。前面说到写医生、教师受到指责，那么就要检查一下所写的医生或教师，是否写出了本质、规律性的东西？美的东西？这里说的美是从美学角度讲的，即无论生活中的美还是生活中的丑，经过艺术家加工，赋予了审美的使命，得到了美的表达，都可以变成我们审美的对象。美不仅可以反映社会生活中已经存在的美的现实，而且可以表达生活中产生美的愿望和理想。如果不是，那证明你写的医生、老师违反了文艺的真实性；如果是，那就是指责你的人缺乏文学常识或别的什么原因，对你的作品的指责是没有道理的，因为你写的医生、教师是符合文艺真实性和审美观的。这里还必须着重指出，文艺的真实性还必须与倾向性统一起来，否则就要导致文艺创作的“自然主义”“自由化”的弊病。比如，这个医生或教师客观存在的这个问题，你是带着什么倾向，用一种什么指导思想去反映他？通过反映他要使读者受到什么启发？使读者从中领略些什么？这是至关重要的。我们说，社会主义文艺的真实性与倾向性应该是统一的，不可分割的。前段组织作者参观访问，有个同志在出发前讲，在他们那里好东西不多，坏东西不少，什么都是一塌糊涂。可通过参观，进一步观察分析，进一步感受和理解，他的说法变了。他讲我们这个社会制度还是毋庸置疑的，要的应是巩固、改善。他这后一种说法一旦表现在作品里就是艺术的真实，因为它代表了真实生活中的本质规律的东西，前者则不是。凡事都得有个辩证的观点，一个事物好，并不是完美无缺；某些存在着坏的成分的东西，也不等于一团漆黑。有些片面的观点之所以产生，是因为缺乏这种辩证思维的方法，错把局部当成整体。把生活中一些非本质规律的东西当成本质规律的东西，这样反映出来的生活貌似真实，实际上是不真实的，甚至是歪曲的。这一点我们一定要注意。

六、文学工作者要提高自己的民族自尊心和自信心。人类自身的发展表明：历史总是在向前发展的，社会总是在前进的，人类总是在向上的。有人曾问我："你觉得我国八十年代的前景如何?"我说前途光明。我说这话是有根据的。清末，八国联军用洋枪洋炮打进了北京，我们没有亡国；外国人骂我们是劣等的"东亚病夫"，我们也未被骂杀；日本侵华八年，但中国还是中国。这些事实表明，我们中华民族是灭不了的，是有希望的！当然我们当前有许多困难，但是，困难是相对的；和五十年代、六十年代的困难相比，是不一样的。八十年代，人民对于生活的要求，是提高了还是降低了？我看是提高了。现在的电视机、录音机、洗衣机，在家庭生活中已不是不可能的了，将来还会有个电冰箱什么的。所以我说前途是光明的，社会是要向前发展。也可能会再出悲剧，但仍然扭转不了向前发展的根本趋势。人类就是在动荡的、曲折的斗争中发展到现在的。所以看历史要看大的发展，看生活要看大的真实。我们从事社会主义文艺创作的人，必须增强自己的民族自尊心和自信心。

七、关于暴露和歌颂。我们说，我们的现实生活是光明的，因此我们的文艺就应该大力歌颂光明；但我们的现实生活中又存在着落后甚至是阴暗的东西，那么我们的文艺就应该予以暴露。歌颂和暴露是我们革命文艺的两大武器，毛泽东同志早就指出过这一点。应该指出，在我们党领导的社会主义国家里，还是以光明为主，所以我们社会主义的文艺当然应以歌颂光明为主。我们说，在坚持四项基本原则的前提下，该歌颂的就歌颂，该暴露的就暴露，这是对的，无可非议。但是，那种悲悲切切的时代已经过去，新长征的浩壮局面已经展开，在这种情况下，作为作家艺术家就有一个考虑作品的社会效果的问题了，就应该从生活出发大力歌颂光明，歌颂正义的事业，歌颂"新的人物，新的世界"，歌颂"真善美"，鼓舞亿万人民大干"四化"，推动社会前进。即使是属于"暴露"的作品，也应该起码把握住这么一点，那就是要通过暴露阴暗，使人们认识到产生阴暗的根源，接受其中的教训，从中揭示出用光明取代阴暗的必然趋势，使人们产生消除阴暗、战胜阴暗的必胜信心。如果不是这样，而是为“暴露”而“暴露”，纯客观地“暴露”，不求真实性与倾向性统一地“暴露”，那是创作“自由化”“自然主义”的表现，那是我们作家艺术家所不足取的。试想，一个作品如果让人一看就松劲，感到没出路，想死不想活，那么你暴露得再好，再“真实”，再“感人”，其意义又在哪里呢？于我们的社会何益呢？我是个党员，我认为搞社会主义有前途。所以对待歌颂与暴露这两个武器我们应该正确地使用。

八、关于“意识流”到底是个什么东西？它在文学创作中到底起什么作用？在我们的文学中，究竟应该占何种地位？这些也是大家所关心的问题。“意识流”这一名词，最早是美国一心理学家提出的，特指人的思维活动中一种下意识思维幻觉。即是说，人对客观事物的感觉会造成一系列深浅不同的印象，这些印象往往不自觉地像河水一样地流动着。后来美国一个作家将这种说法带入文学，逐渐形成一种表现手法。这种手法二十世纪初在欧美日益发展传播，形成了一个文学流派，其代表作是海明威的《老人与海》。我个人的看法，意识流作为一种表现手法，可以吸收，借鉴。传统表现手法能吸收，借鉴，它为什么不可以？但也不能把它说得神乎其神，好像一拿过来，中国文学就上去了。它只能是文学中的一种手法与流派，决不可取代现实主义的创作手法。深刻地反映现实，真实地表现历史和典型地塑造人物，还是现实主义。中国自己的民族文学传统，谁也取代不了。

“意识流”这种手法，我们过去实际上都在自觉或不自觉地应用着。屈原、李白和李贺的诗，天上地下，无所不至，实际上也是顺着主观思维活动的意识流动来写的，至于苏轼的“明月几时有，把酒问青天”，则更明显了。我的短篇小说《在大路上》，写生产队长下车后想到的那些，自己当时并没意识到什么，现在明白人告诉我说，那就是“意识流”。这种手法可以用，不过要脉络清晰，教人看得懂，恰到好处。别让人看了半天还不知道说的是个什么玩意儿，像啃天书一样，要是那样，倒还不如回家看看花、栽栽草去。

九、几点希望。这次读书会，尽管收获很大，但也存在着一些不足之处。如在讨论问题时，有时还不够热烈，缺少学术争鸣气氛；后期由于一些内外因素的影响，不如前段紧张。这些与作协的组织领导有关。希望大家回去后，要妥善处理好工作与创作的关系；只有搞好本职工作，有一个使你心情舒畅的环境，才是搞好创作的保证。我省写诗的丁庆友同志，在冠县县委办公室工作，由于工作关系处理得好，所以创作上是果实累累。县委书记常对他说：“老丁，今天晚上没你的事，你回去写！”办公室主任、秘书有时主动地分担他的工作，给他腾出时间。省四届文代会后，县委常委集体开会，听他的汇报，县里要独自给他出诗集。我们曾建议县委调他到文化馆专门搞创作，书记就讲，这大可不必，他在县委办公室，高屋建瓴，更利于创作；写东西我们给他时间。业余创作，业是业务工作，余才是你自己的。

十、最后一点，讲几句现在不大讲的话，就是要切记戒骄戒躁。这是很值得重视的。大家都在基层的一个具体单位，发了点东西，不要就自以为有什么了不起了，要注意谦虚谨慎。现在大家都充满了信心憋足了劲，决心回去要大干一番，这是好事，但也不要急躁。要扎扎实实，不能“拔发登山”。中国有句老话，叫作“欲速则不达”，是很有道理的。

最后，祝大家的创作，出现新的飞跃与突破！愿同志们在人生事业的旅途上，自强不息，勇敢地探索与追求，否则，你终生所追求的文学伴侣，将毫不犹豫地把你抛弃。

1981年1月4日

刊于作协山东分会刊物《创作与学习》1981年第一期

对选材的一点体会

今年春节后，领导交给我一个任务：拍一部表现微山湖的短纪录片。

作为纪录电影来说，题材的选定大致不外乎两种：一是通过调查研究，发现新的、典型的并足以表现的事物；二是根据总的宣传报道要求及地区的平衡，加上所掌握的可靠材料而拟定。一般来说，新闻机关是以这两种选材方法相辅而行的。我接受的题材，是属于后种形式的。换言之，是先出了题目的。

对于微山湖，我以往没接触过。但从文学作品及闲谈拾语中，即从间接方面，它给我的印象是相当好的。带着好奇的心情，我来到微山湖上进行采访。

那是冬日正浓的季节。来到微山湖时，正值刮大风，湖中掀起了大浪，湖水全是黄色，一眼望去，光秃秃的，除了一湖黄水外，就是散散的渔船。对于渔民来讲，这正是生产的好时机，然而从电影角度考虑，觉得单调、乏味，就看到的和预料到的未来的一些材料，觉得搞成纪录片也还勉强。来时脑子里形成的印象破灭了，找不到那些动人的色彩和画面。怎么办呢？领导将题材已拟定好了，但总觉得实际情况不大合于预期。这是矛盾。到微山后，我对“微山湖”的概念才明晰了。原来微山湖只是南四湖的统称，实际是由微山、昭阳、南阳、独山四湖组成。既然是四湖，一定也有其各自的特点吧？我决心再进一步进行探索。这个想法，得到了领导上的支持。我便沿着四湖进行了采访。通过观察、了解、比较，发现南阳湖是较理想的地方。首先，这里生产搞得好，各种生产数字都跃居首位，这在选择典型方面是能站住脚的。其次，此处物产丰盛，不但能捕鱼，还有许多珍贵的特产，许多形象，从电影角度考虑，比之微山湖是优越得多。这样，从四湖中，初步选定了南阳湖。但就南阳湖来说，到底表现些什么呢？那里大的分类即有渔业、湖业、副业等，如果具体分，将有几十种之多，每一种都有一定的价值、特点与特性。但作为一部短片来说，如何容纳得了？这时，我碰到了像之前许多次所碰到的情况那样：当地党委极力劝告你把所有的东西都包括进去。因为——他们强调说，这些都非常重要。的确，许多形象是动人的，也新颖，但总不能包罗万象呀！过去的多次失败给我们提示了一条有益的教训：包罗得越广，越显得不深。似乎这是个反比的规律。而有时当越不深时，则越加材料，就使之越广，像是面多加水，水多加面一样，越搅越稀。接受了这个教训，我便定了个目标：通过一点来表现全面（自然这是由电影的长度及要求的格式所主宰的）。要选择出这个“点”来，必须得抓住当地有代表性的东西，不然，则达不到反映面貌的目的。同时，这个“点”，还得符合对影片格调的要求：轻松、抒情、优美等。又经一番深入采访，视线便集中到鸭子身上了。我发现那里在养鸭方面很有特色，历史悠久，颇负盛名，影响极大，新中国成立后，有了许多发展，特别那时正贯彻中央农村人民公社60条，社员的公私养积极性很高，收入极大。于是，便毅然地“啃”住了这条线。以此为线，将孵化、小鸭、大鸭、收购、松花等贯穿起来。但有了线还不行，还需要有个东西，这也许就是电影同行中流行的所谓“种子”吧！便想通过这一些东西，体现党的政策深入人心，并体现一个国家、集体、个人三者之间的关系。当然，这些想法不是通过说教，而想以艺术手段渗透进去。为使人们对南阳湖的全貌有个印象，又加上了个小序和大尾。至此，脑子里的电影便“渐显”了。

后来，领导和同志们大致肯定了所选的材料。至于现在的影片有待于群众进一步的鉴定。

通过这一题材的选择过程，对我的启示是什么？

从字面上看，艺术领域中的“真实”与新闻纪录片中的“真实”是相同的，然而，两者的含意却迥然不同。要求艺术领域中的真实，是广阔的历史真实与时代的真实，反言之，是大的真实。其中具体的人物、事件、情节、结构等，是通过虚构、综合、制造、想象等产生出来的。新闻纪录片中的“真实”，则是具体的真实。它不允许丝毫的虚构、假造，而只能在广阔的现实中进行严肃的调查、对比、选择。它不准你随心所欲，也不让你动手动脚，而只能按照它本来的面目去表现。所以，在开玩笑中常说纪录片是“两栖动物”。因为它既要求对生活做艺术上的处理，又要保持新闻中的绝对真实。否则，它本身也不存在了。因此，开始的选择是很重要的。这个选择，即调查研究，或叫深入采访。如果选错了，像下棋开始错步一样，其后果可想而知。回顾当初，如果在看到微山湖的情形后提着包包回来了，至少在当时是扔掉了一个题材。所以，我想，领导尽管制定了详尽的计划，但并不排斥再深入。相反，更得更勤恳地去调查了解，看理性（上面）与感性（下面）是否能统一起来，如果统一，又是否能拍出好电影来？因为电影有其所长也有所短。譬如说，拍最高明绝妙的象棋赛，也不会比拍一般的乒乓球赛动人吧？

如果说《南阳湖上》在“抓”题材上走的路子还算对，大约也就靠这点倔劲吧！

刊于《创作通讯》1962 年第一期

为《作家报》编辑寄语

渊博的知识，精到的鉴赏功力，敏锐地对历史现实的深刻洞察，甘做人梯的奉献精神，高尚的助人为乐品格，坚实的语言文字功底——这似乎是上帝赋予合格编辑的主要元素。其次，还要有激情。还要有胆识。

编辑是园丁——集栽花人、浇花人、护花人于一身。编辑，理解他人而又往往不被他人理解。

编辑似乎是“为他人”的同义语。编辑理应受到尊重。

刊于《作家报》1989年3月7日第3版

《作家报》寄语

亲近与敌视，拥抱与鞭笞，褒与贬，爱与恨——都是文学的伴侣。文学是复杂人生的一面镜子，文学是复杂人生的代词。

发表于《作家报》1991 年 3 月 28 日

《当代企业家》停刊致读者

创刊五载，文章千篇。应运于改革大潮而生，适应于形式发展而终。深怀惜别之情，向全国已经在本刊宣传过和还没来得及宣传的企业家、广大读者、关心本刊的同志和朋友告别。

有幸于以这块文学阵地，为决定中国命运的改革开放擂鼓助阵；有幸于为全国企业界的诸多劳动模范、模范党员、五一劳动奖章获得者、优秀厂长、经理、最佳农民企业家树碑立传、展示风采；有幸于受到全国文学界朋友的注目以至获得种种荣誉和奖励；有幸于被评为山东省1988年优秀期刊——

人民的全局事业高于一切。我们全体同志愿在今后各自的领域和岗位上，为党和人民再做出新的成绩。

刊于《当代企业家》1989年第12期

亦师亦友

YI SHI YI YOU

来自人民　溶于人民

演员—作家—总经理

沂蒙山的艺术骄子

信任与自信

陈显荣印象

为了未来的春天

文奇者，秀也

来自人民　溶于人民

——记作家刘知侠深入生活的片断

“人民的作家，离不开人民。”这是作家刘知侠刻在心里的一句话。他曾以惊险、曲折和具有浓郁传奇色彩的《铁道游击队》赢得了国内外读者的好评。他的短篇也颇具特色，扣人心弦，催人泪下。这些，正是他长期与人民同舟共济的结晶。哪知，正在他年富力强、多产多收的季节，却被缚住了手脚，抛掷到污浊的境况之中。

就在“文化大革命”的年头里，他白天、晚上都在想，想牺牲了的先烈，想战火中滚出来的战友，想支前的民工，想往伤员嘴里喂饭的沂蒙山区的老大娘……人民哺育了他，教育了他，他忘不了人民，他要回到人民中间，终生讴歌人民……面对着白白流失的岁月，想到他早已动笔的创作计划被无端地弃置在一边，他的心像被绞了似的发痛。浓重的云层闪现出一缕缕亮光。他像当年迎接胜利似的跳了起来。“文革”中期，他被落实政策，摘掉了强加在他头上的一顶顶“帽子”，然而他仍没有工作。他如一条离水的鱼，急切地想游到人民的海洋中去。他非常郑重地提出，要去深入生活。谁知换来的是讥讽和嘲笑：“吃一升豆子，不知腥气!”“破了疮疤忘了痛！何况这疮疤还没破咧!”那时不少人心灰意懒，对前途失去信心，而他却固执地沿着自己的信念前进。

省里要组织工作组，到农村调查生产情况，他兴高采烈地报名：我算一个！他怀着久别重逢的心情，来到人民中间。使他惊讶的是，农村跟城市一样，被“四人帮”糟蹋得不成样子：生产萧条，人民生活困苦，优良的革命传统被破坏了。这更激起了知侠的创作勇气。他暗下决心：必须把党的光辉形象恢复起来，必须把革命优良传统树立起来。他酝酿已久的鸿篇巨制，不正是展现这一崇高的主题吗？他结合工作，抓住一切机会接近人民，同群众聊天，交谈，询问他们的疾苦，一起追忆往昔的欢乐和忧伤。他像蜜蜂似的在人民群众中飞来飞去，汲取营养。要知道这还是在一九七三年哪！

他曾高高兴兴追寻着当年的战斗足迹，访问了沂蒙山区。这里，是他与人民群众生死与共的地方。他在这里发动过群众，打过游击，领导过文工团，还带领战士在敌人残酷扫荡中突过围……他的许多篇脍炙人口的小说，如《铺草》《风雪之夜》《张大娘》《向导》等，都是这里的战斗纪实。在这里，他又见到了那些老支部书记、老房东、老游击队员和当年扛红缨枪的娃娃们。他们像接待亲人般地接待了他。个个又喜又惊：“怎么，你还活着？”他诙谐地答：“这不是还在喘气吗？”那时候，有关他的一些吓人的传闻，不胫而走。房东老大娘拉住他的手说：“我偷偷为您掉泪。当年，生活那么苦，敌人那么凶，你们挺着身子都过来了。如今，这是怎么啦？”他爽朗地答道：“大娘，这不是挺好？正是党和人民给了我信心和力量。”人们问他：“你还想写书。不怕新账旧账一起算？”他答：“中国的历史总是要朝正确方向前进的。”知侠跟人民建立了鱼水相依的关系。战争年代，他多次被人民群众拯救过生命；十年内乱，又是人民把他从死亡线上拉了回来。他常常在心里默念着：“没有人民，就没有自己的一切；失去了人民，也就失去了一切。”所以，他在家里有个不成文的规定：凡是老房东来了，我吃什么他们吃什么，要住多久就住多久，必须跟亲人一样对待……

青年们悄悄对他说：“没有书看，没有戏看，没有电影看……翻来覆去，尽是那么几个，枯燥死了！”知侠心里隐隐作痛：我们有负于人民啊！他的那部长篇《淮海大战》，是描写淮海战役的巨幅画卷。要不是种种原因，也许早已问世了。他暗下决心，不管前进路上有多少暗礁险滩，也要把它写出来。他如饥似渴地与亲人促膝谈心，努力丰富创作素材。

不久，在多方面的争取下，知侠又来到全省最困难的地区之一——邹平县的一个公社蹲下来，继续深入生活，构思长篇提纲。他选择这里，是因为这里比较僻静，不大被人注意。当时，政治气候极不正常，时阴时雨。有些爱好文学的青年从远地而来，要求他辅导，他都热情接待，细心指点。人们不会忘记，那时的“三突出”创作理论，还红极一时，几乎取代了所有创作原则和创作方法。知侠每次总是坦诚地说：“我只能对你讲讲我自己的一些创作体会，供你参考。”对方也总是会意地点点头。

一九七六年，知侠为了扩大生活视野，又收拾行装，来到东海边的一个小岛上。这里有一个只有百来户人家的渔、农兼营的小村。老一辈的人们，在旧社会，大都经历坎坷，逃荒躲难，来自四面八方。他来到岛上，就跟群众打成一片。筑坝、整地、植树……他跟社员一起挥镐，一起抬筐。休息的时候，他被男女社员围拢起来，讲述他正在构思的长篇中的故事。他还把党支部书记杨玉娥同志的模范事迹，系统整理了一下，到学校讲给大家听。他又帮大队买电视机，教群众读书认字，由此取得了“刘老师”的亲切称呼。

有一回，他发现大队的发电机不发电了，他急忙去问原因。原来，滑润油奇缺，不仅发电机要停，连渔船也面临出不了海的危机。知侠深知渔船就是渔民的生命。出不了海，打不着鱼，全体社员的生活咋办？他挺身而出，要了只小船，跑到青岛去想办法。经他多方努力，解决了全大队的需要。群众高兴地说“‘刘老师’帮了咱急中之急呀”！

知侠热爱生活，生活也为他提供了创作源泉。知侠在这个名叫竹岔的岛上，新结识了许多先进人物，从他们身上发现了不少优良品质，也汲取了勇往直前的力量。他激情满怀，灵感像泉水喷涌而出。短短几年中，出版了短篇集《一次战地采访》，完成了长篇《淮海大战》第一部（五十万字），与此同时，又写了长篇《牛倌传》（已在刊物上选载）。

从一九八〇年下半年起，知侠又担任了山东省文联党组书记、省文联副主席、省作协主席等职。在工作繁重的岗位上，他依然放不下养育过他的人民，千方百计挤出时间，出去走走、看看。一九八一年夏天，他身体不好，组织上安排他到青岛疗养。他刚刚住下来，熟悉的朋友和文艺界的同志还不知道他来，而青岛对面他生活过的那个小岛上的渔民和基层干部却得到了消息，撑着小船，冒着风浪，一批又一批来看望他——有的还是刚打鱼归来，连夜赶来的。见了面，无所不谈，亲如家人。与他同行的杜鹏程同志见了此情此景，大为感慨，随即挥笔写下了自己的感想。

知侠同志深为失却十多年黄金般的岁月而惋惜。但他的眼睛一直是朝前看的。他是那么自信和乐观，继续用行军的步伐，在宽阔的文学道路上迈进。

发表于《文艺报》一九八二年三期

演员—作家—总经理

——访黄宗英

她，著名演员，著名作家，当今又跻身于竞争如虎、强手如林的经济界，出任深圳都东文化娱乐有限公司董事长、总经理，这使不少敬慕、熟悉和关心她的人大为迷惑不解。一位蜚声中外的演员、作家，一位有着优厚工作、生活条件的人，在花甲之年，在一般人看来应该欢度晚年之际，却又百米冲刺般地闯入陌生的经济界，这做何解释呢?

是的，她还是位女性。用传统观念衡量，这是不合拍的。

据说，即使到深圳、到她公司所在的蛇口，想见到她也很难。她是个大忙人。集创作、演出和经营管理于一身，这些既矛盾又必须统一的事业，迫使她不得不将时间像摄影机快门那样，分解成百分之一秒甚至千分之一秒。说来夸张，当你跟她谈话时便可体察出，在她脑海里同时思考着很多纷纭繁杂的事情。她原本是用笔书写别人，如今却成了被别人书写的新闻人物。记者、编辑、电视、摄影……经常使她陷入层层围困之中。由此她不得不像前沿阵地的战士那样，经常变换掩体，躲到一个僻静的地方办公，那场所，只有她的副总经理和秘书知道。她幽默地向别人介绍说，这叫

"狡兔三窟"。

要不是中国作家协会第四次会员代表大会的召开，很难在京都将她留住一周多。因为同住一幢楼房，我便近水楼台先得月，抢机会访问她。我向她房间拨电话，停了一会儿，话筒里首先传来了几声轻微的咳嗽。"宗英同志，您好！您的身体不适吗？"我问。

"没什么，有些感冒。"

我去看望她，她开口说："这儿温差太大。室外冷，室内热，不像俺那，这时还是温暖如春哩。"头一句话，便使人强烈感受到，她俨然以深圳人自居了。

我面前呈现出一幅很有意思的景象：她倚靠在床头上，盖着毛毯，茶几上杂乱地放着水杯、药瓶、电子表、袖珍录音机之类的东西，铺上放着一些书，有文学名著，也有经济管理学，暨南大学函授班考试题纲和《外贸洽谈 500 句》录音磁带……而她脖子上，套着一副用线绳拴住的花镜，我进门的时候，她刚刚把眼镜从眼上摘下来，书仍掐在手里……

我对那挂在脖子上的眼镜产生了兴趣。我玩笑般地说，这种使用和存放眼镜的方式富有创造性。她也诙谐地说：

"这样方便。随拿随用，不会丢。我这人容易落东西，往往走一地落一些，人走了，后面又不断送上来，尽麻烦人家。"

我坐在她的对面。还没谈正题，就不断有一些来访者。来了，又走了，难得有一霎平静。她恢复了贤淑、文雅的老大姐神态，同我交谈起来。她语调平稳，清脆，伴有幽默感，内含哲理性。有时候，为了征询对方的反应，或为了一句含意丰富的话，便会看你一眼。那眼神，没有迟滞，没有困惑，闪现着智慧的火花和生命的力量。

当话题转入为什么要进入经济界时，她的语调提高了，颇有几分雄辩地道：

"为什么就不能呢？"她反问，"也许这是我的性格。我这人，历来不安于现状，从不依照现实生活对我的安排去过日子，也不能照着书本上讲的去迈步子。"

她看着我，沉思了一会。显然，她的脑际也在思索、回顾、联想。她不无惋惜地道：

“我本来应该是个好主妇，我是很愿意当个好主妇的，我做梦都在做个好主妇。我做的饼好极了！看到了吗？在电视剧《小木屋》里还露了一手哩！不过，我喜欢追逐生活浪潮，凡事喜欢亲自试一试……”她看看我脸上缺少那种豁然开朗的表情，又接上说：“深圳是我们的‘窗口’，这说明了她的意义和重要。胡耀邦同志讲，蛇口改革好得很，我觉得当前最有意义最激烈的战斗，就是改革。我为了寻道，我这人专门爱知道我所不知道的事情！带笔从商，或许就是这种意志支配的结果……”

“专门爱知道我所不知道的事情!”这是一位执着、追求的强者。

不错，她是执着的。天赋加刻苦和认真，使得她逐渐冶炼成一位“强女人”。小时候，父亲早亡，衣食不支，兄弟姊妹又多，15 岁的她，便考虑自学英语来养家糊口了……当了演员，她一丝不苟，潜心塑造社会上的各种女性，用血肉丰满的艺术形象来启迪人们的心扉。在跨越新旧中国的漫长艺坛生涯中，她的艺术形象同观众的心交融在一起。在影片《家》中塑造的“梅小姐”，那内涵、沉郁和引而不发的浓烈感情，夺得了多少观众的眼泪！对腐朽的封建社会做了多么无情的控诉！她在影片《一盘没有下完的棋》里饰演的主妇，以其贤淑温良、勇于支持丈夫事业、富于自我牺牲精神而感人至深……时代，在她的成长中留下了它的痕迹，职业也渐渐充实和改变着她的性格。由于演员的生活接触面较广，多少人和事扣动她的心，她又拿起了笔。

是腾越的时代使她拿起笔，是真情实感使她拿起笔，是忧国忧民使她拿起笔。她执着地对我说：

“我一生不是为写而写，而是同主人公生活在一起，太熟悉他们了，到了非写不可的时候才写!”

这话没有丝毫雕琢和含糊。她写她感受的人和事，她也勇敢地深入从未涉足的领域。她不熟悉农村，却敢于写农村。为了写好农村，她打起行李卷，到农村来同农民吃在一起，睡在一起，干活在一起，长时间的磨炼，她基本上学会了全套农活，这对一位出生在北京，成长在天津、青岛的女性来说，需要付出多大的毅力！她终于写出了脍炙人口的《小丫扛大旗》，赢得了多少读者的赞赏。她那篇催人泪下的悼念著名电影演员上官云珠的散文，不是用墨水，简直是用血和泪，一边哭一边写，整整伏案写了 18 个小时！她写《大雁情》，不知同那位女科学家在深山野地里度过了多少个日日夜夜……

话题仍然转到“带笔从商”上来。她望着我，颇有感触地说：

“前几年，我写了些‘呼吁文学’……我忧虑生活中的浓浓淡淡的阴影，我焦虑前进的步伐太慢……我渴望我们的国家兴旺发达，我渴望我可爱的中华尽早清除……可是，我觉得我做得都不具体，都不实。当我参观了经济特区和沿海城市之后，我萌动了个想法：为什么不能亲自搞搞经济呢？我们的作家，在新民主主义革命和社会主义建设中，有的当过战士、指挥员，有的当过书记、厂长，有的做工，有的务农，如今经济改革已成为时代的主流，这是时代最激烈的前线，亲自参加改革，这是很有意义的。通过参加企业活动为国家积累资金有什么不好？于是我便来到了蛇口。”

她以介绍故乡的感情似的向我介绍蛇口的发展和变化：蛇口发展很快，社会安定，没有人泅渡去香港，犯罪率也是很低的。渔民们的生活大不一样了，新中国成立后从船上到了陆地，现在又住上了楼房，有的家里还铺上了地毯，去年一个养蚝专业户年收入二十一万港币……今年渔民村决定，一个中学生如果考上大学，奖励三千元！这反映了他们对迅速提高文化水平的迫切要求……说到这里，她眼睛里闪烁着兴奋和亮光：“我愿为发展这里的文化做点贡献，便创办了都乐文化娱乐有限公司。”

她起身找出一本挂历，掀开，指着一幢大楼的几个窗口说：

“这是我那公司营业部，这是经理办公室，这是……”

这座楼叫“碧涛中心”，高五层，格调新颖，玻璃幕墙，外形颇具现代色彩，是目前经济特区内理想的商业大厦之一，内设超级市场、餐厅酒家、商业银行、戏院等，无怪这位女总经理将公司大本营设在这里哩。

不时又进来一些来访者。中国国际广播电台的、中国名人大辞典的、妇女杂志的、新创办的文学刊物的……络绎不绝。训练有素的女记者开门见山提问：

“宗英同志！我们中的许多人小时候看您演的电影，随着年龄的增长又看您写的书，现在又看到您在搞经济实体，这是怎么回事呢？”

“怎么回事？”黄宗英站起身来，在屋里走了一圈，“上海人说我发疯了！神经病！找死！我呢，不管侬怎么说，照样干！”

“您的熟人多，社交广，搞企业或许能容易些吧？”女记者又问。

她淡淡一笑：

“企业本身便是竞争，不会有恩赐也不会有优惠。我毫不例外地要担风险，或许碰得头破血流；搞不好是要跳楼的！因为对我来说，从艺术界到经济界，是更难的！一个熟练，一个完全陌生。一切都得从头学起。我只好早上五点半起来学，晚上12点以后才睡觉……我还得做饭洗衣服呀……”她走到床前，拿起一份厚厚的铅印讲义，焦急地说：“哎哟！回去我就得参加考试了！考不及格我准得留级呀！”她低声谈起讲义来：“哎，我真的得留级了，一本复习提纲才读了一点点，我的时间哪去了呢？”

电话铃响了。她去接电话，似乎是联系有关企业业务。讲一会普通话，又讲上海话，还掺和一些英语，还有些“傻子瓜子”的内容……讲完了，转回身，自言自语说：

“我不怕难！我习惯于找困难！现在的困难是搞经济。”

她嘴里念道：价值规律，价值法则，信息输入，信息反馈……

我不忍心再耽搁她的时间。短暂的交谈，使我看到她的一颗赤子之心、报国之心。这位站在时代“窗口”的女总经理，以拼搏精神，在经济领域里开拓道路。目前她已有两个分公司，又跟青岛等地搞合资、联营……从去年9月份办下营业执照之后，图书发行已初具规模，完成或正在拍摄的四部电视片有：《蛇口人》《深圳之谜》《蛇口效率在蛇口》《大漠风情》等。大家还担心她投身于经济而耽误写作，她摇摇头：

“我没少写文章。《人民日报》《文汇报》《羊城晚报》、杂志刊物……这，写得不少呀，最近我还交出一个电视报告文学《晚霞和朝霞对话》哩。我随时把真情实感写下来。这不，在这里我也没停笔。只是大块文章，要在我熟悉企业管理业务之后，才能腾出脑子和手脚来，去更广泛了解周围的人和事，更深刻地了解矛盾之所在，并挤出时间来伏案写作。”

告辞的时候，她自豪地说：

“我从不说晚年和余年。即使生命会像闪电般消逝，我将永远地在世上留下形象、文字和事业。”

发表于《当代企业家》1985年创刊号

沂蒙山的艺术骄子

——记制砚专家姜书璞

姜书璞闯入砚台天地，始于 1973 年。在此以前，他专心致志地徜徉在线条与色彩联姻的美术王国里。这位出身于胶东半岛、施展抱负于书圣王羲之故里的艺术家，承山水之灵气，使他那沸腾的血液里注入了多才多艺的元素。他的美术作品曾被国家展馆收藏并出国展览。

艺术王子频频向书璞招手。书璞亦不负厚爱，倾身投入现实，投入大自然。沂蒙山纵横数百里，峰峰岭岭，路古山深，处处印下了他的足迹。他发现，沂蒙山川暴露在地面上的一些风化石，大小不一，形态各异，极有情趣。美的东西躲闪不过艺术家的慧眼，他顺手捡回一些石头，稍做修饰，刻上名句，摆上案头，以供玩赏。不料，这又导致了他从绘画转向了制砚。

书璞同沂蒙山的石头有了缘分，沂蒙山的石头又加深了书璞的名气。稍后，国外的商品意识不断向 960 万平方千米的华夏大地传送秋波，而国内也急需将一些默默无闻的资源转化为财富以解贫困之急，而标志着这一商品热点的便是一年一度在南国举办的广交会。1973 年春的广交会上，不知是一阵什么风，使中国的传统工艺——砚台大爆了冷门，不但成为抢手货，其价格高得也足以令人瞠目结舌。沂蒙山人这才如大梦初醒，他们猛然想到，举世闻名的书圣王羲之便是出生在本乡本土，他临池学书的“洗砚池”不是还坐落在临沂市中心吗？尽管他使用的砚台不知去向，谁又能否定他所用之砚不是用沂蒙山的石头磨制而成的呢？况且，临沂县志上还记载着可以制砚的徐公石、薛南石等，历史上也有过徐公砚的传说。于是，临沂地区有关部门便集中“优势兵力”搞砚台，姜书璞便被“优势”到工艺美术部门去了。

砚台，作为一种艺术门类，姜书璞深知它在文化宝库中的位置。据传，清廷宫内府就藏砚200多种。宋朝大文学家苏轼以垂暮之年，将一方爱砚由海南岛带回内地常州，足见其对砚的珍视。

尽管有触类旁通一说，但隔行如隔山，绘画和制砚毕竟是两回事。没有资料，没有样品，其困难是不少的。姜书璞深谙“优势”两字的分量，便迎着困难上，走出大门，一边搜集外地样品，观摩借鉴，一边深入民间寻找线索，调查研究。他像挖掘出土文物似的将一位80多岁的老翁寻找了出来，进而获得了徐公石、薛南石的线索。他从漫山遍野拣取石头，用小推车从山间运回到加工点，边揣摩，边设计，边加工，反反复复。一方方新颖别致的砚台终于制作出来了。1974年春，体现着书璞心血和艺术探索的20方砚台被运往广交会。临行前，经过一番苦思冥想，他将这批砚台称之为“羲之砚”。这个高雅得体的名字在广交会上一出现，便受到了国内外有识之士的呼应和承认。日本一家会社不仅按数全部订货，还磋商就“羲之砚”的进一步开发来华访问。

头炮打响，“羲之砚”成功了。姜书璞呢？这位艺术型的开拓者，却并不安分。他深知，第一批砚台的出现，更多的是体现了商品意识。由于考虑到工厂的工人能照样复制和批量生产，砚式大都借鉴于端砚、歙砚，而缺少因石施艺的特点，更谈不上自成风格和流派。他要寻求一种新的境界，踏进一个新的意境。他如饥似渴地到全国各名砚产地访问，先后去过广东肇庆、高要、安徽歙县，江西玉山、星子、婺源，绍兴平水……

姜书璞虚心求教，拜石刻大家为师，向当地残存的典籍中寻觅艺术信息。临沂县志中关于制砚的“不假人工，天然雅砚”几个字，尽管只夹杂在字里行间，无疑是一道闪电，使书璞从远逝的历史中听到一种回音。古人不是已经有对自然美的探索了吗？这些记载不正显示了对砚台的天然美正蕴藏在沂蒙山区吗？于是他联想到，沂蒙山区有好多种质地良好的砚材石头，如果将这些天然成趣的石头，再匠心独具地巧加选择和利用，不是便达到了“天人合一”的境界了吗?

姜书璞贵在勇于钻入古人堂奥，摘取真谛，又敢于跳出古人堂奥，从继承中创新。他不拘模式，充分发挥石料本身的风化纹、石乳状、虫蚀状的自然美的特色，并将铭跋、诗词、名句以真草隶篆各字体镌刻于砚底、砚边、砚盖，使砚台更为增色。

“天成砚”诞生了。这是书璞制砚史上的第二代宠儿。他将石头艺术化了。顺着这条艺术思路，他又巧用各种石料创作出“琅琊石刻”，并别出心裁地创作了“竹简砚”，得到了社会各界的重视和赞誉。在山东省鲁砚评奖中，他的砚台作品荣获二等奖。他的“琅玡石刻”荣获山东省工艺美术创作一等奖。在全国艺人代表大会上，他受到了党和国家领导人邓小平、叶剑英、李先念等同志的亲切接见。

刊于《中国老年》1993 年第二期

信任与自信

威武激越的天安门阅兵式堪称庄严。国与国谈判成功签订和约那一幕堪称庄严。数百艘舰只在湛蓝的海面上编队疾驰堪称庄严……而这里由410个人举行的选举，其庄严程度，与上述情景毫不逊色。

410双眼睛聚成了410方试金石，极为严格地检试着谁是真金、谁能经得住锤打，谁能承受住烈火熔炼；410颗心化成了410座天平，在测试谁最公而忘私、谁最富有进取精神、谁最能站在改革的前列……

啊啊！观念、意愿、尺度、情感各自不同的410个人，要选举出一名合乎共同标准的人来当厂长，谈何容易！七嘴八舌、七言八语、七情六欲……再加上世态纷杂、关系错综，一句话，难呀！一人难称百人心！领导机关本不支持民选厂长——“别搞复杂了。现在任命的不也干得很好?”而前任济南槐荫化工总厂厂长杜长炳却坚定地提出：“要想取得权威，首先要取得群众信任。民意是领导人的坚固基石，应该放开手脚，让职工找出自己满意的当家人!”如何选法？有的主张在职代会上产生，或许会“纯”一些；有的主张那些不够选举年龄但已在厂里工作的毛孩子不要参加，以免成事不足、败事有余；也有的提出原从街道小工厂转来的那些老妈妈不必参加，似乎她们只知道油盐酱醋的价钱，厂长在她们心里有什么位置？而杜长炳却坚持："让在册的职工全部参加。既然大家在厂里工作，就会关心工厂的命运。我相信大家都会对自己负责。"

选举开始了。会场布置得庄重而有气氛。醒目的会标，还有行使自己权利的红绿标语，红色票箱，严肃的监票员，坐在主席台上的有关领导……美中不足的是，使用的会场是借用外单位的。这也无妨，职工们全都理解。这个厂的原基础太薄弱了，前身是由 19 名家庭妇女组成的生产小组，杜长炳接手担任厂长的 1981 年，亏损近万元。仅仅几年，厂里出现了惊人的变化：1982 年获利润 10 万元、1983 年获利 36 万元、1984 年获利 80 万元、1985 年获利 121 万元、1986 年又达到 137 万元……职工人数也从几十人扩大到 410 人，并同全国 26 个省市的 205 个单位进行了横向联营，产品出口十几个国家和地区，取得了化工部和山东省颁发的"优质产品"称号……职工的月工资也从 1981 年平均 60 元提高到 1986 年的 120 元。但客观的变化总是追不上现实的要求。坐在主席台上的杜长炳不免涌现了一股内疚之情。

开始填选票了。会场上的空气也凝固了。谁能将 410 个人在这一历史横断面的思维流动真实地记录下来？千人千面，千人千心，可大家不约而同地想到了杜长炳。眼花发白的老妈妈想到，是他，这位夜大毕业的大厂技术员，毅然担着风险，顶着舆论，甘愿来这个小厂创业；工人们想到，为了开发新产品高锰酸钾，他废寝忘食，吃住车间，家都忘了；干部们想到，他苦心分析研究轮胎补漏剂，多次晕倒在实验室里，终究成功了。为了鉴定其性能，他送到北京，找到权威机关，决意要同当今最发达的资本主义国家产品比高低……两辆十轮卡的轮胎分别涂上了补漏剂，"砰砰"数枪，子弹从轮胎腹部横穿过去，注进杜长炳携带产品的轮子魏然挺立！而另一辆没涂补漏剂的轮胎，却瘪了一截！他们的产品胜过了世界名牌！……

选举揭晓了——杜长炳仍被选为厂长：410 票，全票！

济南市优秀共产党员、山东省劳动模范杜长炳从主席台上站起来了。他表情肃穆，心情激动。他压抑着江河般的感情，平缓地开始了就职演说：

"新任厂长要向全体职工汇报的第一件事是：刚才的选票中有我的一票。为什么我要选我自己呢？也许大家想得比我多，这些年来，我们大家走了一段艰难也是辉煌的路程……但往前看，我们还相差甚远！就说今天的会场吧，我们还没有自己的礼堂！所以我要投自己一票，要给自己加担子，加压力，加责任！要带领全体职工再迈几大步，下次选举厂长时，请大家坐在自己的礼堂里！”

一阵脆雷盖过屋顶，那是太急太响的掌声。杜长炳的眼眶热了，面前笼罩了一层雾，他暗暗告诫自己：任重道远。

发表于《企业家》报1987年3月25日

陈显荣印象

紫铜色的健康颜色，标准型的山东大汉；慢腔细语的书生气质，小媳妇样的含蓄羞涩；轻柔柔的田园小令，火辣辣的讽刺诗——这些似乎水火不相容的内外特性，竟和谐而又协调地熔铸了这位实实在在的生灵。

他，就是陈显荣。

诗人，往往充溢着神秘感和浪漫的色彩。那飘然的曲，幻想的梦，璀璨的光环，幸运的人生——应该像舞台上的追光那样紧咬住他。然而，他却是在严峻的现实中度过的。幼年失去母爱，父亲又流落南洋，可想他是在何等孤寂中完成了童年。他酷爱绘画，幼小的脑际里时时泛现美的波涛。他画猫画狗，颇有几分天赋，却无机缘深造。历史把他投向林业专业，于是他便成了一名林业技术干部——这不是捉弄，也是追求，他毕竟能把小我融进人民之中了。

艺术的天使不忍离开他，常常把他搅得神魂颠倒；林业工作也锁不住他追逐美的翅膀，于是从 1960 年开始写诗。古人有言：诗画同源。他从色彩的汪洋飞进语言的天际。老天不负有心人，1964 年他被调进文化单位，梦寐以求的愿望实现了。可正待扬帆远航之际，一场风暴席卷全国，他也未能幸免，成了“天然合理”的黑帮，无辜惨遭迫害。在“牛棚”里，这头“牛”使开了性子，一反小媳妇那羞羞答答的神态，动了真格的：绝食！他的身体垮了。幸亏邻居是“红十字会诊所”，有好心人经常给他注射葡萄糖，他才得以活下来。

潍河的甘汁陶冶了他的诗魂，坎坷的历程熔炼了他的性格。他变得深沉起来，强于思索，不溢言表。党的十一届三中全会的春风使他那颗僵冷的心复苏起来，重新拿起笔，在诗的地平线上纵情驰骋。他的视野大开，思路朝生活深处开展，笔端弹出了强弱高低各种不同的音符——抒情、愤怒、细雨、雷电！他一边向人们奉献“绘画美”的抒情，一边用严厉的目光剖析生活、洞察世界、针砭时弊，掷出以总题为《辣椒歌》的讽刺诗。“辣椒”竟有如此威力，辣得许多人打喷嚏、流眼泪。他的名声大震，荣获 1981 年全国中青年诗人优秀新诗奖，讽刺诗作被选入《中国新文学大系》。另一首《大哥醉酒》，荣获 1981 年山东省文学奖。他以赤子之心表达了民情民生，人民喜欢他的诗。青年女诗人舒婷亲昵地称他为“辣椒哥”。然而他自己说，写讽刺诗实在是出于无奈！出于一种责任感！艺术和政治都不应放过邪恶！

由于他的贡献，潍坊市委、市政府授予他“优秀知识分子”称号。

诗，来自人民。脱离了人民，便失去了诗魂；脱离了沃土，也长不出辣椒棵子。可贵的是，他，陈显荣，不是以诗人的身份，而是作为人民中的一员，民族之子，向生活拥抱，向生活请教，从生活中吸吮乳汁——如此，我相信，那甜美、灼辣的诗，仍将像地心的涌泉喷吐而出，连绵不绝。

刊于《山东画报》1988 年第 8 期

为了未来的春天

——访邵桂芳市长

母子情深，骨肉难分。此为人类所独具的血缘关系。那么，人类与大自然又何尝不是这种关系？天体运动造就了地球。地球孕育了人类，并储备和转化着丰厚物质无私地赐给人类享用。然而，人类对大自然的馈赠又是怎样报答的呢？

当我就这一宏大题目同潍坊市市长邵桂芳交谈时，这位1989年被国务院环境保护委员会表彰为“环境保护事业优秀领导者”的市长，却更为忧心忡忡。他说：

“国家将环境保护列为基本国策，这是富有历史远见和无比正确的。环境保护是个大题目，也是一门系统工程。地球上自从有了人类，人类就为生存为发展为取得进步和文明而一代代地不懈努力和奋斗。其生存的物质基础全靠大自然慷慨提供。如果这种庞大的提供系统破坏了、消失了，人类将怎样生活？那种结局，将是不堪设想的！”

学理工的大学毕业生邵桂芳深知环境的优劣同人类生存发展的利害关系。大学毕业后，他被分配到这座新兴工业城市。面对着当时的那种处处垃圾堆积、满街煤灰飞扬、满城烟雾弥漫，抬不起头、睁不开眼、喘不过气的状况，他曾默默地感叹：何时才能治治这恼人的环境，让人们能感受到洁净、安静、舒畅……

1983年，邵桂芳被推到掌管800多万人口的一市之长的位置上。作为市长，要管工业、管农业、管渔业、管财贸、管交通、管治安、管教育、管科技、管文化、管计划生育……凡属国计民生，事无巨细，他都要管。不管哪条渠道哪个环节出了问题，都会跟他这位市长联系上。当时，环境意识在人民特别是在干部头脑中还很淡薄，对于人类同大自然的利害冲突与制约的认识还不够，认为这是一种抓不抓或者迟抓早抓皆可的软任务，而有关经济发展方面的则是硬任务，不抓是不行的。

提高人民的环境意识是当务之急。而首要的则是有个健全的强有力的业务班子。邵市长从人员配备、财力、设备、条件等各方面强化了市环保局，还下决心从关键部门调出1名长期从事经济工作的领导干部担任局长，又斟酌再三，特地从被称为污染大户的一家工厂抽调3名副局长。他对他们说：

"环境保护这个部门很重要。这是国家基本国策的执行机构。大家都要吃饭，要喝水，都需要呼吸空气。潍坊要发展，要前进，环境状况不改变能行吗？今后，你们要多动脑筋，多出点子，多出题目。我支持你们的工作。"

1988年世界环境日，在绿装轻裹、和风习习的泉城南郊宾馆，邵桂芳市长又同山东省省长姜春云签订了"市长环境保护责任书"，规定了任期内全市实施和完成环境保护的各项指标，在全国开创了以责任书形式保证达到环境保护指标的先例。当邵桂芳从省长手中接过责任书后，倍感肩上的担子更沉重、责任更大了。

"责任书"即"军令状"！一领回到潍坊，全市各级政府、各主管部门，情绪高涨，气氛热烈。市辖5个县区以最快的速度，对分解后的责任指标进行精确计算、论证，各自提出了详细的实施方案。市、县、区环保部门对方案严格审查把关，逐项研究，并有专人及时给予技术指导，认真提出修改意见。市环保局领导还带领技术、管理人员到有关立项单位排忧解难，促进了责任项目的进程。

任务明确了，责任落实了，还需要政策保证。在邵市长领导下，潍坊市政府根据环保任务的实际情况，制定了优先政策：凡属责任书项目，计划部门优先给予立项，物资部门优先供应材料，金融部门优先给予增资。这得天独厚的优先政策，为责任书项目的落实铺平了道路。

潍坊市除了有1名副市长分工环保工作外，邵市长还亲自抓。他叫环保部门将反映本市水污染的录像在干群中广泛放映，以提高干部群众的环境意识；

在一些重要会议上，邵市长不放过任何一次机会挤进环保这一内容。在一次市、区、县领导人参加的会议上，临近中午散会前，邵市长挤给环保局长孙守伏20分钟时间讲述环保工作。20分钟到了，已是中午了，邵市长又宣布："不受时间限制，继续讲下去。"

孙守伏将全市的环境情况真实地、全面地介绍完了。听会的人陷入沉思，会场上一片凝重气氛。邵市长站起来，心情沉重地说："大家都看到了，这就是我们生活中的实际情况，俗话说，当官一日，造福一方。党和人民委以我们重任，我们要看得远些。我们的着眼点，不但是要为这代的人民群众造福，还要为子孙后代着想。环保工作是个大工程，搞不好，大自然迟早会来报复，那时就后悔莫及了。国外有份资料称，每年有2500万年龄在5岁以下的儿童死于水污染所引起的疾病，世界上有80%的疾病是由不能饮用的水所引起的……"说到这里，他又讲了一起发生在我国长江上因污染造成的事故：有只逆水夜行的轮船，顶着三艘大驳船前行。蓦地，前方那座航标灯突然黯淡下来，一股铅云怪雾从天空压了下来，轮船顿时迷失了方向，触到礁石上，即刻损失12万元。事后调查，证实是江岸一座水泥厂烟囱排放的黑烟造成的。最后，他坚决有力地说道："我们各级领导，一定要像抓经济工作那样抓环保工作，像抓经济效益那样抓环境效益，像抓产品质量那样抓污染物的排放标准，像抓计划生育那样大张旗鼓地抓好环境保护。"

过去，许多污染严重的工厂企业，由于领导不重视，责任不明确，措施不落实，污染状况长期得不到解决。如今，有了领导机关的决心，有了市政府的优先政策，使这些长期使人头痛的"老大难"资金有了着落，技术有了保障，多年来积存的问题迎刃而解。潍坊拔丝厂，长期以来，工业窑炉烟尘污染严重，使周围群众深受其害，反映十分强烈。谁都感到是问题，谁都认为需及早治理，但各方面总是力不从心，一拖再拖。在市政府领导下，该项目被列入潍城区区长环保责任书内，一次投资12万，对窑炉进行了技术改造，使烟尘黑度低于国家排放标准，节能效果十分显著，年增加经济效益14万元，产品质量也明显提高。

领导重视，潍坊市治理"黑龙"成果喜人。市区所属工厂、单位，凡冒黑烟的，限期治理，按时检查。邵市长说："凡事只要动了真格的，就好办了。"

千百条"黑龙"消失，人们无不拍手称快，再不必行路低头闭眼了。但还有一条“黑龙”在顽抗，这便是位于市中心的一处澡堂的烟囱。这座澡堂是50年代初为满足城市人民生活需要而建的，锅炉都老掉牙了，它每天喘着粗气，黑烟突突，黑灰四溢，群众唉声叹气，抱怨不止。

环保局多次派人现场调查解决，但都无效果。原因很简单，缺少资金。煤炭涨价，水费上升，而澡票价格又不能大幅度上调，因而造成企业亏损。连企业本身都需要贴补，哪有资金去更新锅炉？

催慢了，无动于衷。催紧了，正中下怀。主管部门请求道：“真不如关门好。既解决了污染，又减少了亏损，岂不两全其美。”

关闭澡堂？全市区仅有两个公用事业澡堂，这直接关系到市民的利益。进退不决，情况反映到市里，邵桂芳明确表态：

“澡堂不能关。凡是方便群众的事业，不但要坚持，还要根据现有条件尽力发展。但锅炉要更新。绝不能一方面方便群众，又在另一方面加害群众。”

还是得他拿主意：“没办法，就是挤。市财政出点，另外区财政出点，环保局出点，市区网点配套费出点，大家凑个锅炉，行不行？”

一个又简单又复杂的问题解决了。

在一些群众注目、重大的环境保护项目上，邵市长反复倾听各方意见，进行调查研究。渤海湾南岸的潍北大荒原已不知是第几次迎接邵市长了。这片芦苇丛生、野兽出没的地方，即将变成罐塔林立、管道纵横、规模宏大的化工城。这是国家投资6个亿的重点工业建设项目，也是目前我国仅有的三大碱厂之一，年产60万吨纯碱，年吞吐原盐90万吨。

然而，这样一座规模可观的大型化工厂，如果不按标准严格做好污水处理流程，废水直接注入海中，那将给渤海湾大片水域中的鱼虾、贝类，几十万亩滩涂养殖、晒盐业，广袤无垠的沙滩地带来毁灭性的打击，给附近人民群众带来深重灾难！其结果将是：经济见效了，生态破坏了，不知要以受益的多少倍的代价承担大自然的惩罚。其后患是无穷的！

对此邵市长有清醒认识，他说：“当污染引起公害，招致广大人民反感，并影响到经济发展的时候，才被迫去进行治理，那就要付出百倍千倍的代价！”

要解决纯碱厂的废水处理，可行的办法，是牺牲大量的土地，开挖污水处理池。而这一片滩涂又是良好的优质盐厂。潍坊海盐产量约占全国1/7，是亚洲最大的盐场。拿出大量土地作废水池，又势必影响盐的产量。是牺牲盐产量，还是牺牲环境？这又带来了新的矛盾，涉及许多部门的切身利益。邵市长经过多次酝酿、调查和论证，拍板定音，以每年损失 10 万吨盐的代价，拿出 1780 亩盐池开挖废水池。他说：

“作为市长，我要对历史负责，对人民负责，对子孙后代负责！”

潍坊市在废水管理上是很严格的，效果也很显著。1984 年工业万元产值废水排放量为 210 吨，至 1989 年下降到 101 吨，整整降下一半来。这一成果，没有强有力的措施是难以达到的。

保护环境以达到生态平衡，这需要多少代人的努力。在这方面，人类索取太多，负债也太多。环保工作会不会雷声大雨点小虚晃一枪？在潍坊市，不必存在这一顾虑。邵桂芳不仅自己亲自抓，还对环保局的同志说：“你们要坚持不懈，一抓到底。要大胆工作，各方面都会支持你们。”

这话说到做到。环保局在执法中，经常同一些具体单位发生矛盾和争执，经常被告发到邵市长面前。有一次，一个老部下连续找了他 5 次。因为这位区长管辖的拖拉机违章倾倒垃圾被扣罚义务清理环境。他想走走关系将拖拉机放回去，却被市长“训”了一顿。有位女厂长泪流满面来找市长，要求免交违犯环境保护条例的罚款。市长没迁就她，还对她进行了一番环境意识教育。

几年来，邵市长从群众反映最强烈的问题入手，将环境保护提到重要议程上来，为全市人民排忧解难办实事。1986 年，他针对市区电镀点多、污染严重的状况，亲自审查批准关停了市区内的 24 家电镀厂点，成立了相对集中的电镀中心，保护了人民群众的身心健康。对于威胁市区、污染水源地的位于上游的安丘造纸厂碱回收工程，他亲自参加研究方案，帮助落实资金，加速了工程的完成。邵市长对于市区内居民户 7 万多个浪费能源、污染呛人的黑烟筒深感不安。他倾听群众呼声，争取在任期内千方百计完成供市区 80% 的煤气、液化气工程。现在投资 1200 万元、集中供热 16 万平方米的小区工程已经完成。

保护环境，说到家，是保护人类。天然的生态系统也不是个理想的生态系统。理想的系统需要经过人类合理改造才能实现。为了未来的春天，让我们共同努力吧！

发表于《中国环境报》1990 年 6 月 14 日

文奇者，秀也

我跟衣文奇结识较晚。前几年，我回栖霞少住，市委宣传部林新忠副部长对我说：“衣文奇从烟台回来了，我给你介绍一下。”衣文奇这个名字，听说过，但没听过对他的过多介绍，也没读过他的作品。这怨我离休后，争做一个桃花源人，很少涉猎文学圈里的事和人，自然也就很少读近代的作品。因为基本不联系方方面面了，过去那种纷至沓来的赠送刊物也就没有了。事后才知道，他早与省作协有交往，还参加过一些学术活动，并在《山东文学》《时代文学》《中国作家》上发表过文章。初次见面，相互寒暄了一番，也没留下突出的印象。后来，他寄来了他结集出版的报告文学集《辉煌人生》和几篇发表过的散文复印件，我粗略翻看了一下，眼睛一亮，这时我的大脑才清醒过来：“喔哟！栖霞这方文化沃土，不留神就会冒出一个学子才人！衣文奇，不可小视！”

我开始欣赏他的散文。在一篇《张网逮兔》中，他把人、天、雪、兔写得活灵活现。《网兔》是大雪后山区农村一道独特的风景。首先，他对下雪的描写突显了一种冷俨、素洁的美。在他的笔下，雪的轻柔、飘逸和幻变，已经人性化了，已经成为扑朔迷离的“雪美人”了。“一阵北风来，一片乌云飘，那雪便扑扑落下来，像密密匝匝的白蝴蝶，落也落不尽，转眼间便没过脚背……窗外，雪愈下愈大，直把人看得呆呆的。一些雪，像轻盈的鸭绒毛，小拇指大小的片儿，却从地下往天上飘，飘着飘着就悬在半空不动了，好像是稍稍歇了口气，倏忽间又推搡着向前慢慢地挪。突然间，雪们便从高空分散开来，有的向左有的向右，有的向上有的向下，一片片一簇簇，一股股抱头鼠窜的样子，麻麻密密，纷纷扬扬……”大雪天，是山区农民精神和体魄享受的好日子。把炕烧得滚热烫人，盖上被子，听着外面窸窸窣窣的下雪声，便入睡了；认得几个字的人，依靠在炕头上，看看刀光剑影的武侠小说；也有亲近的人们，张罗在一起，炕上放置小饭桌，吵吵闹闹地打扑克。临到中午，女人往炕上端一锅豆腐粉条大白菜，喝上几盅小酒，不亦乐乎！当然，最开心、最有气势的就是经验老到的“兔爷们”，张罗一伙人，到山野里去网兔子，名为“赶弶”。

老农们一年三百六十五日，三个半季节在农田里滚，在果园里爬，筋骨绷得紧紧的，山沟沟里压根就没有娱乐场所。冬闲了，到山坳里放松一下，练练腿脚，集聚些力量，以便来年再战。

网兔是一桩体力加智慧的活，哪座山上是兔子集聚的地方，在哪里置网，从哪个角度排兵布阵，都有讲究。不然，便会网空人乏，白搭一支腊！文奇也被人张罗前来入伙，他牵着自家的狗，出门了。“我这是平生里第一次‘赶弶’，像个初上战场的新兵蛋子，东瞧瞧西望望，拿了条大木棍，这棵柞打打，那墩松捅捅，脚下一慢，被人拉下了半里多路。”“我正漫无目标地搜索着，突然‘噗楞’一声，一团黄色的火焰从脚下升起，一只活生生的兔子跃上半空，前腿直伸，后腿蹬直，四条灰黄色的腿几乎与身子平衡起来，像一匹飞驰的天马，像一颗出膛的炮弹，前腿刚要落地又腾地一下蹿起来，三窜两跳，眨眼工夫斜刺里就跳出二三十步。”文奇高声大喊：“山猫子，山猫子！”他唤狗：“快！咬……咬！”狗没经历过这种场面，“从旁边跑过来，不去赶兔子，反而绕着脚脖子转”。

兔子跑了，文奇却顺着爪印，研究起兔子的习性来。他找到了兔子的藏身之处，又观察兔子脚印，又临摹出兔子的飞跃奔腾的姿态，又计算出兔子跳跃的最大跨度是多少……这时，他“头昏了，眼也花了”，“一边擦着汗，一边拖着笨重的大水鞋”往回走，“来到南方山脚下的小水塘，猛然发现碧莹莹的泉水里有一团黄乎乎的东西，用棍拨拉一看，竟是一只兔子”，这真是“踏破铁鞋无觅处，得来全不费工夫”，文奇把兔子打捞上来，回到家里让老婆切上萝卜块炖了一锅兔子肉，加上二两烧酒，饱餐了一顿。过瘾！过瘾！

一篇“网兔”，文奇把它写得呼天嚎地，情趣盎然。足见他地气丰沛、厚实，有才气。总览全文，除了活生生的“实况转播”，语言也运用得妥切、精道，我不禁感叹道：好一个文奇！

去年夏天，我应邀回栖霞住了数月，写了本纪实文学《栖霞畅想》，算是圆了我对栖霞的一个夙愿和一点奉献。这期间，文奇间或从烟台回到栖霞，每回必跟我聊聊，逐渐就熟悉了。其间，文人相聚，免不了煮酒小酌，热闹一番。酒席之初，文奇出奇得安分，规规矩矩坐在一隅，像只温顺的小猫似的，一双大眼滴溜溜地注视着每个人。逐渐地，随着酒劲的发作，场面也开始活跃起来了。文奇的话语也多了起来，但还有分寸，大都讲些恭维的话。待酒这个小精灵把人撩拨得颠三倒四的时候，文奇的大脑细胞进入爆发期了。别人正讲着话，他脸一沉，手一挥，吼道：“不稀说吧！待俺老衣说上两句！”不管别人爱听不爱听，他会滔滔不绝，一直讲下去，讲着讲着，他抢着敬起酒来。满桌的人，他一个个都得敬，酒必添满，必须一饮而尽，滴酒罚三杯，一滴也不准剩。我自然也成为他猎取的目标。我暗想，可惜我已过了那种惊涛骇浪、“老夫聊发少年狂”的躁动期，如果回到那“意气风发”的年代，三个文奇捆起来我也能把他撂倒在酒桌上。可惜呀！往事如烟。我只得动用点小计谋来应付他。趁着酒兴他便语无伦次地跑题了。捅着身旁的一位比他大 10 岁的长者道：“小老范！你别装模作样的，喝呀！”这小老范不但是长者，还是一方文化方面的负责人，出版过一部三大卷的长篇小说。文奇自我感觉戏谑得挺开心，又拍着人家的肩膀说：“别以为我不尊敬你。小多好！你不希望年轻吗？返老还童，又能享受青春的味道了！”席间，一位写诗的青年朋友即兴赋诗一首，大家建议让服务员小姑娘朗诵一下，她在师范学校上学，普通话应该受过训练。小姑娘刚念了一句，文奇过去伸手把诗稿抢过来：“起来吧！我来念！”他拿过稿子，对到眼上，可能是老眼昏花，可能是醉眼蒙眬，他磕磕巴巴念了一句，念不下去了，惹得哄堂大笑。自知没趣，便蔫蔫地缩回到位子上去了。

后来，我与他和新忠同志去访问一个明星村。主人很热枕，中午赏饭，自然离不开酒。酒足饭饱后，因我有个午休习惯，便找了个地方睡下了。待我起床后，看到他们二位还在高歌猛进，大饮特饮，啤酒瓶子像高射炮弹壳子似的摆了半桌子。新忠哭丧着脸说："看到您老能放下架子，来到这山沟旮旯儿，他太兴奋了，非逼我喝不可。"这真是：古有酒仙翁，今有文奇也。于是在我送给他的一本书上题写道："请文奇酒怪教正。"

我像探索外星人似的打量着文奇。他中上个头，衣着朴实，如果从面相上来分析，天庭饱满，五官端正，那紫红色的脸庞，很像终日在田间劳作摄取了过多紫外线的老农，从他那滋生着疏松短发油光锃亮的脑壳上看，又像颇有几分学养的学者，使人遐想这内中必然蕴藏着奇思妙想的宝藏。他表情有些木讷，嘴角挂着一种不多见的憨憨的笑。进一步我又得知，他年岁不算大，刚满66岁，是一位正宗的农民，自出生以来，户籍便落在一个名为"佛落顶"的村子里。别看是农民，经历却很曲折、丰富。几度风雨几度春秋，干过农活，当过工人，担任过工厂办公室主任，自办过小工厂，还被市委宣传部、市文化局、市政府几个部门调去工作过，尔后，又抄起笔杆子，开始写文章，散文、报告文学，笔下的文字像小河流水那样流淌出来，还被一家省报聘为驻烟台记者，也算得上是辉煌人生了。他没有固定收入，在家中务农摆弄果园的妻子给他点补贴，而他，就跟小鸟出窝一样，全靠自己打食吃了。他是在为生活而耕耘文字，为文字而生活着。

看着文奇那躁动不安、频频出击、与人拼酒的架势，我心想这个人身上的反差太大了。你看他那几篇写荷花的系列散文中，将荷花描写得多么静谧、恬雅，完全是另一副模样。"好雨知时节。春雷还没炸响，雨们便嘀嘀嗒嗒地落下来，淋湿了黄土地。杨柳枝头蘸着湿湿的甘露，绽出一丝淡淡的黄，洇出初春的气息。牵着零星的雨滴，蜷缩在背阴的残雪，正在咽咽哭泣，残冰怕春雨，肆虐的冬终不能长久。"这样一段晶莹透亮的文字，很难想象是出自一位大碗喝酒、旷达不羁的莽人之手。又如："晨阳杲杲，青青的荷叶，像一把碧绿的团扇，轻盈地搁在碧碧的水面，一片连着一片，一叶压着一叶，亲亲密密地拥簇在一起。连着高高的天，沐着爽爽的风，披着灿灿的光，泛出一片碧碧的光。那水中仙子像一位披着彩霞的新娘，含着羞带着娇，露着笑靥，乘着微微的风，轻轻摇动腰肢，红红的罗裙摇摇着闪闪的光，在绿叶的拥簇下，迈着轻轻的步，款款向岸边走过来，带来阵阵清香。"荷花的诗性、含蓄、张扬、艳丽，一览无余地全写出来了。读着这段略带羞涩的描写，似乎进入李清照诗词的意境中去了。

文奇要出一本散文集，题目叫《荷花三弄》，要我提个书名，我欣然命笔。《荷塘春早》《秋日赏荷》《冬日荷花》，文奇从早春、老秋、隆冬三个迥然不同的季节连写了三篇荷的文章，真使人眼界大开，感慨不已。

自从朱自清《荷塘月色》问世以来，少有人再去涉猎荷的文章，好家伙，文奇可不管什么大家、名人，拿起笔来就写，一篇《荷花两题》竟在《散文选刊》《海外文摘》联合举办的国家级大奖赛中一举夺了个二等奖。中国散文学会会长林非亲自为他颁发了证书。好一个多面人生的衣文奇！

栖霞真是一方文学福地。有人形容说，如果在栖霞人群中扔块小石子，没准就能碰到一位操刀写作的人。写诗的，写小说的，写散文的，比比皆是。我认识的一位小学校长，名唤刘旭光，治教有方，在学校注入了孝道文化，令人称道。闲暇中还写写散文。其父刘崇文，是一位名气显赫的书法家，早年曾赠我墨宝。其女刘雅婧更是不得了！毕业于中国艺术研究院艺术硕士，长于书法，工于篆刻，真草隶篆样样通晓，其书法老辣挺俊，颇有大家之气！还不时在报刊上发表散文。

校长邀我小酌，请副校长作陪。一交谈，副校长毕业于莱阳师范，原来跟我是校友。因年龄悬殊，不能以师姐师妹相称，只得称学友了。当时没作过多介绍，后来在报刊上看到她写的散文，清词丽句，铺设奇兀，就像她的名字“车美丽”那样的秀俊。栖霞市交通局局长李永杰，在繁忙的工作中见缝插针写散文。他在《散文选刊》上发表的《海与舟》，通篇只有440个字，却表现了6个人物情感交织的凄美故事。简约、委婉，像一粒炫彩夺目的天然宝石，荣获了全国散文大奖二等奖。假若清代小说散文大师蒲翁看到了，也会击掌称颂：妙哉！妙哉！我还在《甜美栖霞》报上看到一篇论叙读书的散文，文中旁征博引，训雅古典，笔锋老道，行文严谨，一看就是有学养的人。如果不是介绍这是一名叫“北方”的农村幼儿教师，还会误以为是出自哪位高校教师之手笔。如此才气，谁不赏识！哪位有识之士还不赶快挖过来，必将大器在握……说了这一些，只是栖霞文化的冰山一角。在这样一种春雨滋润、春色满园的境界中，喜欢闹出点声响的衣文奇，不可能不心动血涌。自己写得一手好散文，也要让兄弟姊妹们多写散文，写出好散文。他想把散文作者聚拢起来，大家抱成一个团，切磋鼓励，向散文王国进军。他的提议得到了广泛响应。于是他奔走呼喊，四处求助。功夫不负有心人，终于成立了栖霞市散文学会，他也理所当然地被推举为会长。不久，又出版了会刊《长春湖》。热心的衣文奇，扛起这杆大旗，着实地要闹腾一番了。

文奇是个不失老农本色闲不住的人，也可以说是个不怎么安分的人。散文学会的大旗扛起来了，由栖霞籍的著名作家张炜题写刊名的会刊《长春湖》也刊印出来了，他又要大鹏展翅，远走高飞了。一天，他突然给我打电话，我刚“哎”了一声，可能是酒精又把他大脑的思维神经搅乱了，平常开口必喊“牟老”“老师”的称谓全免了，高声大调地道：“我一喝酒就想起您来了。”我问：“你不喝酒就把我忘了？”他嘿嘿地笑了，道：“我要在云南给《长春湖》办个分刊。那儿可真是个好地方。到时候请您去走走看看。”我吃了一惊，心想：你又不是土豪大款，又没有单位给予拨款，哪里来的经费？便问：“办刊需要钱，经费呢？”他吞吞吐吐道：“钱吗？咳咳……那是几句话的事。”听口气，比主宰一方的高干还牛。我纵观他的天性，觉得他不是在满嘴跑火车、放空炮，没准他能鼓捣成。

前几日，看报，衣文奇的名字又映入眼帘。他去年写的散文《太阳的味道》入选2013年卷《中国散文年鉴》；他创作的散文小说《狗爹·狗妈·狗儿子》入选《中国小说家代表作集》；他的名字入选《中国小说家大辞典》。大辞典入选的是当代2000多位作家，他竟与大家们同在一本辞典里哟！

他的长篇纪实散文《我的老爹》，以山沟农村人朴素的大实话，活生生地刻画出一位80多岁、深受毛泽东时代思想影响的雷锋式的“老傻瓜”，使人打心底里敬佩。全文刊登在2011年《海外文摘》的重要位置上，发行国内外哩！

这就是衣文奇！一位可爱的小老头儿！一位披着老农外衣的秀才！

2014年6月于济南

刊于《长春胡》2014年第4期

星灿影陨

XING CAN YING YUN

青松永驻
洒泪送英灵
慢走，先生
秋雨春风思一强

青松永驻

——王众音同志仙逝周年祭

2004 年 12 月 30 日，茫茫天国迎进了一位长者、学者；华夏大地送走了一位献身于民族与人民、受人尊崇的老革命、老领导。这一天，王众音同志以 90 岁高龄驾鹤西去。众人含泪相别。

我习惯称众音同志为王部长。因为自我 1952 年从基层调到山东省文联后，在较长的一段时间里，他一直担任中共中央山东分局、省委宣传部的主要领导职务。尽管他后来职务升迁变更，担任副省长、省纪委书记并多届兼任省文联主席等职，但我对他的称谓都没有变。直到他离休后的若干年里，每每我这样称呼他时，他脸上总是洋溢着慈祥的笑容，似乎感到更为亲切。

那时我作为文艺界的一名新兵，自然与身居高职的众音同志没有直接接触的机会。只是在一些大会上，经常聆听他的讲话。他作报告时总是那么沉稳、舒缓、轻声慢语、娓娓道来，但主题明晰、内容充实、逻辑性强。1953 年初冬，在国家实行粮食统购统销之际，省委组织了若干工作组，分赴各地委调查研究，并定时向省委汇报动态。我被抽调到宣传部的小组内，还有其他部门的几位同志，由鲁特同志任组长。我们去泰安地委，临行前，众音同志召集我们开了个小会，对我们下去的任务、工作方式、组织纪律等诸多方面提出了很具体的要求。这是我第一次面对面接触众音同志，深感他对工作的认真负责、细致入微。这期间，鲁特等同志经常到地委听传达中央文件，我的级别不够，便常常一个人留在乡下。除深入群众外，也偷闲写了几篇小说和生活小故事。可能时代气息较浓，有了一些影响。后来众音同志知道了，曾说："很好嘛，又参与了基层工作，又写出了作品。文艺工作者就是应该走这样的路子。"没想到，身负重任的众音同志，还关注着一个年轻的作者。

20 世纪 60 年代初，省委决定写一个重大历史题材，便组织写作班子，省委宣传部文艺处处长鲁特带队，成员有赵剑秋、刘谷、孙秋潮和我。前几位都是山东当时戏剧界具有深厚功底和影响的编剧。出发采访前，众音同志对我们一行提出了明确的要求和具体的交代。赵剑秋同志年龄大些，身体较弱，又是满口假牙，众音同志便特别让我们注意他的饮食。成员中由于我最年轻，便指着我说："你可以多关照一些。"这件事虽小，留给我的印象却很深。之后，我们沿着东海海岸线到海军重点部队和先进单位采访。每隔一段时间，众音同志都要听一次电话汇报，并具体指示如何结合创作构想进行深入采访。

以后的日子，直到众音同志晚年，他都一直关注着我的写作。1965 年前，我两次参加了全国作协、《人民文学》召开的青年作者小说创作学习班，受到了诸多文学前辈和名家的教诲和启迪，我决心走深入生活的道路，得到了鲁特同志的支持，并向众音同志做了汇报。众音同志听后，也很赞赏，认为这是青年作者应走的一条正确道路。因为我是带着全家到基层任职，当时我爱人在济南市委系统工作，需要层层办理调动和任职手续，事情具体而又繁杂。但在众音同志的关注下，很快办完了各种手续，并由中共山东省委组织部、宣传部联合下文，使我顺利来到了生活基地。但天不遂人愿，中国大地很快掀起了急风暴雨般的"文化大革命"浪潮，我深入生活、升华创作的梦也被严酷的现实击破了。

1985 年，在改革大潮的推动下，由我带头创办的一份不要国家拨款的报告文学期刊《当代企业家》，尝试走出一条"以刊养刊"的路子。这在当时可能是全国文学期刊独一无二的模式。刊物第一期印出后，我拿去请众音同志指导。他看了，分外高兴，并让他的夫人秦玉如同志一起看。他说了诸多鼓励的话，让我沿着这条路勇敢地走下去。这无疑增强了我"第一个吃螃蟹"的信心。

2004年间，一份期刊精选了一组散文，拟在刊头语上加以评介，并对当今散文的趋向、特色、发展方向等诸多方面加以概括和阐述。刊物主编欲请在文艺界德高望重的众音同志撰写此文。于是这位主编找到了我，让我去恳请众音同志答应这一请求。考虑到众音同志年事已高，便先草拟了个稿子。我向众音同志说明原意后，他欣然答应下来，并领我到他的书房。他很认真地翻阅了原稿，进而对文学领域中的倾向性和融会性的问题提出了一些中肯的看法。我们边谈边议，边议边改，直到他感到稳妥满意为止。众音同志这种认真、严谨的负责精神，贯穿他人生的始终。

2004年夏，得知众音同志和他的夫人同住进医院，我便赶去看望。见众音同志身体、精神都好。谈及病情，似乎也无大碍。这次谈话的时间较长，其内容也大都围绕着写作方面。众音同志旧话重提，又问我："你农村生活那么熟悉，底子也厚实，这方面你是下了一番苦功的，又有创作实践经验，怎么不写了呢?"对我来说，这样简单的问题却难以回答。但我还是谈了些主观和客观的情况。众音同志听了，看看我，无言。他对我有所期待，也似乎感到无奈。我们的话题又转到身体上。我谈到，从岗位上退下来以后，众音同志的身体状况日益健康，他笑答，这得力于三竿子。他所说的一竿子是写书法。众音同志的书法是颇具特色的。落笔严实，轻奇飘逸，挥洒自如，传统中显露着个性。更使我难忘的是，众音同志书赠给我和我爱人的四尺颂大明湖诗的书法，不但装裱好了还又镶上镜框，又同秦玉如同志一起乘车送到了我家中。这在书法界也是一件少有的佳话。此情此景，令人感怀。二竿子是钓鱼。他谈钓鱼能使人心静，相当于习练静功。他在钓鱼比赛中经常得奖。三竿子是台球。他谈打台球对身体有益，既不激烈，还需用脑，周身运动。

辞别了众音同志，我又去看了秦玉如同志。她不慎摔伤了腿，正接受治疗，恢复得也很好。看到两位老人情况总体不错，我的心也轻松多了。谁能想到，这次探望，竟成了永别！

众音同志，王部长，老领导，安息！

2005年12月于济南

收入《王众音同志文集》中

洒泪送英灵

——哭鲁特同志

我不相信这是事实，也无法接受这个现实——鲁特同志你走得太匆忙了！10 月 9 日深夜你还在心潮激荡的挥毫作诗，下一个夜晚的黎明却猝然离去！病魔竟这般无情！远在外地的亲朋好友不知你生病入院，即便泉城的同志同事也没得到这方面的一丝一毫信息，以至于好友刘谷在电话上告知我这一噩耗时，我竟然惊呆了！我去外地走了走，刚返济，本想抽空去看看老领导的，聊聊天、谈谈文艺、谈谈书画，交流一下旧友新朋的近况……然而，八十载人生，一瞬间定格，连个招呼也没打，竟走了。太让人心碎了！也许，这是你本性的体现，一种担当得了的去担，担当不了的也去担，而不愿惊扰他人；也许，这是你品格潜质的流露，身前无索无求，只是默默无声地奉献，身后便不动声色，悄悄离去……

我同鲁特同志相识是在 1952 年 10 月间，我调到省文联做编辑之后。我从长山岛特区政府机关教师的岗位上一步迈进省级文艺单位的门槛，起源于我在《大众日报》上发表了一个短篇小说。这篇小说改变了我的人生轨迹。由于那时少书缺文，所能看到的书除五四时期一些进步作家的著作外，更多的是新民主主义时期出版的文艺作品。山东作家王希坚、陶钝、苗得雨、戈振缨等人的名字和作品是比较熟悉的，自然也心怀崇拜。

来到济南后，别人的名字都对上号了，唯独剑秋不见其人。慢慢打听，才知那是鲁特的笔名。似乎那时文艺界有个好风气，领导与被领导之间不像其他部门那么界限分明，而是通通达达、随随和和，没有什么官架子，也没有发号施令那种威严，这可能与除去领导与被领导这层关系之外，还有学术方面的探讨、交谈、切磋的缘故。那时鲁特同志在省委宣传部文艺处任处长，经常出席文艺方面的有关会议。在我的印象中，他总提着一个布兜，里面塞满了文件、报刊、笔记本等物，说话不多，却非常认真地听别人发言，做记录。那时我刚20多岁，而他也不过30岁出头，在我眼里，他已是老成持重的老干部、老八路了。1954年冬，国家实行粮食统购统销政策，省委组成若干调查组分赴各地区做调查摸底工作。鲁特同志带领一个小组来到泰安郊区的一个村子里，共5人，其中有我，这是我第一次面对面同他生活在一个小集体里。当时任务很紧，要求也严，他对工作极其认真。他不是指手画脚，而是谦和平易地同大家商量。每天吃完饭后，几个人围在一起通报各自调查的内容，一直到很晚很晚。当时天气很冷，我们又住在村头的一所闲屋子里，窗上虽糊了纸，但透风漏气，西北风像刀子般肆意刺割。深夜的会议一结束，我便匆忙钻进被窝，蒙上头，呼呼睡去了，而鲁特同志却挑着油灯，趴在板凳上，整理调查内容，写出简报，第二天向省委发去。日复一日，天天这样，在寒冷的深夜里，他到底睡没睡觉，谁也不知道。调查组结束后，由于工作出色，在总结大会上受到了上级表扬。这次工作组5人中，我级别最低，一般去地委听重要传达、报告不够格，经常是他们4人去听，我一人留在村里，有时几天都不回来。鲁特同志怕我孤单，对我说："我们的工作同熟悉生活、积累创作素材不矛盾，完全能统一起来。你在农村面临一些新事物，再有了新感受，这便是创作契机，你也可以结合现实生活素材创作一些东西……"之后我真的忙里偷闲，写了一些特写之类的文章，反响挺好。

1962年秋，我回胶东家乡生活了一段时间后，写了个短篇《在大路上》。我习惯于写出东西后事先请人看看。找谁呢？便想到了鲁特同志。他待人诚恳，对于求他帮助的事情也极为认真。我把稿子送给了他，请他提提意见、指点一下。过了一段日子，没有消息，我坐不住了。心想他工作那么忙，哪有时间看稿子？我试探着给他打了个电话，问他能抽出时间看我那篇稿子吗？他先是愣了一下，转而说："噢，我没告诉你，稿子我已转《山东文学》了，他们已决定发表。稿子写得不错嘛，你下去生活得很有成绩。"不多久，该文在《山东文学》1963 年第一期上刊出了。1963 年《人民文学》7—8 期合刊又选载了，并先后刊出了一些评论家对该文的点评。之后，全国十几家大出版社在短篇小说选集中也选入了该篇小说。

1963 年秋，源于《在大路上》这篇小说，我幸运地参加了《人民文学》举办的第一期全国青年作家学习会。在为期四十天的时间里，聆听了周扬、林默涵、茅盾、叶圣陶、李季、侯金镜等著名作家、学者的授课，眼界大开，受益匪浅。回济后，我将这些重要讲话整理、清抄出来，送交给了鲁特同志，并向他汇报了学习情况。他听后极其兴奋，表示这是一次难得的契机，对山东的文学界很有推动作用，表示在适当时机召开个创作人员会议学习、讨论。1965 年秋，我再一次受邀参加了青年作家学习会。入会期间，写出了短篇小说《更高目标》，整版发表在《人民日报》上，产生了积极的影响。临近结束时，《人民文学》主编、也是前后举办了多期全国青年作家学习会的倡导者李季同志单独找我谈了次话，鼓励我回去后下决心深入到生活中去，扎下根，滚个三年两年。"先不要考虑些什么，不写是为了将来更好地写、更多地写。"他还说："你有这个优势，熟悉农村，年纪也轻，要放眼未来。"李季同志的鼓励同我的内心产生了共鸣。我深信，没有厚实的生活底子，不可能产出有影响力的好作品。我决心已定，深入基层滚爬一阵子。回济后，首先向鲁特同志做了汇报，并谈了我的想法，他听后非常支持，并很快向省委宣传部的领导做了汇报，也得到了高层的支持，并提出了具体的设想：一是选择先进的单位，再是去熟悉的地方，最后我选择了回栖霞老家的一个先进公社——这是当时在全国推出的多种经营先进公社。

大盘基本定下来了，事情却又变得复杂起来。

对于到基层挂职深入生活这一举措，最初我考虑得很简单：挂职不属调动的性质，虽然各种关系要转下去，但领导层很明确，到生活中待上几年，充实一下生活底子，将来还是要走创作的路子。何况那时干部经常要以各种名义下到基层去，或工作组，或参与什么运动，或劳动锻炼，上上下下，习以为常。我的本意是自己下，可是跟爱人王静宏一谈，她坚持要下就一起下。这一来，事情就变得复杂了。且不说我的安排要层层联系，由地委到县委再到公社，爱人是在济南市妇联工作，属市级单位，这又要层层转调关系，还要协调安排她的工作，加之大儿子正上小学，老母亲也得随着走，这就要举家大迁徙，其内外的难度就大了。但我既然决心已定，开弓没有回头箭，毅然决定走。可以想象，这将是多么繁杂的手续和烦琐的工作，而这些都是鲁特同志亲自操办的。之后，当我在省文化局人事处（1959 年秋我由省文联调至山东电影制片厂，1962 年该厂撤销后转入省文化局戏曲研究室）看到我的那一纸调令时，倍感鲁特同志对下级、对文学事业、对人才的热衷培养和注入的热心。调令中先是介绍了我的基本情况和到基层挂职的目的，又明确了我和爱人分别担任什么职务，最后又特别强调任职两至三年，这期间地方只有使用权，不得调动他用。落款是省委组织部、省委宣传部。当时人事处的同志笑着对我说：由省委组织部、省委宣传部下令调动一个小干部（当时我可能是副科级），这可能是绝无仅有的。1966 年 2 月，我们全家老少来到了栖霞县唐家泊公社，我担任公社党委副书记，爱人担任公社妇联副主任，这一挂职过程算是结束了。我也开始了一种新的生活。

安顿下来一切就绪后，我给鲁特同志写了封信，汇报了我下来后的一些感受和情况，文字间不乏流露出一种昂扬奋进之情。过了些日子，鲁特同志的夫人刘瑰玲同志回了封信，内容很简单，除几句客套话外，要害的一句是“老鲁出事了”。我的心沉了下来。这期间，虽然远离文艺界，但从报纸、广播里已感觉到“风云突变”了。

70 年代初，文艺工作逐渐复苏，省里把我们几个年轻的创作人员调上来，集中在一起写戏。我不是写戏的材料，过了一段后，便请求写小说，获得了同意。我选择了写抗日战争题材的长篇小说。那时鲁特同志被“打翻在地”后，还没全爬起来，被下放到基层了。听说我的计划后，他很兴奋，翻箱倒柜找出他保留完整的一本解放区的出版物——《抗日战争时期的胶东八路军》，他双手递给我，郑重地说：这本书不多见了，你拿去参考吧，这里面有些是很珍贵的历史资料。我知道他是很重视资料的保存的，对此我深为感动。

鲁特同志是位善于潜心研究的人。他本来可以多写一些文字和作品。他在学术上的进取是极有毅力的，这使他的学养甚为厚重。50 年代他出版的文艺评论集《谈谈青年作者的创作问题》对创作界很有影响，山东人民出版社先后再版了六次。他的短篇小说《李凤阁》先发表于《大众日报》，后被上海新文艺出版社选入短篇小说集中。另外，鲁特同志酷爱书法。他幼读家塾，在师辈指导下，遍临名家书帖。在长期研习中，既不泥古，也不乖违；不离法度，又有创新，形成了自己的盎然大气之风格。苍劲中寓清雅，古朴中见秀丽。他在古体诗词创作方面也有突出的成就，但他把毕生精力和心血却都奉献给了繁杂的行政工作以及文艺组织工作，奉献在为“他人作嫁衣”上了。

他个性温厚，生活简朴，不思烟酒，衣着也随和。这样的一个人，却悄然走了。走得匆忙，走得急促。也好，忙碌了一生，也算解脱了。

鲁特同志，安息吧。

1996 年 10 月鲁特同志辞世后急就

2014 年 3 月 30 日修改

慢走，先生

——悼黑伯龙画师

那天，元月四日。
深冬的一阵初雪，
飘飘洒洒，点点滴滴，
分外珍奇。
我拉住先生的手，
同去参加彦青教授画展的开幕式。
雪轻路滑，
我不时提醒：
“慢走，先生。”
你答：“没关系。”

盛意未尽，
顺路去友人处探视。
也巧，客厅正面悬挂的，
正是先生的山水精品。
飘逸、凝重、豁达、深邃。
我赏画，也赞赏先生：
“先生如画，
画如先生。”

你端坐，远视。
言寡少语。
更多沉思，
几多忧虑。
你只反反复复说那么一句：
“我总感到乱得慌!”
这感叹，什么意思?
难道先生有什么预感?
难道先生看到了黑色翅膀?

今天，元月二十四日。
我站在先生黑白像前。
暗暗流泪，
默默肃立。
这般意外，
这般突兀。
一言没留，
一声不响。
怎不令人心碎!
怎不令人窒息!

先生七十又三。
著名画家、教授。
二十多岁年纪，
便举办个人画展，
轰动了大上海滩。
如今，仍是个人，
同那二十多岁的年轻人一起，
在公共汽车上挤拼。

求画者门庭若市，
索画者趋之若鹜。
我要说，诸位雅士，
都来扶扶先生吧！
偌大年纪，
别让他在公共汽车上挤啦！

留下了幅幅瑰宝。
撇下了不尽画卷。
可惜啊，可惜！
大自然也有谬误，
人世间这多不平！
我只有站在先生像前，
深深鞠躬！

一代艺苑巨子！
一位淡泊老翁！

1989 年 1 月 24 日济南

秋雨春风思一强

不惑之年，正当人生步入如日中天的黄金时节，你却跳出喧嚣、繁杂的粉尘，携着那串串珍珠般的诗句猝然而去！阎一强，你走得太早了！实在是太早了！

生者与逝者的脚步都很匆忙。转瞬间，阎一强过世已经26个年头了！

新中国成立后的50年代初，作为统揽全省文学艺术工作的山东省文学艺术界联合会（后于1954年省第二次文代会改称山东省艺术工作者联合会）也成立了。联合会机构内荟萃了各方有影响的著名人物，如德高望重的文艺界前辈王统照先生；作家骆宾基、王希坚、刘知侠、陶钝；文艺理论家剑秋（鲁特）、诗人戈振缨（包干夫）、苗得雨……之后，又陆续融进了一些年轻同志，阎一强便是其中的一位。

山东省文联最初的组织结构较为简单：编创部、艺术研究部、秘书处。编创部主要编辑《山东文艺》（后改名为《前哨》，《山东文学》）和组织创作。编辑人员也是创作人员，半年编刊物，半年深入生活搞创作。这种编创合一的格局，一直持续到1957年那场不堪回首的运动之前。我比阎一强年长三岁，在以后的一段岁月里，或一起编刊物（《山东文艺》曾停刊一段时间，这期间又一同去《大众日报》合编“丰收”副刊），或一起深入生活搞创作，渐渐熟悉了，也渐渐成了相互信任的好友了。

阎一强来自德州地区文工队。小小年纪，在表演方面便很有灵气，也喜欢习文弄墨。在他到省文联之前便有幸结识了早先成名的“孩子诗人”苗得雨，从此以后，直至一强临终之前，苗对阎的帮助、影响极深。他们之间凝结的友谊只能用“良师益友”来表达了。

阎一强给我印象最深的，一是朴实单纯，二是勤奋执着。他对诗有一种特殊的感情，可以说达到了爱诗如命的地步。在他的大脑里，除了诗以外，似乎什么也不存在了。他所经历的那个年代，正是无休止的争斗、斗争、批判、戒备的盛期，而他，似乎对任何风骤雨急都没有预料，更没有准备。他的心专注在诗上。我很羡慕一强能随时随地地捕捉到诗、写出诗来的本领。有时闲聊，或小组会讨论，或在其他什么场合，他会猛然从衣兜里掏纸片写些什么。开大会听报告，有人会偷着看书看报，他却聚精会神，认真记录，事后便会发现，他的记录中掺混着一些似诗似话的东西。他会憨厚地笑笑：“脑子开了点小差。副产品。”

50 年代上半叶，时局稳定，百业兴发，文艺界也处在祥和竞发的氛围里。尽管有“无冲突论”的影响，创作气氛还是很宽松的。这期间，在党的文艺方针指引下，在一些老作家的熏陶关注下，阎一强如鱼得水，笔耕不辍，诗作不断，进步迅猛。他的诗贴近生活，散发着浓郁的生活气息。他能巧妙地摄取生活中的一些特质，一些光点、亮点，用极简练的诗句体现出一种深沉意境，像嫩荷出水那般清新、靓丽。常有佳句妙语跃然纸上。读他的诗，感觉不出那种刻意追求的呆滞，也没有勉强、拼凑的痕迹。他的诗是对生活的自然流露，就像读唐诗那样，往往是在平和的诗句中领略感受。这期间，他与苗得雨切磋探讨，相得益彰，先后合作出版了诗集《第一支歌》《从荆河到沂河》等三本诗集，在读者中产生了良好的反响，对山东诗歌创作起到了推动作用。

1956 年，阎一强参加了全国青年文学作者创作会议后，又到著名作家丁玲主持的中央文学讲习所学习了一段时间。这期间，我们都先后离开了省文联调往他处。

即便是在百花凋零的“文革”中，阎一强也没停止过对诗的执着追求。

阎一强中等身材，黑乎乎的方脸庞，厚厚的嘴唇是他面部的突出特征。他不善言辞，却有着模仿和表演的潜质和才能。如今经常见到电视里有“模仿秀”节目，如果一强健在，那些作秀者恐怕要退避三舍了。他常常在会议休息时即兴模仿某某领导的一段特殊口音的讲话，音韵举止，惟妙惟肖，招致众人捧腹大笑。他也常常不分场合地学某些人的生理缺陷，恼得人家对他耿耿于怀，甚至背后给他添油加醋，弄得他不能自拔。

阎一强淳厚中更有几多单纯，单纯离简单只有半步之遥，而他常常就越过了这半步，闹得啼笑皆非。那时，我俩都住在杆石桥街北一个高门台四合院里。他在新婚之夜，刚入洞房，就慌慌张张地跑到我屋里，磕磕巴巴道：“你看……你看……她不理我了。”事关重大，留下一强，速派我爱人王静宏去探听虚实。不多会儿，静宏回来了，对一强说：“快去吧，等着你啦！”他便喜滋滋地走了。问及缘由，才知他有的话该说得没说好，不该说得又说多了。

阎一强抽烟、爱酒，这也许是潜伏在他身体中的隐患。他饮酒必烫，保留着鲁西北的遗风，还有理论依据：“喝热酒不上头，不醉。”“文革”之前，我携全家去栖霞唐家泊公社任职深入生活，不久便“天下大乱”了。动乱之中，他以组稿名义特地赶去看我。几年不见，风骤雨急，前程茫茫，相互都很牵挂。我以当地能搜罗到的特产招待他，其中特地请人走后门买了柞蚕蛹作酒肴，他生于平原，没见过这东西，我便胡吹乱唠，说什么三个柞蛹顶上一个鸡蛋的营养。他一尝，挺鲜美，便多吃了一些，又多喝了几杯，醉了。我挽着他的胳膊，握着他的手，送他回旅社休息。那晚夜色真好，月光如银，平静如水。我们相互叮嘱，各自珍重。想不到，在他离世的前一天，我去医院看他，他已昏迷不醒了。谁能料到，一条硬朗朗的汉子，竟被病魔折磨成了一副枯瘦模样。医生看着我，无语，眼神已有所暗示。隔日，噩耗便传了来。这天是1974年4月30日。这可憎可恶的癌症，这人类第一杀手，这该死不死却让不该死的人死去的恶魔！什么时候能把这鬼东西逐出地球，我当洒酒祭天！

阎一强是新中国成立后山东少有的几位青年诗人之一。他的英年早逝，使党失去了一位年轻的文艺战士，使读者失去了一位年轻的好诗人。假如一强还活着，那读者的书架上，图书馆、图书室的藏书中，又会增添着一部部散发着墨香的诗集……可惜啊，天不假年，竟赍志以殁！一强啊，不知你带走的那些诗章，又在天国飘洒着吗？

发表于《山东文学》2001年第四期

后记

自20世纪中期的青年时代，到21世纪初叶的老年时期，敬业于70个春夏秋冬，不算短也不算长。这期间，在做编辑、文学组织工作以及应时代需要而从事于其他工作之余，都没忘记和丢掉爱好和追逐的文学创作。结集出版过长篇集、短篇集、报告文学集，唯一些散文和一些不太好归类的文章散落在漫长的岁月里。是该收集起来了。至少对自己是个交代。

这段历史经历，充满了多彩和多变。既有风云激越、高歌激进，也有闪电雷鸣、曲折动荡。在这个过程中，我也间或写了一些东西，深深浅浅地留下了一些时代烙印。作为史实，作为时代的镜子，我保存下来，供来者参阅吧。

有友人问：何不请位名家作序？想过，但打消了。我所敬重的学者、作家，有的已谢世远去了，健在的，也年事已高，疾病缠身，让他们捧着厚厚的一大沓稿子通读，还要笔墨成章，是件很伤脑筋也很残酷的事。我不忍心。

在结集过程中，深得张淑环、王德福、林新忠、于志勇诸位之帮助，在此谨致谢忱。

牟崇光

2015年7月于济南